두개의
달 위를 걷다

WALK TWO MOONS by Sharon Creech
copyright ©1994 by Sharon Creech
All rights reserved.

Korean Translation Copyright © 2009 by BIR Publishing Co., Ltd.
Korean translation edition is published by arrangement with Sharon Creech c/o Writers House LLC,
New York, NY through KCC(Korea Copyright Center Inc.), Seoul.

이 책의 한국어판 저작권은 ㈜한국저작권센터(KCC)를 통해
Sharon Creech c/o Writers House LLC, New York, NY와 독점 계약한 **(주) 비룡소**에 있습니다.
저작권법에 의해 한국 내에서 보호를 받는 저작물이므로 무단 전재와 무단 복제를 금합니다.

두 개의 달 위를 걷다

샤론 크리치 글
김영진 옮김

비룡소

나의 형제자매 샌디, 데니스, 덕, 톰에게
사랑을 담아 이 책을 바칩니다.

그의 모카신을 신고 두 개의 달 위를 걸어 볼 때까지
그 사람을 판단하지 마세요.

차례

1. 창기의 얼굴 11
2. 이야기의 시작 15
3. 용기 22
4. 지금 막 말하려고 하잖니 32
5. 곤경에 빠진 아가씨 43
6. 블랙베리 50
7. 일라노레이 62
8. 정신병자 70
9. 쪽지 78
10. 좋구나, 좋아 90
11. 겨련 99
12. 결혼 침대 117
13. 괴장한 버코레이 선생님 131
14. 진달래 137
15. 뱀의 한 입 148
16. 노래하는 나무 158
17. 인생에서 165
18. 좋은 사람 175
19. 허공에서 낚시하기 183
20. 블랙베리 입맞춤 194
21. 영혼 208
22. 증거 211
23. 배들랜즈 229

24. 슬픔의 새 244

25. 콜레스테롤 254

26. 희생 263

27. 전화 271

28. 판도라의 상자 275

29. 블랙힐스 285

30. 조수는 밀려왔다 밀려가고 291

31. 침입 304

32. 사진 317

33. 닭고기 입맞춤, 블랙베리 입맞춤 327

34. 방문객 347

35. 올드페이스풀 355

36. 계획 362

37. 방문 374

38. 입맞춤 379

39. 침 뱉기 383

40. 귀가 390

41. 선물 401

42. 전망대 409

43. 버스와 버드나무 419

44. 우리 맨꽁이 할멈 426

45. 바이백코스 433

샐의 여행 경로 442

옮긴이의 말 444

1
창가의 얼굴

할아버지는 나더러 천생 촌놈이라는 말을 종종 하곤 했다. 맞는 말이다. 열세 살이 될 때까지 켄터키 주의 바이뱅크스에서만 살았으니까. 바이뱅크스는 오하이오 강 강변의 녹지대에 늘어선 집 몇 채가 전부인 시골 중의 시골이었다. 그러다가 불과 일 년 전 어느 날, 아빠가 나를 잡초처럼 획 뽑더니 우리가 가진 모든 것을 싹 챙겼다. 아니, 사실 아빠는 내 것들은 하나도 챙기지 않았다. 밤나무, 버드나무, 단풍나무, 그리고 건초를 말리는 헛간과 내가 수영하던 웅덩이 같은 것들 말이다. 그러고는 북쪽으로 곧장 500킬로미터를 달려 오하이오 주 유클리드 시에 있는 어느 집 앞에 차를 멈췄다.

"나무들은 어디에 있어요? 여기가 앞으로 우리가 살 집이에요?"

"아니, 여긴 마거릿의 집이란다."

아빠가 대답했다.

현관문이 열리더니 마거릿이 모습을 드러냈다. 불타는 것처럼 새빨간 머리의 여자였다.

집 주변의 거리를 살펴보니 집들이 닭장처럼 다닥다닥 일렬로 늘어서 있었다. 집 앞마다 손바닥만 한 잔디밭이 네모반듯하게 나 있고 그 앞에는 시멘트를 깐 도로와 보도가 철길처럼 나란히 평행을 이루며 끝없이 이어져 있었다.

나는 질문 세례를 퍼부었다.

"헛간은 어디 있어요? 강은요? 수영할 수 있는 웅덩이는 어디 있는 거예요?"

"그만 하렴, 샐. 자, 저기 마거릿이 나왔구나."

아빠는 문가에 서 있는 마거릿에게 손을 흔들었다.

"아빠, 우리 집에 다시 돌아가야 할 것 같아요. 뭘 두고 왔어요."

불꽃 머리의 여자가 문을 열고 베란다로 나왔다. 나는 상관하지 않고 내 말만 계속했다.

"제 옷장 뒤에요. 거기 마루 널빤지 밑에 뭘 넣어 놨단 말이에요. 그걸 가져와야 해요."

"샐, 제발 그만 좀 하렴. 자, 가서 마거릿한테 인사나 하자꾸나."

마거릿을 만나고 싶지 않았던 나는 제자리에 가만히 서서 주위만 두리번거렸다. 바로 그때였다. 옆집 2층 창문에 누가 얼굴을 바싹 들이밀고 있는 것이 보였다. 자세히 보니 동그스름한 얼굴을 지닌 한 여자애가 왠지 겁먹은 듯한 표정을 짓고 있었다. 그때는 몰랐지만 그 여자애가 피비 윈터버텀이었다. 피비는 상상력이 뛰어난 아이로, 나중에 내 친구가 되었다. 그리고 온갖 이상한 일을 겪게 될 주인공이기도 했다.

얼마 전 할머니, 할아버지의 차 안에서 엿새 동안 꼼짝없이 찌그러져 있어야 했을 때, 두 분에게 피비 이야기를 해 드렸다. 이야기가 끝나자, 아니, 어쩌면 이야기를 하는 내내, 나는 피비의 이야기가 우리가 살던 바이뱅크스 집의 회벽과 비슷한 데가 있다고 생각했다.

4월 어느 날 아침 엄마가 떠나 버린 직후, 아빠는 바이뱅크스 집의 거실 벽을 부수기 시작했다. 당시 엄마와 아빠는 낡은 농가였던 그 집을 한 방, 한 방 수리해 나가던 참이었다. 아빠는 엄마에게 소식이 오기를 기다리며 밤마다 벽을 깎아 냈다.

엄마가 다시는 돌아오지 않을 거라는 나쁜 소식이 날아든 그날 밤에도 아빠는 끌과 망치로 계속해서 벽을 두드려 댔다. 그리고 새벽 2시에 아빠가 내 방에 들어왔다. 나는 자지 않고 있었다. 아빠는 나를 아래층으로 데리고 가 아빠가 찾아낸 것을 보여 주었다. 벽난로였다. 벽돌로 된 벽난로가 회벽 뒤에 감춰져 있었던 것이다.

내가 피비의 이야기를 하면서 회벽 뒤에 감춰진 벽난로를 얘기하는 것은 피비의 이야기 뒤에도 또 하나의 다른 이야기, 바로 나와 엄마에 대한 이야기가 숨어 있었기 때문이다.

2
이야기의 시작

할머니와 할아버지의 여행 계획은 피비의 모험이 모두 막을 내린 후에 세워졌다. 두 분은 켄터키 주에서 오하이오 주로 건너와 나를 차에 태운 뒤, 서쪽으로 아이다호 주의 루이스턴 시까지 장장 3,000여 킬로미터를 달릴 계획이었다. 바로 이 여행 때문에 나는 근 일주일을 두 분과 함께 꼼짝없이 한 차 안에 갇혀 지내지 않으면 안 되었던 것이다. 선뜻 내키지는 않았지만 내가 꼭 가야만 하는 여행이었다.

할아버지는 "두고 보렴, 전국 방방곡곡을 다 보게 될 테니!"라고 했고, 할머니는 내 뺨을 꼬집으며 "아이고, 이번 여행 덕에 내가 제일 좋아하는 우리 아가랑 또 같이 지낼 수 있게 됐구나." 하고 말했다. 참고로 나는 할머니, 할아버지의 유일한 아가였다.

  아빠는 할머니가 지도 읽는 데는 까막눈이라며, 내가 같이 다니면서 길잡이가 되기로 결정한 것에 고마워했다. 나는 겨우 열세 살이었다. 내가 지도를 읽을 줄 아는 것은 사실이었지만 내가 여행을 떠나는 이유는 지도를 볼 줄 알기 때문이 아니었다. 할머니, 할아버지가 누비고 다닐 '전국 방방곡곡'을 다 보기 위해서도 아니었다. 진짜 이유는 아무도 말하지 않은 이야기 더미 속에 감춰져 있었다.

  그중 몇 가지를 열거해 보면 다음과 같다.

  1. 할머니와 할아버지는 아이다호 주 루이스턴에서 평화롭게 지내고 있는 엄마를 찾아가고 싶었다.
  2. 할머니와 할아버지는 내가 엄마를 보러 가고 싶어 하면서도, 한편으로는 그곳에 가는 것을 두려워한다는 사실을 알고 있었다.
  3. 아빠는 불꽃 머리 마거릿 커데이버와 단둘이만 있고 싶어 했다. 아빠는 혼자서 이미 엄마를 만나고 왔으니까.

  그리고 이유가 또 하나 있다. 그다지 중요하지 않을지도 모르겠지만. 아빠는 할머니, 할아버지만 달랑 여행에 나섰다가는 두 분이 또 무슨 사고를 칠지 몰라 영 불안했던 것 같다. 심지어 아빠는 두 분만 보내느니 차라리 경찰을 불러 두 분이 마을을 벗어나기 전에 체포하는 편이 여러 사람의 시간과 수고를 덜 수 있는 방법이라고까지 말했다. 힘없는 늙은 부모를 두고 경찰 운운하는 것은 좀 심한 소리로 들릴지 모르지만 사실 전혀 일리 없는 말도 아니었다. 할머니와 할아버지가 차에 타는 순간, 망아지가 어미 말을 따라다니듯 여러 가지 골칫거리가 두 분을 따라다녔기 때문이다.

일단 우리 세 사람이 같이 가는 것으로 결정이 나자, 어마어마하게 큰 소나기구름이 내 주위로 몰려드는 것처럼 여행은 나를 점점 더 불안하게 죄어 왔다. 떠나기 전 주에는 바람조차 "서둘러, 서둘러, 서둘러!"라고 말했고, 심지어 한밤중의 고요한 어둠 역시 "빨리, 빨리, 빨리!"라고 속삭여 댔다. 우리가 정말 떠나게 되리라고는 생각하지 못했다. 아니, 나는 여행을 떠나고 싶지 않았다. 아무래도 살아 돌아올 수 있을 것 같지가 않았다.

하지만 가기로 결정했고 가는 게 확실해졌다. 엄마의 생일날 그곳에 도착할 것이다. 이것은 아주 중요한 일이었다. 만에 하나 엄마를 다시 집으로 데리고 올 수 있다면 그것은 엄마의 생일날일 거라고 나는 굳게 믿고 있었다. 이런 내 생각을 할머니, 할아버지나 아빠한테 털어놓는다면 세 분은 내가 허공에서 낚시를 하려 든다고 말할 게 분명했으므로 나는 그 생각을 속으로 품고만 있었다. 하지만 믿음은 아주 확고했다. 나는 가끔 당나귀처럼 고집을 부릴 때가 있었다. 아빠는 나더러 부러진 갈대에 기대고 있다가 얼굴을 진창 속에 처박아야 정신을 차릴 거라고 말하곤 했다.

드디어 할머니, 할아버지와 함께 여행길에 오른 첫날, 처음 삼십 분 동안 나는 행운의 부적 일곱 개를 움켜쥔 채 기도만 해 댔다. 제발 아무 사고도 나지 않게 해 달라고. 나는 자동차와 버스를 끔찍이 무서워했다. 그리고 부디 일주일 뒤인 엄마의 생일 전에 그곳에 도착해 엄마를 집으로 데리고 올 수 있게 해 달라고 빌었다. 나는 계속해서 같은 기도를 반복했다. 나무에 대고 기도를 했는데 그게 신에게 직접 기도하는 것보다 쉬웠기 때문이었다. 나무야 주위 어디에서든 볼 수 있으니까.

신의 창조물 중 가장 평평하고 가장 곧게 뻗은 오하이오 고속도로에 진입했을 때 할머니가 내 기도를 방해했다.

"얘, 살라망카……."

여기서 잠깐 내 정식 이름인 살라망카 트리 히들에 대해 설명하고 넘어가야 할 것 같다. 엄마와 아빠는 살라망카가 우리 고조할머니가 속했던 인디언 부족의 이름이라고 알고 있었다. 하지만 그것은 착각이었다. 그 인디언 부족의 이름은 세네카였다. 하지만 부모님이 자신들의 실수를 깨달았을 때는 내가 이미 태어난 후였고 그 이름으로 실컷 불린 뒤였다. 그래서 나는 그냥 살라망카로 남게 되었다.

내 가운데 이름 '트리'는 그냥 보통 나무를 말하는 것으로, 엄마가 나무를 무지 좋아했기 때문에 붙인 이름이다. 사실 엄마는 특정 나무, 그러니까 자신의 이름이었기에 가장 좋아했던 '슈거 메이플 트리(설탕단풍나무.—옮긴이)'를 내 가운데 이름으로 삼고 싶어 했다. 하지만 살라망카 슈거 메이플 트리 히들은 엄마가 들어도 좀 심했던 것 같다.

엄마는 나를 늘 살라망카라고 불렀고, 엄마가 떠난 이후로는 친할머니, 친할아버지만이 나를 살라망카라고 불렀다. 물론 나를 '아가'라고 부를 때를 빼놓고. 대부분의 사람들한테 나는 주로 '샐'로 통했고, 자기한테 유머 감각이 있다고 착각하는 몇몇 남자애들은 나를 샐러맨더(전설에 등장하는 불도마뱀.—옮긴이)라고 불렀다.

아이다호 주의 루이스턴 시를 향한 긴 여행이 본격적으로 시작되자 할머니가 말을 건넸다.

"얘, 살라망카, 뭐 재미있는 거 좀 해 보련?"

"어떤 거요?"

나는 차 지붕에 기어 올라가 노래를 부르라든지 따위의 어처구니없는 일을 시키지 않기를 바라며 되물었다. 할머니, 할아버지는 워낙 예측불허라 해괴한 주문을 하고도 남았다.

다행히 할아버지가 이렇게 물었다.

"이야기 하나 해 보지그러니? 네 이야기 보따리 좀 풀어 봐라."

물론 아는 이야기는 많았다. 하지만 대부분 할아버지한테 들은 이야기들이었다. 할머니가 나더러 엄마 이야기를 해 보라고 했지만 그것만은 할 수가 없었다. 날마다 일분일초도 빼놓지 않고 엄마 생각만 하던 상황에서 이제 막 벗어난 터였다. 아직은 엄마에 대해 이야기할 수 있는 마음의 준비가 안 되어 있었다. 아니, 그럴 거라고 믿었다.

할아버지가 말했다.

"그럼 친구들 얘기는 어떠니? 친구들에 대해서는 뭐 좀 할 얘기가 있니?"

순간 피비 윈터버텀이 떠올랐다. 피비에 대해서라면 할 이야기가 산더미처럼 많았다.

"아주아주 이상한 얘기가 하나 있긴 해요."

나는 경고했다.

"그것 참 재미있겠구나!"

할머니가 말했다.

그렇게 해서 나는 나무에 대고 기도하는 것을 멈추고, 피비 윈터버텀과 사라진 그 애의 엄마, 그리고 정신병자에 대한 이야기를 하기 시작했다. 그리고 그 덕분에 피비의 이야기 속에 또 다른 이야기가 감춰져 있다는 사실을 깨달았다.

3
용기

피비를 처음 본 것은 아빠와 유클리드로 이사한 날이었다. 그래서 피비의 이야기는 우리가 불꽃 머리 마거릿 커데이버 아주머니의 집을 방문해서 아주머니의 엄마 패트리지 할머니를 만난 날부터 시작하는 것이 좋을 것 같다. 마거릿은 나를 기분 좋게 해 주려고 갖은 애를 다 썼다.

"어머, 넌 머릿결이 정말 곱구나."

"아유, 착하기도 하지!"

사실 나는 그날 전혀 착하지 않았다. 아니, 특별히 왕고집을 부렸다. 자리에 앉지도 않았고, 마거릿 아주머니는 거들떠보지도 않았다.

우리가 집을 막 나서려는 순간 마거릿 아주머니가 아빠에게 속삭였다.

"존, 우리가 어떻게 만났는지 아직 얘기 안 해 주셨어요?"

아빠는 아주 난감한 표정을 지었다.

"네, 아직. 하려고 했는데…… 통 들으려고 하지를 않아서 말이에요."

그것은 사실이었다.

'누가 뭐 알고 싶대? 아빠가 마거릿 아주머니를 어떻게 만났는지 알 게 뭐냐고!'

베란다로 나왔을 때, 옆집 창가에 서 있는 피비의 얼굴을 또 보게 되었다. 하지만 그 순간에는 빨리 우리 새집에 갔으면 좋겠다는 생각으로 머릿속이 꽉 차 있어 다른 것은 생각할 겨를조차 없었다. 나는 새집이 거기서 수천 킬로미터 떨어진 푸르른 시골에 있었으면 좋겠다고 생각했다. 마침내 마거릿 아주머니의 집을 나와 한 삼 분 정도 차를 몰았을까? 아주머니의 집에서 고작 두 구역 떨어진 곳에 이제부터 아빠와 내가 살 집이 있었다.

만약에 누군가 내 눈을 가리고 몇 번 맴을 돌린 뒤 나를 차에 태워 한 시간 정도 돌아다니다가 어느 집 앞에 서서 눈가리개를 풀어 줬다고 하더라도, 나는 거기가 아직도 마거릿 아주머니네 집이라고 생각했을 것이다. 작고 볼품없는 나무들. 일렬로 늘어선 닭장 같은 집들. 그중 하나가 우리 집이었다. 웅덩이도, 헛간도, 소도, 닭도, 돼지도 없었다. 좁아터져 보이는 하얀 집 앞으로 손바닥만 하게 나 있는 작은 잔디밭이 다였다. 거기 난 풀은 소 한 마리가 오 분도 못 돼 다 먹어 치울 듯싶었다.

아빠가 지나치다 싶을 정도로 다정하게 말을 건넸다.

"자, 집 안을 한번 둘러볼까?"

우리는 작은 거실을 지나 장난감 부엌을 본 뒤 위층으로 올라가 손톱만 한 아빠 방과 눈곱만 한 내 방, 좁디좁은 욕실을 구경했다. 그리고 창문으로 뒷마당을 내려다보았다. 주먹만 한 뒷마당은 테라스랍시고 그나마 절반이 시멘트로 덮여 있었고, 나머지 절반은 내 상상 속의 소가 두 입이면 먹어 치울 정도의 잔디가 깔려 있었다. 높은 울타리에 에워싸인 마당 양 옆으로 똑같이 생긴 이웃집 마당들이 눈에 들어왔다.

아빠와 나는 집 앞 계단에 앉아 이삿짐을 실은 트럭이 오기를 기다렸다. 그리고 짐이 도착한 뒤에는 인부들이 바이뱅크스에서 쓰던 우리 가구들을 닭장 안으로 구겨 넣는 광경을 묵묵히 지켜보았다. 인부들이 가 버린 뒤 아빠와 나는 소파와 의자와 탁자와 이삿짐 상자들 사이를 넘어 간신히 거실로 들어갔다.

"흠, 이거 원 온갖 동물들을 닭장 속에 쑤셔 넣은 꼴이구나."

아빠가 말했다.

나는 사흘 뒤부터 새 학교에 다니기 시작했다. 거기서 피비를 다시 만났다. 피비는 나와 같은 반이었다. 새 학교의 아이들은 말이 무지 빨랐고, 말을 딱딱 끊어서 했다. 게다가 하나같이 빳빳한 새 옷을 입고 다녔다. 여자애들은 머리 모양이 전부 똑같았는데, 어깨까지 오는 스타일로 여기 애들 말로 일명 '귀얄머리'였다. 눈 위로 내려뜨린 앞머리를 치우느라 여자애들은 끊임없이 머리를 흔들어 댔다. 예전에 우리 집에는 그런 식으로 머리를 흔드는 말이 한 마리 있었다.

아이들은 내 머리를 끊임없이 만지며 질문 공세를 퍼부었다.

"여태까지 한 번도 안 잘랐니?"

"머리를 깔고 앉을 수도 있니?"

"대체 어떻게 감니? 원래부터 이렇게 새카맸니? 린스는 쓰니?"

아이들이 내 머리칼이 좋아서 그러는 건지, 아니면 내가 무슨 희귀 생물 같아서 그러는 건지 도무지 분간할 수가 없었다.

무척이나 수다스러워 보이는 우리 반 아이들은 입에 죄다 치아 교정기를 끼고 있었다. 그중에서도 메리 루 핀니라는 아이는 진짜 이상한 말들만 골라서 해 댔다. 뜬금없이 "전지전능한 신이시여!" 또는 "새대가리야!" 하고 외치는 통에, 그 애가 무슨 말을 하는 건지 도대체 알아들을 수가 없었다. 일본인인 쌍둥이 남매도 있었는데 걔들은 "응, 응." 아니면 "그럼, 그럼."이라는 말밖에 못 했다. 그 외에도 팥 튀듯 콩 튀듯 언제나 통통 튀는 미건과 크리스티, 기분파 베스 앤, 볼에 늘 분홍색이 감도는 알렉스, 하루 종일 만화만 그리고 앉은 벤, 괴짜 버크웨이 선생님이 있었다.

이제 피비 윈터버텀을 소개할 차례다. 벤은 피비를 "프리비 아이스버텀(얼음 엉덩이를 한 꿀벌.—옮긴이)"이라고 부르면서 꽁무니가 얼음으로 된 벌 그림을 그렸다. 물론 피비는 벤이 그린 그림을 보는 족족 찢어 버렸다.

피비는 조용한 아이였다. 주로 혼자였는데 수줍음을 타는 것 같았다. 얼굴은 천사처럼 상냥하게 생겼고, 새파란 눈은 왕방울만 했다. 동그랗고 예쁘장한 얼굴 주위로는 닭발처럼 노란 머리카락이 작은 고리 모양으로 곱슬거렸다.

아빠와 내가 처음으로 마거릿의 집에 다녀온 이후, 우리는 일주일 동안 그 집에서 세 번이나 저녁을 더 먹었다. 그때 나는 창가에 서 있는 피비를 두 번이나 더 보았다. 한번은 내가 손을 흔들었지만 피비는 못 본 것 같았고, 학교에서도 나를 봤다며 말을 건네지 않았다.

그러던 어느 날이었다. 점심시간에 피비가 내 옆자리로 슬쩍 다가와 앉더니 말을 걸었다.

"샐, 넌 진짜 용감하더라. 굉장히 용감해."

솔직히 너무 놀랐다. 망치로 두드려 맞은 것만큼 정신이 멍했다.

"나? 나 안 용감해."

그랬다. 나, 살라망카 트리 히들은 무서운 게 아주아주 많다. 교통사고, 죽음, 암, 뇌종양, 핵전쟁, 임신부, 소음, 엄한 선생님들, 엘리베이터 등 이루 셀 수가 없을 정도였다. 하지만 거미나 뱀, 말벌 따위는 겁내지 않았는데 피비를 비롯한 우리 반 아이들은 거의 다 이런 것들을 끔찍해했다.

내가 전학 온 첫날, 검은 거미 한 마리가 내 책상을 점잖게 기어가고 있었다. 나는 두 손을 모아 거미를 들어 올린 뒤 열린 창가로 가 바깥 창틀에 놓아주었다. 메리 루 핀니가 외치는 소리가 들렸다.

"대단하구나! 얘들아, 쟤 좀 봐!"

베스 앤은 얼굴이 우유처럼 새하얗게 질려 있었다. 교실 안에 있던 아이들은 다 내가 무슨 불 뿜는 용을 한 손으로 때려잡기라도 한 것처럼 행동했다.

그다음부터 아무 죄도 없는 거미가 누군가의 책상 쪽으로 다가가면 아이들은 어김없이 "샘, 잡아 줘!" 하고 소리를 질렀다. 말벌이 교실 구경을 하려고 창문으로 날아들면 "샘, 말벌이야. 잡아 줘!" 했고, 작은 초록 뱀이 교실 바닥으로 기어 들어왔을 때 역시 다들 "샘, 뱀이야, 제발 잡아 줘!" 하고 목청을 높였다.

내가 이 온갖 종류의 동물들이 교실을 빠져나갈 수 있도록 애쓰고 있는 동안 아이들은 곧잘 이렇게 소리를 질렀다.

"죽여, 샘. 그냥 죽여!"

나는 아이들이 길을 잘못 들어 우연히 남의 방에 들어갔는데, 그 방 주인이 나타나 자기 방에 함부로 들어왔다는 이유로 자기들을 죽이려 든다면 아이들은 과연 어떤 기분일까 궁금했다.

내가 그런 작은 동물들을 무서워하지 않기 때문에 사람들이 나를 용감하게 여기는 거라고 생각했다. 그들은 내가 차나 암, 핵전쟁 그리고 다른 여러 가지 것들에 대해 어떻게 생각하는지 잘 모르는 것 같았다. 그때 이후로, 사람들이 나를 용기 있는 애라고 여기면 뼛속에 사무칠 정도로 겁이 나더라도 용감한 척해야 한다는 사실을 알게 되었다. 하지만 내가 이것을 제대로 깨닫게 된 것은 아주 나중에, 그러니까 피비의 정신병자 사건을 겪으면서였다.

거기까지 이야기했을 때 할머니가 끼어들었다.

"살라망카, 무슨 그런 말이 있니? 물론 넌 용감하단다. 암, 용감하고말고. 히들 집안사람들은 다 용감하지. 그건 우리 집안 내력이야. 네 아빠를 보렴. 그리고 네 엄마도……."

"엄마는 진짜 히들 집안사람은 아니잖아요."

"히들 집안사람이나 마찬가지야. 히들 집안사람이랑 결혼해 살면서 히들네 사람처럼 안 되는 사람은 없어."

하지만 엄마 말은 달랐다. 엄마는 아빠에게 이렇게 말하곤 했다.

"당신 히들 집안사람들은 정말 수수께끼라니까요. 난 절대로 진짜 히들은 못 될 거예요."

엄마는 그 말을 하면서 결코 자랑스러워하지 않았다. 아니,

되레 아주 속상해하면서, 자기가 부족해서 그렇기나 한 것 같은 유감스러운 말투였다.

외할머니, 외할아버지의 성은 픽포드였다. 픽포드 할머니와 할아버지는 우리 친할머니, 친할아버지랑은 하늘과 땅처럼 완전히 딴판이었다. 외할머니, 외할아버지는 척추가 딱딱한 쇠막대기로 되어 있는 사람들처럼 자세가 곧았다. 언제나 빳빳하게 다림질한 옷을 입었고, 무슨 일에 놀라거나 충격이라도 받을라치면 눈을 동그랗게 뜨고 입꼬리를 내려뜨린 채 "그게 정말이니?" 하고 물었다. 물론 그런 일은 매우 자주 있었다.

언젠가 내가 외할머니, 외할아버지는 왜 도통 웃지 않느냐고 엄마에게 물어봤는데 엄마의 대답은 이랬다.

"그건 너무 점잔을 빼서 그래. 점잔을 부리려면 정신을 아주 바짝 차리고 있어야 하거든."

엄마는 말을 마치더니 낮은 소리로 키득키득 웃어 댔다. 배를 잡고 킥킥 웃는 엄마의 허리가 굽어지는 것으로 보아 엄마의 척추는 쇠막대기가 아닌 게 분명했다.

엄마는 외할머니가 픽포드 집안에 시집와 픽포드 집안일에 거역해 본 것은 단 한 번, 엄마의 이름을 지을 때였다고 했다. '게이페더'라는 꽃 이름을 가진 할머니가 엄마의 이름 역시

'챈하센'으로 하겠다고 부득부득 우겼다는 것이다. 챈하센은 인디언식 이름으로 '달콤한 수액' 즉, 슈거 메이플이었다. 엄마를 인디언식 이름으로 부르는 사람은 외할머니밖에 없었다. 다른 사람들은 다 엄마를 그냥 '슈거'라고 불렀다.

　엄마는 외할머니, 외할아버지와 별로 닮은 데가 없어 보였다. 엄마가 두 분의 딸이라는 것이 믿겨지지 않을 정도였다. 하지만 드물게, 아주아주 드물게, 굉장히 하찮은 일에 엄마가 뜻밖에도 입꼬리를 아래로 내려뜨리며 "그게 정말이니?" 하고 물을 때가 있었다. 그럴 때 보면 엄마도 영락없는 픽포드 집안사람이었다.

4
지금 막 말하려고 하잖니

 피비한테서 점심시간에 "굉장히 용감하다."라는 말을 들은 그날 피비가 나를 저녁 식사에 초대했다.
 "그래, 갈게."
 대답을 하면서, 그날은 마거릿 아주머니네 집에서 저녁을 먹지 않아도 된다는 생각에 솔직히 기분 좋았다. 아빠와 마거릿 아주머니가 서로 마주 보며 웃는 모습은 정말 보기 싫었다. 나 역시 마거릿 아주머니와 패트리지 할머니가 나한테 잘해 주려고 최선을 다한다는 것은 알고 있었다. 하지만 그 두 사람은 어딘지 모르게 이상했고, 나는 줄곧 슬프고 반항적이 되었다.
 모든 게 예전처럼 되기를 바랐다. 바이뱅크스의 언덕과 나무, 소와 닭과 돼지들 곁으로 돌아가고 싶었다. 언덕 위의 헛간에서 뛰어 내려와 부엌문을 박차고 들어가면 탁자에 앉아 사과 껍질을 벗기고 있는 엄마와 아빠의 모습을 보고 싶었다.

방과 후 피비와 나는 아빠한테 전화를 걸기 위해 잠시 우리 집부터 들렀다. 아빠는 마거릿 아주머니의 도움으로 농기계 파는 가게에서 일하고 있었다. 내게 친구가 생겼다는 말에 아빠는 몹시 기뻐했다.

나는 생각했다.

'진심이실지도 모르지. 하지만 어쩌면 오늘 마거릿 커데이버와 단둘이 있게 돼서 좋아하시는 걸지도 몰라.'

피비와 나는 피비네 집으로 갔다. 우리가 막 마거릿 아주머니의 집 앞을 지날 때 누군가의 목소리가 들렸다.

"샐? 거기 샐 아니니? 샐 맞지?"

피비가 손으로 입을 막으며 "아!" 하는 외마디 소리를 내질렀다.

패트리지 할머니가 베란다 그늘에 놓인 흔들의자에 앉아 있었다. 무릎 위에는 코브라 머리 모양의 손잡이가 달리고 군데군데 마디가 진 굵직한 지팡이가 가로놓여 있었다. 할머니의 자주색 원피스 자락은 쩍 벌리고 앉은 무릎 위까지 올라가 있었다. 그래서 뼈만 앙상한 무릎은 물론, 이런 말은 하고 싶지 않지만 치마 속까지 훤히 다 들여다보였다. 목 주위에서는 할머니가 제일 좋아한다는 노란 스카프가 하늘거렸다.

내가 베란다로 가려고 하자 피비가 내 팔을 잡아당겼다.

"가지 마."

"왜? 그냥 패트리지 할머니잖아. 가 보자."

우리가 다가가자 패트리지 할머니가 물었다.

"같이 온 애는 누구니? 얼굴에는 뭘 저리 묻히고 다니누?"

나는 할머니가 곧 무슨 말을 할지 알았다. 나를 처음 봤을 때도 똑같은 말을 했기 때문이었다.

피비가 손으로 제 동그란 얼굴을 더듬어 댔다.

"콩인가? 점심때 먹은 강낭콩 샐러드가 묻은 거야?"

"이리 와 보렴."

패트리지 할머니가 앙상한 손을 내밀며 말했다.

피비가 나를 쳐다보았다. 나는 피비를 할머니 쪽으로 밀었다. 패트리지 할머니가 손가락으로 피비의 얼굴을 더듬기 시작했다. 피비의 눈두덩과 뺨을 부드럽게 어루만지던 할머니가 드디어 입을 열었다.

"내가 생각한 그대로구나. 눈이 두 개, 코가 하나, 입이 하나야!"

그러더니 할머니는 아주 심술궂게 웃기 시작했다. 그 웃음소리가 어찌나 날카롭던지 마치 뾰족뾰족한 바위산에 부딪혀 되돌아오는 메아리 같았다.

"넌 열세 살이구나."

"네."

피비가 대답했다.

"그럴 줄 알았다. 그럴 줄 알았어."

패트리지 할머니가 노란 깃털 목도리를 쓰다듬으며 말했다.

"얘는 피비 윈터버텀이에요. 할머니네 바로 옆집에 살아요."

내가 끼어들었다.

그 집을 나오면서 피비가 속삭였다.

"내가 옆집 산다는 거 왜 말했어? 말하지 말지."

"왜? 보니까 넌 커데이버 아주머니나 패트리지 할머니를 아직 잘 모르는 것 같던데……."

"그 집에 이사 온 지 얼마 안 됐어. 한 달 됐나?"

"그나저나 패트리지 할머니가 네 나이 맞힌 거 굉장하지 않니?"

"뭐가 굉장하다는 거야?"

피비는 샐쭉하게 되묻더니 내가 미처 뭐라고 대답하기도 전에 자기 이야기를 계속했다. 언젠가 피비, 프루던스 언니, 부모님 등 네 식구가 주에서 실시하는 농축산물 품평 축제에 갔을 때의 이야기였다. 한 전시대 앞에 마르고 키 큰 남자를 가운데 두고 사람들이 북적거렸다.

"그 남자가 뭘 하고 있었는데?"

내가 물었다.

"지금 막 말하려고 하잖니."

피비가 말했다.

피비는 말투가 가끔 어른 같을 때가 있었다. 가령 피비가 "지금 막 말하려고 하잖니."라고 하면 그건 꼭 어른이 어린애한테 타이르는 소리처럼 들렸다.

"주위에 몰려 있던 모든 구경꾼들이 죄다 '와!', '놀랍다!', '어떻게 하는 거지?' 하고 중얼거렸어. 그 남자는 사람들 나이를 맞히고 있었어. 한 살이라도 틀릴 때는 사람들에게 곰 인형을 줬지."

"그 남자가 어떻게 했는데?"

"지금 막 말하려고 하잖니."

피비가 톡 쏘아붙였다.

"남자는 사람들의 얼굴을 아주 자세히 들여다보았어. 그러고는 눈을 감고 손가락으로 상대방을 가리키며 '일흔둘!' 하고 큰 소리로 외쳤어!"

"모든 사람한테? 죄다 일흔둘이라고 알아맞힌 거야?"

"쌔, 내가 지금 막 그 말을 하려고 하잖니? 내가 말한 나이는 그냥 예를 든 것뿐이야. '열'이든, '서른'이든, '일흔둘'이든 아무 상관 없다고. 상대가 누구냐에 따라 달라지는 거니까. 어쨌거나 앞에 서 있던 남자가 굉장히 놀라더라고."

나는 패트리지 부인이 더 놀랍다고 생각했지만 아무 말도 하지 않고 가만히 있었다.

피비의 아빠가 자기 나이를 맞혀 보라며 그 남자 앞으로 나섰다고 했다.

"아빠는 자기가 나이에 비해 굉장히 젊어 보인다고 생각하시거든. 그래서 그 남자를 멋지게 속일 수 있을 거라고 자신하셨던 거야. 남자는 아빠를 자세히 뜯어보더니 눈을 감았어. 그리고 손가락으로 아빠를 가리키며 소리쳤어. '쉰둘!' 아빠가 '헉!' 하고 외마디 비명을 지르자 주위 사람들이 또 '와!', '놀라워!' 하고 수군대기 시작했어. 그러자 아빠가 이내 사람들을 조용히 시켰어."

"왜?"

피비가 제 금빛 머리카락을 잡아당기기 시작했다. 애초에 이 이야기를 꺼낸 것을 후회하고 있는 것 같았다.

"왜냐하면 아빠는 쉰둘이랑은 거리가 멀거든. 서른여덟밖에 안 되셨다고."

"오, 저런."

"아빠는 상으로 받은 커다란 녹색 곰 인형을 안고 그날 하루 종일 우리 뒤만 따라오셨어. 기분이 이만저만 상한 게 아니셨지. 계속해서 '쉰둘? 쉰둘이라고? 허, 내가 쉰둘로 보인단 말이야?' 하고 중얼거리셨어."

"정말 쉰둘로 보이시니?"

피비는 머리카락을 더 세게 잡아당겼다.

"아니야, 절대 쉰두 살로 보이지 않으셔. 서른여덟으로 보이신다고."

피비는 제 아빠를 아주 강력하게 변호하고 나섰다.

피비의 엄마는 부엌에서 파이를 굽고 있었다. 조리대 위에는 블랙베리가 두 상자 놓여 있었다. 난 블랙베리를 보는 순간 눈을 뗄 수가 없었다. 윈터버텀 부인이 물었다.

"블랙베리 파이를 만들고 있단다. 네가 블랙베리를 좋아해야 할……. 아니, 뭐가 잘못됐니? 블랙베리를 싫어하는구나? 그렇다면 뭐 딴 걸 만들 수도 있…….”

나는 얼른 대답했다.

"아니에요. 저 블랙베리 아주 좋아해요. 그냥 알레르기가 좀 있는 것 같아요."

"블랙베리에?"

윈터버텀 부인이 물었다.

"아, 아니요. 블랙베리 말고요."

사실 나는 아무 알레르기도 없었다. 그저 블랙베리를 보는 순간 엄마 생각이 났다는 말을 할 수가 없어서 그렇게 둘러댄 거였다.

윈터버텀 부인은 집에서 구운 쿠키를 접시에 담아 주며 나와 피비에게 부엌 식탁에 앉아 그날 있었던 일들에 대해 이야기를 좀 해 보라고 했다. 피비가 패트리지 할머니가 자기 나이를 알아맞힌 이야기를 했다.

"패트리지 할머니는 정말 놀라워요."

내가 말했다.

"별로 놀랄 만한 일이 아니라니까. 샐, '놀랍다'는 단어는 그렇게 함부로 쓰는 게 아니야."

피비가 몰아붙였다.

"하지만 피비, 패트리지 할머니는 앞을 못 보신단 말이야."

"앞을 못 보신다고?"

피비와 피비의 엄마가 동시에 소리쳤다.

나중에 피비가 내게 이런 말을 했다.

"샐, 장님인 패트리지 할머니가 내 나이를 알아맞히는데 눈이 멀쩡한 나는 할머니가 장님이라는 것도 못 알아봤다는 거, 이상하지 않니? 이상하다는 말이 나와서 말인데, 커데이버 아주머니는 정말 좀 이상해."

내가 물었다.

"마거릿 아주머니 말이니?"

"그게 그 아주머니 이름이니? 마거릿 커데이버?"

"응."

"난 그 아주머니가 무서워 죽겠어."

"왜?"

"지금 막 말하려고 하잖니? 첫째는 이름 때문이야. 커데이버(cadaver). 너 그게 무슨 뜻인 줄 아니?"

솔직히 나는 몰랐다.

"그건 시체라는 뜻이야."

"정말?"

내가 되물었다.

"정말이고말고. 못 믿겠으면 직접 사전을 찾아 봐. 너 그 아주머니가 무슨 일을 하는지 아니? 직업 말이야."

"응. 아주머니는 간호사야."

나는 오랜만에 아는 것이 나와서 좋아하며 대답했다.

"맞아, 바로 그거야. 넌 이름이 시체인 사람이 네 간호사면 좋겠니? 그리고 그 머리. 네 눈에는 그 부스스한 새빨간 머리가 으스스하지 않던? 목소리는 또 어떻고. 난 그 여자 목소리가 들릴 때마다 바람에 굴러다니는 낙엽 생각이 나."

바로 이것이 피비의 능력이었다. 피비의 세계에는 평범한 사람이 단 한 명도 없었다. 그 애 아빠처럼 완벽한 사람 아니면 죄다 끔찍한 정신병자거나 도끼를 휘두르는 살인자였다. 물론 후자가 훨씬 더 많았다. 피비는 무슨 이야기든 그럴싸하게 했다. 특히 마거릿 커데이버에 관한 이야기는 더더욱 그럴듯하게 들렸다. 그날부터 커데이버 아주머니의 머리는 으스스해 보였고, 목소리는 구르는 낙엽 소리처럼 들렸다. 어쨌거나 나는 마거릿 아주머니를 좋아하지 않아도 될 이유가 분명하면 아주머니를 대하기가 훨씬 편할 것 같았다. 그리고 나는 정말이지 마거릿 아주머니를 좋아하고 싶지 않았다.

피비가 물었다.

"너, 진짜 진짜 비밀 얘기 하나 알고 싶니?"

그렇다고 했다.

"아무한테도 말 안 한다고 약속해."

"그래, 약속할게."

"아니야, 이 얘긴 아무래도 하면 안 될 것 같아. 너희 아빠 보니까 늘 그 집에 가 계시던걸. 네 아빠, 그 여자 좋아하지? 그렇지?"

"응. 그런 것 같아."

"그럼 말 안 할래."

피비는 손가락으로 머리카락을 돌돌 말며 커다란 파란 눈을 들어 천장만 올려다보았다. 이윽고 피비가 다시 입을 열었다.

"그 아줌마 성이 커데이버 맞지? 커데이버 부인! 그렇다면 너, 커데이버 아저씨한테는 과연 어떤 일이 일어난 걸까 궁금했던 적 없니?"

"아니, 거기에 대해서는 아직……."

"음, 난 짚이는 게 있어. 끔찍한 일이야. 정말 끔찍하다고."

5
곤경에 빠진 아가씨

피비에 관한 이야기를 거기까지 했을 때 할머니가 끼어들었다.

"내가 아는 애 중에도 꼭 페이비 같은 애가 있었지."

"피비예요."

내가 말했다.

"그래그래. 그 페이비 같은 애 말이야. 내가 아는 애는 이름이 글로리아였어. 글로리아는 세상에서 가장 거칠고 활기 넘치는 그런 곳에 살았지. 하지만 아주 무서운 곳이었어. 어쨌거나 내가 사는 여기보다야 훨씬 흥미진진한 곳이었지만 말이야."

그러자 할아버지가 말을 받았다.

"글로리아라, 나도 생각이 나는구먼. 당신더러 나랑 결혼하지 말라고 한 유일한 사람이었지. 내가 당신을 망칠 거라며."

"아이고, 글로리아 말이 옳았지 뭐예요."

할머니가 팔꿈치로 할아버지를 쿡 찌르며 말을 이었다.

"사실 글로리아가 그런 말을 한 건 당신을 자기가 차지하려고 했기 때문이에요."

"허튼소리!"

할아버지는 지도를 보고 싶다며 오하이오 고속도로 변에 있는 휴게소로 차를 몰았다.

"오하이오 고속도로에서 길을 잃었을 리는 없잖아요. 그냥 죽 나 있는 길인데."

난 투덜거렸다. 중간에 멈추고 싶지 않았기 때문이었다. 서둘러, 서둘러, 서두르라고 바람과 하늘과 구름과 나무들이 재촉하고 있었다. 빨리, 빨리, 빨리 가라고.

할아버지가 말했다.

"그래그래. 그저 확실히 해 두고 싶은 것뿐이란다."

할아버지가 바라는 것이 정말 지도만 잠깐 확인하는 거라면 그것은 그리 큰 문제가 아니다. 당연히 시간도 오래 걸리지 않을 것이다. 하지만 할머니, 할아버지는 눈 깜빡할 새에 파리가 수박에 달라붙듯 순식간에 골치 아픈 일을 일으킨다는 게 문제였다.

 삼 년 전 플로리다 여행 때는 할아버지가 속옷 차림으로 운전하다 경찰에 걸린 적이 있었다. 할아버지는 차 에어컨이 고장 나는 바람에 너무 더워서 그랬노라고 이유를 댔다.

 이 년 전 워싱턴 D.C.에서는 어느 상원의원의 차에서 뒷바퀴 하나를 훔쳤다는 이유로 체포되기도 했다. 그때 할아버지의 설명은 이랬다.

 "우리 타이어가 두 개나 펑크가 났지 뭐요. 우린 그저 상원의원님의 타이어를 잠시 빌린 것뿐이라오. 곧 돌려 드릴 생각이었다고요."

 켄터키 주에서도 시골인 바이뱅크스라면 그런 말이 통했다. 누군가의 자동차 뒷바퀴를 잠시 빌렸다가 나중에 돌려주면 그만이었다. 하지만 워싱턴 D.C.는 사정이 달랐다. 특히 상원의원의 차는 더더욱 건드리면 안 됐다.

 뿐만 아니다. 두 분은 작년 필라델피아에서도 역시 무책임한 운전 행위로 경찰에게 걸렸다.

 "지금 갓길로 운전하셨습니다."

 그러자 할아버지는 깜짝 놀라 경찰을 바라보며 이렇게 말했다.

"갓길이라고요? 여기다 차선을 하나 더 만들어 놓은 줄 알았는데? 댁도 한번 보구려. 길이 얼마나 잘 닦여 있는지. 저 아래 켄터키에 가면 이렇게 번듯한 갓길은 없단 말이오. 거 갓길이 참 멋지구려."

그리고 아이다호 주의 루이스턴 시를 향해 출발한 지 몇 시간이 지난 지금, 우리는 어느 고속도로 휴게소에 안전하게 도착해 있었다. 이제 조용히, 안전하게 그리고 신속히 지도만 확인하면 그만이었다. 그런데 할아버지가 그만 음료수 자판기 옆에 차를 세우고 펜더(자동차의 흙받기.—옮긴이)에 기대 엔진을 들여다보고 있는 여자의 엉덩이를 보고 말았다. 여자는 하얀 손수건을 들고 기름에 쩐 자동차 부품들을 이리저리 건드려 보고 있었다.

할아버지가 씩씩한 목소리로 말했다.

"잠깐 기다려라. 아무래도 저기 저 아가씨가 곤경에 빠진 것 같구나."

그리고는 차에서 내리더니 아가씨를 곤경에서 구해 내러 단숨에 달려갔다.

할머니는 무릎을 두드리며 노래를 부르기 시작했다.

"오오, 튤립이 필 때면 튤립 들판에서 나를 만나 주오……."

여자는 이제 시커먼 기름때로 얼룩덜룩해진 하얀 손수건을 손가락 끝에 달랑달랑 들고, 자기 대신 엔진 위로 머리를 처박고 있는 할아버지의 등판을 미소 띤 얼굴로 내려다보고 있었다.

할아버지가 말했다.

"카뷰레터(가솔린과 공기를 적당한 비율로 혼합하여 실린더에 보내는 장치.—옮긴이) 때문인 것도 같고, 아닌 것도 같고."

이번에는 엔진 옆에 있는 호스들을 툭툭 두드리며 이렇게 덧붙였다.

"이놈의 뱀들이 문제일 수도 있어요."

여자가 소리쳤다.

"헉, 뱀이라고요? 제 엔진에요?"

할아버지가 호스 하나를 흔들며 말했다.

"여기 이거 말이오. 나는 이걸 뱀이라고 한다오."

"아, 알겠어요. 그러니까 그…… 그 뱀들이 문제인 것 같단 말씀이시죠?"

"그래요."

할아버지가 대답을 하면서 호스 하나를 잡아당기자 호스가 쑥 빠져 버렸다.

"이거 봐요! 그냥 빠져 버리잖아요."

"네, 그렇지만 그건 할아버지가……."

"이런 망할 놈의 뱀들 같으니라고."

할아버지는 또 다른 호스를 잡아 뺐다.

"어이쿠, 이거 봐요, 이거. 이것도 빠지네."

여자의 얼굴에 걱정스러운 미소가 희미하게 떠올랐다.

"저, 그런데요……."

두 시간 후, 꽂혀 있어야 할 자리에 제대로 꽂혀 있는 '뱀'은 이제 단 한 마리도 없었다. 카뷰레터는 분해된 채 바닥에 놓여 있었고, 다른 엔진 부품들도 여기저기 흩어져 있었다.

여자는 공중전화 박스 안에 있었다. 할아버지는 여전히 엔진에서 부품들을 뜯어내고 있었다. 나는 잔디밭에 누워 설탕단풍나무에 대고 기도를 했다. 서둘러, 빨리! 서두르라는 나무의 대답 소리가 들렸다. 설탕단풍나무에서 풍겨 오는 향기를 맡고 있자니 바이뱅크스 생각이 났다. 할머니는 여전히 튤립 노래를 부르고 있었다.

집을 떠난 지 여섯 시간이 흐른 지금, 우리는 3,000여 킬로미터나 되는 여정 중 정확히 132킬로미터를 와 있었다. 나는 기도했다.

'제발 늦지 않게 해 주세요. 아무 사고도 나지 않게 해 주세

요. 그리고 부디 엄마와 함께 집으로 돌아올 수 있게 해 주세요.'

차 엔진이 분해된 후 여자는 드디어 정비공을 불렀다. 정비공은 바닥에 뒹굴고 있는 부품들을 흘깃 내려다보더니 이렇게 물었다.

"신용 카드 있으시죠?"

"네."

여자가 대답했다.

할아버지가 지갑을 꺼내며 말했다.

"혹시 현금이 필요하시면……."

"아니에요. 고맙지만 됐어요. 저한테 충분히 있어요. 지금까지 해 주신……."

여자가 잠시 말을 멈추고 자동차 부품들을 내려다보았다.

"……해 주신 수고에 감사드려요. 이제 그만 가 보셔야죠?"

할아버지는 정비공이 정직한 사람이고, 정말로 차를 고칠 능력이 있다는 것을 확인한 뒤에야 다시 여행길에 올랐다.

할머니가 나를 불렀다.

"살라망카, 페이비 얘기를 좀 더 해 보려무나."

"피비요. 피비 윈터버텀이라고요."

"그래그래. 페이비."

6
블랙베리

"커데이버 씨가 무슨 끔찍한 변을 당했다는 거니? 아직 그 얘기를 안 했잖니?"

할아버지가 물었다.

나는 피비가 커데이버 씨한테 일어났다는 그 끔찍한 일에 대해 말하려는 순간 피비의 아버지가 퇴근해서 돌아오는 바람에 온 식구가 다 같이 식사를 해야 했다는 것으로 이야기를 시작했다. 식탁에 둘러앉은 사람은 나, 피비, 피비네 부모님 그리고 피비의 언니 프루던스였다.

피비의 부모님은 우리 외할머니, 외할아버지랑 닮은꼴이었다. 픽포드 집안사람들처럼 윈터버텀 부부도 조용조용 필요한 말만 짧게 했고, 허리를 곧게 펴고 앉아 밥을 먹었다. 두 사람은 서로에게 아주 예의 발랐고, "그래요, 노마.", "네, 조지.", "피비, 감자 좀 건네주겠니?", "친구한테 이것 좀 더 덜어 주지그러니?" 따위의 말을 했다.

음식도 아주 까다로워서, 피비네 가족은 아빠가 '간식'이라고 부르는 것들만 먹었다. 감자, 호박, 콩 샐러드 그리고 뭔지 모를 이상한 찜이 전부였다. 피비네 식구들은 콜레스테롤이 무서워서 고기도 버터도 먹지 않았다.

그날 알아낸 것은 피비의 아빠는 도로 지도 만드는 사무실에서 일하고, 피비의 엄마는 빵을 굽고 청소와 빨래를 하고 장을 본다는 거였다. 하지만 이상하게도 내 느낌은 정반대였다. 피비의 엄마가 원래는 빵 굽고 청소하고 빨래하고 장 보는 것을 별로 좋아하지 않는 것 같았다. 사실 자기가 마치 일등 주부이기나 한 것처럼 떠벌였기 때문에 내가 왜 그런 느낌을 받았는지는 알 수 없었다.

예를 들면 이런 식이었다. 한번은 피비의 엄마가 "난 지난주에 셀 수도 없을 정도로 많은 파이를 만들었단다." 하고 말했다. 이 말을 꺼낼 때까지만 해도 윈터버텀 부인의 목소리는 아주 명랑했다. 한데 그토록 애써 만들었다는 그 많은 파이에 대해 아무도 뭐라고 대꾸를 하지 않자 잠시 후 가볍게 한숨을 내쉬며 접시 위로 고개를 떨어뜨렸다.

조금 있다가 피비의 엄마가 다시 입을 열었다.

"조지, 당신이 좋아하는 그 회사 뮈슬리(곡물이나 말린 과일을 섞어 우유와 먹는 아침 식사.―옮긴이)를 못 찾았어요. 하지만 그거랑 아주 비슷한 걸 샀으니까 걱정 마요."

"그래?"

피비네 아빠가 말했다.

"당신이 좋아하는 거랑 아주 비슷할 거예요. 확실해요."

윈터버텀 씨는 계속해서 식사만 할 뿐, 침묵이 흘렀다. 그러자 피비네 엄마는 또다시 가볍게 한숨을 내쉬며 접시만 내려다보았다.

윈터버텀 부인이 피비와 프루던스가 개학을 했으니 다시 일하러 가야겠다고 말했을 때 나는 아주머니를 위해서 다행이라는 생각이 들었다. 학기가 시작되면 아주머니는 로키 타이어 가게 안내 데스크에서 아르바이트를 하는 모양이었다. 나는 그 일이 아주머니한테는 집 밖으로 나가 기분 전환을 할 수 있는 아주 좋은 기회라고 생각했다. 하지만 그런 말을 했음에도 불구하고 누구 하나 뭐라고 하는 사람이 없자 아주머니는 다시 한숨을 내쉬며 감자를 접시 한쪽으로 밀어 놓았다.

아주머니는 남편을 가끔씩 '자기, 자기.' 하고 불러 댔다. "자기, 호박 좀 더 먹을래요?", "제가 감자는 충분히 준비했죠, 자기?" 하는 식이었다.

나는 그런 낯간지러운 호칭에 놀라지 않을 수 없었다. 윈터버텀 부인은 밤색 치마에 하얀색 블라우스를 입고 있었다. 신발은 볼이 넓고 평평했다. 화장도 하지 않았다.

얼굴도 동그라니 예쁘장하고 머리도 물결치는 긴 금발이기는 했지만 내가 받은 전체적인 인상은 어떤 경우에도 충격적인 일을 저지를 염려가 없는 아주 수수하고 평범한 사람이라는 거였다.

내가 또 좀 이상하다고 느낀 것은 피비네 아빠가 가부장이라는 말마따나 지나치게 권위적이라는 거였다. 하얀 와이셔츠 소매를 단정히 걷어 올리고 식탁 머리에 앉은 피비의 아빠는 목에 심지어 빨강 파랑 줄무늬 넥타이를 여전히 매고 있었다. 얼굴 표정 역시 저녁 식사를 하는 내내 아주 심각했다. 목소리는 낮고 어조는 분명했다. "그래요, 노마.", "그렇지 않아요, 노마." 하고 아주 단호하게 말했다. 솔직히 피비의 아빠는 서른여덟이라기보다는 쉰둘에 더 가까워 보였지만, 나는 그런 이야기를 피비의 아빠는 물론 피비에게도 절대 말해서는 안 된다고 생각했다.

피비의 언니 프루던스는 자기 엄마랑 닮은 데가 많았다. 프루던스는 이제 열일곱이었지만 자기가 꼭 엄마나 되는 것처럼 굴었다. 밥도 얌전히 먹었고, 예의 바르게 고개를 끄덕였고, 말끝마다 점잖은 미소를 지었다.

모든 게 다 이상하기 짝이 없었다. 피비네 식구들은 죄다 터무니없이 정숙하고 예의를 차렸다.

후식으로 피비네 엄마가 블랙베리 파이를 내왔다. 바이뱅크스에서 먹던 블랙베리만큼 향긋하지는 않았지만 나는 아무 말 없이 파이를 먹었다. 윈터버텀 씨가 피비에게 반에 어떤 아이들이 있느냐고 물었다. 피비는 아이들 이름을 죄다 말하기 시작했다. 피비가 메리 루 핀니의 이름을 댔을 때 윈터버텀 씨가 말을 가로챘다.

"핀니? 핀니라고?"

윈터버텀 씨가 부인을 돌아보며 물었다.

"노마, 핀니 씨라면 그 왜 늘 청바지를 입고 다니는 그 사람 아니오? 항상 축구공을 던지는?"

"그래요, 조지."

그러자 윈터버텀 씨가 피비에게 물었다.

"늘 '전지전능한 신이시여!'라고 외친다는 애가 그 메리 루니?"

"네."

피비가 대답했다.

그러자 이번에는 피비네 엄마가 끼어들었다.

"제 생각에는…… 그 사람들 좀 제정신이 아닌……. 그러니까 사람들이 좀 이상한 것 같아요……."

피비네 아빠가 말했다.

"노마, 난 섣불리 판단하고 싶지 않소."

하지만 피비네 아빠는 이미 판단하고 있었다. 뻔히 다 보였다. 윈터버텀 씨는 핀니네 가족을 좋아하지 않았다. 아니, 어쩌면 샘내고 있는 건지도 몰랐다.

피비의 엄마는 다시 가볍게 한숨을 토한 뒤 냅킨을 접었다. 뭔가 하고 싶은 말이 있는 것 같았지만 어차피 아무도 듣지 않을 거라 체념하는 눈치였다.

저녁 식사가 끝난 뒤 나를 집까지 바래다주는 길에 피비가 커데이버 아주머니에 대한 이야기를 꺼냈다.

"그냥 보기만 해선 잘 모르겠지만 그 여잔 황소처럼 힘이 세."

"네가 그걸 어떻게 알아?"

누구한테 미행이라도 당하듯 피비가 뒤를 돌아보더니 내게 속삭였다.

"나무를 패더니 그걸 몽땅 끌고 뒷마당을 가로질러 가는 걸 봤거든. 너 내가 그때 무슨 생각을 했는지 아니? 저 여자가 남편을 죽인 뒤 토막 내서 뒷마당에 묻었겠구나 싶더라고."

"피비!"

"난 그냥 내가 생각하는 걸 너한테 말한 것뿐이야. 그게 다라고."

그날 밤 침대에 누워 커데이버 아주머니 생각을 했다. 나는 아주머니가 정말 남편을 죽이고 토막을 내 뒷마당에 묻어 버릴 수 있는 그런 끔찍한 사람이라고 믿고 싶었다.

그러고 나서 내 생각은 이내 블랙베리로 옮아가, 바이뱅크스에서 먹던 블랙베리 때문에 웬만한 블랙베리는 성에도 안 차는구나 싶었다. 한여름, 들판과 목초지 가장자리를 거닐며 블랙베리를 따던 엄마의 모습이 눈앞에 떠올랐다. 우리는 주머니 가득 블랙베리를 따곤 했다. 하지만 덩굴 아래나 위에 달린 열매는 건드리지 않았다. 아래에 달린 것은 토끼 몫이고 위에 달린 열매는 새들이 먹어야 하기 때문이라고 엄마는 말했다. 사람들의 손 높이에 달린 열매만 사람들 거라며.

침대에 누워 블랙베리 생각을 하자니 또 다른 일이 떠올랐다. 몇 년 전이었다. 어느 날 아침 엄마는 늦잠을 자고 있었다. 엄마는 그때 임신 중이었다. 아빠는 나와 둘이서 아침을 먹고 이미 들에 나가고 없었다. 아빠는 일하러 가기 전에 주스 병 두 개에 꽃을 한 송이씩 꽂아 노랑 데이지는 식탁 내 자리에, 페튜니아는 엄마 자리에 올려놓았더랬다. 아빠가 아침에 눈을 뜨자마자 들판에 나가 꺾어 온 꽃들이었다.

꽃은 부엌으로 내려온 엄마의 눈에 당장 띄었다.

"어머나, 예쁘기도 하지!"

엄마는 꽃마다 몸을 숙여 향기를 맡았다. 그러고는 창밖을 내다보며 이렇게 말했다.

"우리, 아빠를 찾으러 가자."

우리는 헛간이 있는 언덕을 올라 철책 아래로 기어 들어간 뒤 들판을 가로질렀다. 저 멀리 들판 끝에 아빠가 보였다. 아빠는 등을 돌린 채 두 손을 옆구리에 대고 서서 울타리를 바라보고 있었다.

엄마는 아빠를 발견하자 발걸음을 늦추었다. 나는 엄마 뒤에서 걸었다. 엄마는 살금살금 다가가 아빠를 깜짝 놀래려는 것처럼 보였다. 그래서 나 역시 숨을 죽이고 걸을 때도 소리가 나지 않게 조심했다. 자꾸 웃음이 터지려는 바람에 여간 힘든 게 아니었다. 감히 아빠를 놀래려고 몰래 다가가다니. 이제 엄마는 곧 아빠한테 와락 달려들어 입맞추고 꼭 껴안고 식탁에 놓인 꽃을 보고 얼마나 기뻤는지 모른다고 말할 테지. 엄마는 집 밖에 사는 것들은 뭐든지 다 좋아했다. 도마뱀, 나무, 소, 쐐기벌레, 새, 꽃, 메뚜기, 귀뚜라미, 두꺼비, 민들레, 개미, 돼지 등등 뭐든지.

우리가 막 덮치려는 순간 아빠가 뒤를 돌았다. 다가가는 소리를 들었는지도 몰랐다. 그 때문에 되레 깜짝 놀란 엄마는 순식간에 긴장이 풀어져 제자리에 섰다.

"슈거……."

아빠가 말했다.

엄마의 입이 열렸다. 나는 마음속으로 엄마에게 외쳤다.

'어서요! 어서 아빠를 안아요! 그리고 말하세요!'

하지만 엄마가 말을 꺼내기도 전에 아빠가 울타리를 가리키며 말했다.

"이거 좀 봐. 오늘 아침에 한 거야."

아빠는 새로 박아 세운 말뚝 두 개와 그 사이에 가로지른 철

책을 보여 주었다. 아빠의 얼굴과 두 팔은 땀에 젖어 있었다.

순간 나는 엄마가 울고 있는 것을 보았다. 아빠도 엄마가 우는 것을 보았다.

"무슨 일이야?"

아빠가 엄마에게 다가가며 묻자 엄마가 말했다.

"아, 당신은 정말 좋은 사람이에요, 존. 당신은 너무나 좋은 사람이에요. 나는 그런 일은 생각도 못 할 거예요. …… 죽었다 깨나도 당신처럼은 못 할 거예요……."

아빠는 나를 바라보았다.

"꽃이요."

내가 말했다.

"아."

아빠는 땀범벅이 된 팔로 엄마를 안았다. 하지만 엄마는 여전히 울고 있었다. 일이 내가 생각했던 것과는 영 딴판이 되고 말았다. 기쁨이 아니라 온통 슬픔투성이였다.

다음 날 아침 부엌으로 내려갔을 때 식탁 옆에 서 있는 아빠가 보였다. 아빠는 이슬도 채 가시지 않은, 윤기가 자르르 흐르는 블랙베리 접시를 내려다보고 있었다. 한 접시는 아빠 자리에, 다른 접시는 내 자리에 놓여 있었다.

"고마워요, 아빠."

내가 말했다.

"아니야, 내가 아니라 엄마가 따 온 거야."

아빠가 말했다.

그때 뒤쪽 베란다에서 엄마가 들어왔다. 아빠는 엄마를 껴안으며 입을 맞췄다. 너무나 낭만적이었다. 내가 막 자리를 피하려는 순간 엄마가 내 팔을 잡았다. 엄마는 나를 끌어당기며 말했다.

"봤지? 나도 거의 네 아빠만큼 좋은 사람이란다!"

엄마는 그 말을 나한테 했지만 사실은 아빠한테 하는 말이라는 생각이 들었다. 엄마는 수줍은 듯 살짝 웃었다. 나는 왠지 배신감을 느꼈지만 이유는 알 수 없었다.

피비네 집에서 저녁 식사를 하고 블랙베리 파이를 먹은 날 나는 그 모든 것에 대해 다시 생각해 보았다. 나는 아빠보다는 엄마의 일부였다. 엄마가 곧 나고, 내가 곧 엄마였다. 따라서 엄마한테 해당되는 것은 나한테도 해당된다고 생각했다. 그때 엄마가 "우리도 거의 네 아빠만큼 좋은 사람들이란다."라고 말했더라면 나는 "우리는 아빠랑 똑같이 좋은 사람들이에요. 아니, 우리가 더 나을지도 몰라요."라고 대답했을 것이다. 하지만 내가 왜 그런 말을 하고 싶어 했는지 그건 나도 잘 모르겠다. 아빠를 사랑하는데 말이다.

  블랙베리 파이 한 조각에 이렇게 많은 일들을 기억해 낼 수 있다는 것이 그저 놀라울 따름이었다.

7
일라노웨이

"저기 좀 봐! 일라노웨이 주 경계선이야!"

할아버지가 외쳤다.

할아버지는 다른 바이뱅크스 사람들처럼 일리노이를 '일라노웨이'라고 발음했다. '일라노웨이'라는 말을 들으니 갑자기 바이뱅크스에 대한 그리움이 사무쳐 올라왔다.

"인디애나 주는요?"

할머니가 물었다.

"아이고, 이런 맹꽁이 할멈 같으니라고. 지금 세 시간 내내 달린 데가 인디애나 주였잖아. 페이비 얘기를 듣느라 인디애나 주를 완전히 놓쳐 버렸구먼. 엘커트 생각 안 나? 거기서 점심을 먹었잖아. 사우스벤드는? 당신 거기서 쉬하러 갔었잖아.

아니, 어떻게 된 게 당신은 '후즈어 주'를 통째로 다 까먹나! 맹꽁이 할멈 같으니라고."

할아버지는 아주 재미있어하며 이렇게 덧붙였다.

"당신 '후즈어 주'가 왜 '후즈어 주'인지 알아?"

"몰라요."

할머니는 인디애나 주를 놓쳐서 조금 속상한 것 같았다.

할아버지가 말을 이었다.

"인디애나 주에서는 어느 집을 가든 사람들이 안에서 '후 이즈 데어?('누구세요?'라는 뜻의 영어.—옮긴이)' 하고 묻는대. 북쪽이든, 남쪽이든 여기 사는 사람들은 죄다 '후 이즈 데어?', '후 이즈 데어?' 한다는 거야. 그래서 '후 이즈 데어', 간단히 '후즈어' 주라고 알려진 거야. 알겠어, 맹꽁이 할멈?"

"자꾸 맹꽁이, 맹꽁이 하지 마요. 그럼 당연히 알아들었지, 못 알아들었을까 봐요?"

바로 그때 갑자기 굽은 길이 나타났다. 곧게만 뻗어 있던 길이 갑자기 휘어지다니 놀라서 간이 떨어질 뻔했다. 가슴을 쓸어내리는데 길 오른쪽에 거대한 수면이 보였다. 바이뱅크스의 헛간 뒤에서 자라던 푸른 초롱꽃만큼이나 새파란 물은 그 끝이 안 보였다. 눈에 보이는 거라고는 망망대해처럼 펼쳐진 수면뿐이었다. 그것은 마치 반짝반짝 빛나는 물이 대초원을 이루고 있는 것 같았다.

할머니가 물었다.

"우리가 지금 바닷가로 온 거예요? 바다는 지나지 않는 걸로 알고 있었는데……."

할아버지가 자기 손가락에 입을 맞추더니 그걸 할머니의 볼에 갖다 대며 말했다.

"아이고, 맹꽁이 할멈 같으니라고. 이게 바로 그 유명한 미시건 호잖아."

"아아, 저 물에 발을 좀 담갔다 가면 좋겠어요."

할머니가 말했다.

그러자 할아버지가 휙 하고 차선 두 개를 가로지르더니 순식간에 고속도로를 빠져나갔다. 우리는 눈 깜짝할 사이에 미시건 호의 차가운 물에 발을 담그고 서 있었다. 바짓가랑이를 접어 올린 다리 사이로 물결이 찰랑거렸고, 머리 위에서는 갈매기들이 서로 만나서 반갑다는 듯 큰 소리로 합창하며 빙빙 돌고 있었다.

"좋구나, 좋아!"

할머니가 발꿈치로 모래를 저으며 소리쳤다.

그날 우리는 조금 더 달린 뒤 시카고 외곽에서 하룻밤을 묵었다. 나는 하워드 존슨 모텔에서 보이는 일라노웨이를 바라보며 그곳이 호수에서 만 킬로미터도 더 떨어진 곳일 수도 있겠다는 생각을 했다. 내 눈에는 오하이오 주 북부나 그곳이나 아무런 차이도 없었다. 평평한 평지 위로 길고 곧게 뻗은 시멘트 도로를 보며 이번 여행이 아주아주 긴 여행이 될 거라는 생각이 들었다. 어둠이 덮이면서 다시금 "서둘러, 어서, 서두르라고." 하는 속삭임이 들렸다.

그날 밤 침대에 누워 아이다호 주의 루이스턴 시를 상상해 보려고 했지만 한 번도 가 보지 않은 곳을 생각할 수는 없었다. 대신 내 생각은 또다시 바이뱅크스로 되돌아가 있었다.

엄마가 루이스턴으로 떠나 버린 4월, 내가 처음 한 생각은 '엄마가 어떻게 그럴 수 있을까?'였다.

'내가 정말 엄마의 일부분이라면 엄마가 어떻게 나를 떠나 버릴 수 있지? 자기의 일부분을 떼어 놓고 어떻게 가 버릴 수 있지?'

시간이 흐를수록 점점 더 힘들고, 점점 더 슬퍼졌지만 이상하게 점점 더 쉽게 느껴지는 것들도 있었다. 엄마가 있을 때 나는 거울에 맺히는 엄마의 상이나 마찬가지였다. 엄마가 기뻐하면 나도 기뻤고, 엄마가 슬프면 나도 슬펐다. 엄마가 떠난 뒤 처음 며칠 동안 나는 그저 멍할 뿐, 아무런 느낌도 없었다. 어떻게 느껴야 할지를 몰랐던 것이다. 내가 어떤 느낌이어야 할지 알기 위해 엄마를 찾고 있는 내 자신을 발견하곤 했다.

엄마가 떠나고 이 주 정도 지난 어느 날, 울타리에 기댄 채 갓 태어난 송아지가 가는 다리로 비틀대며 서 있는 모습을 바라보았다. 송아지는 휘청거리면서도 그 큰 머리를 내 쪽으로 돌려 다정하고 사랑스러운 눈으로 나를 바라보았다. 순간 '아, 난 지금 참 행복하구나!' 하는 생각이 머릿속을 스치고 지나갔다. 그러고는 그 모든 감정을 나 혼자 느꼈다는 사실에 깜짝 놀라고 말았다. 그날 밤 침대에 누워 엉엉 울며 혼잣말을 중얼거렸다.

"살라망카 트리 히들, 넌 엄마 없이도 행복할 수 있어."

아주 못된 생각 같아서 미안한 마음이 들었지만, 그것이 사실이라고 느끼고 있었다.

모텔에 누워 이런 생각을 하고 있을 때 할머니가 다가와 침대에 걸터앉더니 이렇게 물었다.

"아빠 안 보고 싶니? 전화해 볼래?"

나는 아빠가 그리웠고 전화를 하고 싶었다. 하지만 내 마음과 다르게 대답했다.

"아니요, 괜찮아요. 정말이에요."

벌써 전화를 하면 아빠가 나를 마음 약한 애로 생각할지도 몰랐다.

"그래, 그럼 됐다. 우리 아가."

할머니는 허리를 굽혀 내게 입을 맞췄다. 할머니한테서는 할머니가 늘 사용하는 아기 분 냄새가 났다. 그 냄새를 맡으니 왠지 마음이 저려 왔지만 그 이유는 알 수가 없었다.

다음 날 아침 우리는 시카고를 떠나려다 그만 길을 잃고 말았다. 시카고의 고속도로는 일부러 사람들을 헤매게 하려는 듯 길이 온갖 방향으로 뒤엉켜 있었다. 우리는 두 시간 동안이나 뱅뱅 돌았다.

"제발 아무 사고도 안 나게 해 주세요. 제발 늦지 않게 해 주세요……."

나는 기도를 하고 또 했다.

할아버지가 말했다.

"적어도 날씨 하나는 정말 좋구나."

마침내 서쪽으로 향하는 도로를 발견했다. 원래 가려던 길은 아니었지만 그냥 그 길로 접어들었다. 일라노웨이 주를 반쯤 통과했을 때 '북쪽 위스콘신 행 90번 도로'라고 쓰인 교통 표지판을 발견했다. 그래서 우리는 다음 출구로 잽싸게 빠져 나왔다.

"제발 일라노웨이 좀 빠져나가게 해 다오!"

할아버지가 소리쳤다.

우리의 당초 계획은 위스콘신 주 남부를 빙 둘러 따라가다 미네소타 주로 꺾어져서 미네소타 주와 사우스다코타 주 그리고 와이오밍 주를 관통, 몬태나 주로 들어간 뒤 거기서 로키 산맥을 넘어 아이다호 주로 가는 거였다. 할아버지는 각 주를 통과하는데 하루씩 잡았고, 사우스다코타에 도착할 때까지 많이 쉬지 않을 생각이었다.

할아버지는 사우스다코타 주에 대한 기대가 컸다.

"곧 배들랜즈(미국 사우스다코타 주 남서부에 있는 국립 공원.—옮긴이)를 보겠구나. 블랙힐스(미국 사우스다코타 주 서부와 와이오밍 주 북동부에 있는 산지로 대통령 네 명의 얼굴을 새긴 러슈모어 산이 있다.—옮긴이)도 볼 테고."

할아버지가 말했다.

두 곳 모두 이름이 마음에 안 들었다. 그래도 우리가 그곳에 가는 이유는 잘 알고 있었다. 그곳은 엄마가 거쳐 갔던 곳들이다. 엄마가 탄 루이스턴 행 버스는 그 모든 관광지에 들렀다. 그리고 우리는 엄마의 발자취를 그대로 쫓아가고 있었다.

8
정신병자

 일라노웨이 주를 벗어나는 고속도로를 한참 달리고 있을 때 할머니가 말했다.

 "페이비 얘기 좀 계속 해 보려무나. 그다음엔 어떻게 되었지?"

 "정신병자가 나오는데 그래도 계속 듣고 싶으세요?"

 "아이고, 저런! 그래도 너무 끔찍하지만 않으면 듣고는 싶구나. 그나저나 페이비는 정말 글로리아랑 똑같다니까. 아이고, 정신병자라니, 이거 원!"

 "한데 글로리아가 정말 나한테 꿍꿍이속이 있었어?"

 할아버지가 물었다.

 "그랬을 거예요. 뭐 아닐 수도 있지만 말이에요."

할머니가 대답했다.

"쳇, 난 그냥 물어본 것뿐이라고⋯⋯."

"내 보기엔 당신 지금 그것 말고도 신경 써야 할 게 태산인 것 같은데요? 그러니 글로리아 생각일랑 그만두고 운전이나 잘해요."

할아버지는 내게 뒷거울로 눈을 찡긋해 보이며 이렇게 말했다.

"우리 맹꽁이 할멈이 질투를 하나 본데."

"아이고, 질투 같은 거 안 해요. 얘, 살라망카, 어서 피비 얘기나 계속해 보렴."

나는 할머니와 할아버지가 글로리아를 놓고 티격태격하는 모습을 보고 싶지 않았기 때문에 기꺼이 피비의 이야기를 이어 나갔다.

어느 토요일, 피비네 집에 있는데 메리 루가 전화를 해서 우리 둘 다 초대했다. 피비의 아빠는 골프를 치러 나갔고, 피비의 엄마는 막 식료품 가게에 가고 없었다.

피비는 방마다 돌아다니며 문과 창문이 다 잘 잠겨 있는지 확인했다. 문단속은 피비의 엄마가 벌써 다 했지만 피비가 자기도 나가기 전에 잘 살펴보겠노라고 엄마한테 다짐했기 때문이었다. 윈터버텀 부인은 "만일의 경우를 위해서"라고 말했다. 나는 그게 정확히 어떤 경우를 말하는 건지 도저히 이해할 수가 없었다. 피비의 엄마가 나간 뒤 누군가 몰래 집 안으로 들어와 우리가 외출할 때까지의 그 십오 분 동안 집 안의 모든 문과 창문을 열어 놓을지도 모르는 경우를 말하는 걸까? 윈터버텀 부인은 외출 전에 "조심해서 나쁠 것은 없단다." 하고 말했다.

문을 점검하는데 초인종이 울렸다. 피비와 나는 창문으로 바깥을 내다보았다. 내가 패트리지 할머니처럼 사람들 나이를 잘 알아맞히지는 못하지만 언뜻 보기에 열일곱이나 열여덟쯤 되어 보이는 젊은이가 베란다에 서 있었다. 청년은 검은 티셔츠에 청바지 차림이었고 바지 주머니에 손을 찌르고 서 있었다. 왠지 초조한 모습이었다.

"엄마는 낯선 사람이 집에 오는 거 굉장히 싫어해. 병원을 도망쳐 나온 정신병자가 언젠가 집 안으로 뛰어 들어와 권총을 들이댈 날이 있을 거라고 확신하고 계시거든."

"그만 좀 해, 피비. 정 그러면 내가 문을 열어 줄까?"

피비가 숨을 한 번 깊이 들이마신 뒤 말했다.

"같이 열자."

피비는 현관문을 열더니 자기는 낯선 사람한테 쉽게 속아 넘어가는 바보가 아니라는 것을 보여 주려는 듯 냉랭한 목소리로 무슨 일이냐고 물었다.

청년이 말했다.

"여기가 그레이 가 49번지니?"

피비네 집 앞 도로에는 '그레이 가'라는 표지판이 네 개나 세워져 있었고, 피비네 현관문 위에는 49라는 번호가 좀 크다 싶을 정도로 뚜렷이 적혀 있었기 때문에 내 귀에는 그 질문이 좀 멍청하게 들렸다. 피비가 맞다고 대답했다.

"그렇다면 윈터버텀 씨 가족이 여기 사니?"

청년이 물었다.

피비는 또다시 그렇다고 대답하고 나서 이렇게 덧붙였다.

"잠깐만요."

피비는 현관문을 닫더니 내게 물었다.

"너 저 사람한테 정신병자 같은 낌새 못 챘니? 어디다 총을 숨긴 것 같지는 않던데. 바지는 너무 꽉 끼고, 셔츠는 좀 작아 보여. 하지만 양말 안에 칼을 차고 있을지도 몰라."

피비는 정말 극적인 데가 있었다.

"저 사람은 양말을 안 신었어, 피비."

그러자 피비가 다시 문을 열었다.

청년이 말했다.

"윈터버텀 부인을 만나고 싶은데 안에 계시니?"

"네."

피비가 거짓말을 했다.

청년이 고개를 돌려 거리를 이리저리 바라보았다. 청년의 곱슬머리는 잔뜩 흐트러져 있었고, 뺨은 발갛게 상기되어 있었다. 청년은 우리를 똑바로 쳐다보지 못하고 계속해서 주위만 두리번거렸다.

"얘기를 좀 하고 싶어."

청년이 다시 말했다.

"누구랑요?"

피비가 물었다.

"윈터버텀 부인이랑 말이야."

청년은 끈질긴 데가 있는 것 같았다.

"지금은 현관으로 나오실 수 없으세요."

피비의 말에 청년은 금방이라도 울음을 터뜨릴 것 같은 표정이 되었다. 청년이 입술을 깨물며 서너 번 눈을 깜빡이더니 이렇게 말했다.

"기다릴게."

"잠깐만요."

피비는 또다시 현관문을 닫았다. 그러고 나서 엄마를 찾는 척 소리를 지르며 1층을 돌아다녔다.

"엄마! 엄마아아아!"

피비는 있는 힘껏 발을 구르며 2층으로 올라갔다.

"엄마!"

잠시 후 피비와 나는 다시 현관문을 열었다. 청년은 바지 주머니에 손을 찌른 채 우울한 표정으로 여전히 그 자리에 서 있었다.

"정말 이상하네요. 집에 계신 줄 알았는데 잠깐 나가셨나 봐요."

피비는 그렇게 둘러대고는 얼른 덧붙였다.

"하지만 지금 집에는 사람들이 아주 많아요. 사람들이 무지 많은데 윈터버텀 부인만 안 계신 거예요."

청년은 입술을 깨물며 고개를 떨어뜨렸다. 그 모습이 마치 늙은 개가 슬퍼하는 것처럼 보였다.

"그렇다면 윈터버텀 씨는 계시니?"

"죄송해요. 다른 사람들은 다 있는데 윈터버텀 씨도 지금 잠시 안 계세요."

"윈터버텀 부인이 네 엄마니?"

"네. 뭐 전할 말씀이라도 있으세요?"

젊은이의 붉은 뺨이 더 붉어졌다.

"아, 아니, 됐어. 괜찮아."

청년은 거리를 두리번거리더니 현관문 위에 적힌 호수를 올려다보았다.

"넌 이름이 뭐니?"

청년이 물었다.

"피비요."

"피비 윈터버텀?"

"네."

청년은 피비의 이름을 뇌까렸다.

"피비 윈터버텀, 피비 윈터버텀……."

나는 청년이 피비의 이름을 가지고 장난을 칠 거라고 생각했지만 예상은 빗나가고 말았다. 청년이 이번에는 나를 바라보며 물었다.

"너도 성이 윈터버텀이니?"

"전 그냥 친구예요."

그것을 마지막으로 청년은 떠났다. 뒤를 돌아 계단을 천천히 내려가 길 아래로 사라져 버렸다. 우리는 그 낯선 청년이 모퉁이를 돌아갈 때까지 기다렸다가 집을 나섰다. 그러고는 메리 루의 집까지 마구 달렸다. 피비는 그가 갑자기 다시 나타나 우리를 덮칠 거라고 확신했다. 정말이지, 피비는 내가 말한 대로 상상력이 대단한 애였다.

9
쪽지

메리 루의 집에 도착하기 직전에 피비가 넌지시 말을 건넸다.
"메리 루네 식구들은 우리 식구들이랑은 달라. 교양이 좀 없어."
"무슨 말이야?"
"곧 알게 될 거야."
메리 루 핀니와 벤 핀니는 모두 우리 반이었다. 처음엔 그 둘이 남매인 줄 알았다. 하지만 피비가 메리 루와 벤은 서로 사촌 지간이고 벤이 메리 루네 집에 잠시 얹혀 지내는 거라고 말해 주었다. 분위기를 보니 핀니 씨 집에는 잠시 얹혀사는 친척이 늘 최소한 한 명씩은 있는 것 같았다.
메리 루네 집은 정말로 난장판이었다. 벤과 부모님 말고도 메리 루에게는 언니가 한 명, 남동생이 세 명이었다. 집에는 축구공과 농구공들이 사방에 굴러다녔고, 남자애들은 계단 난간에서 미끄럼을 타는가 하면 탁자 위를 뛰어다녔다. 또 입에 음식을 가득 넣고 말을 하거나 끊임없는 질문으로 대화를 방해했다. 피비가 집 안을 죽 둘러보더니 내게 귀엣말을 했다.

"우리 엄마, 아빠는 모든 게 체계적이신데 말이야, 메리 루네 부모님은 자기 애들 하나 제대로 통제 못하나 봐."

피비는 그렇게 가끔씩 유치하게 굴 때가 있었다.

핀니 씨는 옷을 입은 채로 욕조에 누워 책을 읽었다. 그리고 메리 루의 방 창문으로 밖을 내다보니 베개를 베고 차고 지붕에 누워 있는 핀니 부인이 보였다.

"너희 엄마 저기서 뭐 하고 계신 거니?"

내가 물었다.

메리 루가 창밖을 슬쩍 내다보더니 이렇게 대답했다.

"아이고, 신이시여! 낮잠 주무시는 거야."

핀니 씨가 욕조에서 나오더니 메리의 남동생 데니스와 두기를 데리고 뒷마당에서 축구를 하기 시작했다. 핀니 씨는 종종 이렇게 소리쳤다.

"이리로 차!"

"그렇지, 그렇게!"

"저쪽으로 몰아!"

지난 주말에 우리는 학교에서 운동회를 했다. 부모님들도 와서 아이들이 체조나 달리기 하는 모습을 지켜보았는데, 개중에는 이인삼각 달리기나 자몽 던지기같이 부모님들과 함께 하는 종목들도 있었다. 우리 아빠는 못 왔지만 메리 루와 피비의 부모님은 오셨더랬다.

그때 피비는 이렇게 말했다.

"아이, 유치해. 우리 엄마, 아빠는 너무 유치해서 이런 게임은 안 하셔."

피비네 부모님이 운동장 바깥에 가만히 서 있었던 반면 메리 루의 부모님은 "여기로, 여기!", "그래, 그렇게!" 하고 소리를 지르며 운동장을 종횡무진 누볐고 서로의 머리에 찬물을 부어 주기도 했다. 메리 루의 부모님은 이인삼각 달리기에서 자꾸만 넘어지기도 했다.

그때 피비가 내게 속삭였다.

"메리 루가 자기 부모님 때문에 창피할 것 같아."

하지만 내 생각은 달랐다. 그것은 결코 창피해할 일이 아니었다. 오히려 아주 근사해 보였다. 하지만 그런 말을 피비에게 하지는 않았다. 피비도 속으로는 그게 좋아 보인다는 것을 알고 있으며, 자기 부모도 메리 루의 부모처럼 행동하기를 바랄 거라고 생각했다. 비록 피비가 그것을 대놓고 인정하지는 못했지만, 나는 피비의 바로 그런 점, 즉 자기 가족을 변호하려는 그 점을 좋아했다.

피비와 내가 정신병자일지도 모르는 청년을 만나고, 메리 루네 집에 놀러갔던 그날, 몇 가지 이상한 일들이 더 있었다. 우리는 낡은 신발과 뒤틀어진 허리띠들을 구경하며 메리 루의 방바닥에 앉아 있었다. 피비가 메리 루에게 정신병자일지도 모를 정체불명의 청년에 대한 이야기를 들려주었다. 그 사이 메리 루의 남동생들은 쉴새없이 방을 들락거리며 산더미처럼 쌓여 있는 신발과 허리띠를 뛰어넘어 침대에 올라가 우리에게 물총을 쏘아 댔다.

사촌 벤은 메리 루의 침대에 누워 새카만 눈동자로 나를 뚫어져라 쳐다보고 있었다. 벤의 눈은 크고 둥그런 눈구멍에 반짝이는 검은 원반이 끼워져 있는 것 같았다. 깃털처럼 하늘거리는 긴 속눈썹은 양 볼에 희미한 그늘을 드리웠다.

"네 머리 정말 마음에 든다. 너 그거 깔고 앉을 수도 있니?"

벤이 물었다.

"응. 마음만 먹으면."

벤이 메리 루의 책상에서 종이 한 장을 집어 들더니 다시 침대에 엎드려 그림을 그리기 시작했다.

그때 메리 루가 피비에게 일기장에 무엇을 적었냐고 물었다.

"별거 안 썼어."

피비가 대답했다.

요즘 학교에서는 일기장이 아이들의 가장 큰 관심사였다. 지난 학기가 끝날 무렵 당시 영어 선생님이 아이들에게 여름 동안 일기를 써서 새 영어 담당 버크웨이 선생님이 오시는 날 제출하라고 시킨 모양이었다. 아이들은 하나같이 다른 아이들은 무슨 내용의 일기를 썼을까 굉장히 궁금해했다. 새로 전학 왔기 때문에 일기 숙제를 몰랐던 나는 일기장을 내지 않아도 되었다. 얼마나 다행인지 몰랐다.

벤이 자기가 그린 그림을 침대 너머로 내밀며 물었다.

"이거 볼래?"

종이에는 그림 두 개가 그려져 있었다. 하나는 길고 검은 머리를 한 도롱뇽같이 생긴 동물이었다. 그 동물은 등을 타고 엉덩이까지 내려와 의자 구실을 하는 제 머리카락 위에 앉아 있었다. 벤은 그 옆에 '제 머리카락을 깔고 앉은 샐러맨더'라고 써 놓았다. 또 다른 그림은 꽉 조이는 청바지에 짧은 머리를 한 벌이었다. 그 밑에는 '프리 비'라고 적혀 있었다.

"재미도 있겠다."

피비가 톡 쏘더니 그대로 방을 나가 버렸다. 메리 루가 그 뒤를 따랐다.

나는 몸을 돌려 벤에게 그림을 돌려주었다. 바로 그때 벤이 몸을 앞으로 숙이는 바람에 그의 입술이 내 쇄골에 닿았다. 벤은 잠시 그렇게 하고 가만히 있었다. 내 코는 꼼짝없이 벤의 머리카락 속에 파묻혀 있었는데 거기서는 자몽 향기가 났다. 아마도 샴푸 냄새인 듯싶었다. 이윽고 벤이 침대에서 내려오더니 종이를 받아 들고는 방 밖으로 뛰어나가 버렸다.

벤이 내 쇄골에 입을 맞추려고 했던 것일까? 정말 그랬다면 대체 왜? 그때 내가 몸을 돌리지 않았더라면 그의 입술이 다른 곳에 와 닿았을까? 혹시 내 입술에? 온몸에 소름이 쫙 끼쳤다. 하지만 계속 생각하면 할수록 그냥 다 내 상상이지 싶었다. 벤이 침대에서 내려오다 잠시 스친 것뿐일 수도 있었다.

메리 루네 집에서 돌아오는 길에 피비가 물었다.

"그 집 너무너무 시끄럽지?"

"메리 루네 집 말이야?"

"당연히 메리 루네 집이지, 내가 지금 어느 집 얘기를 하고 있겠니?"

"너 샘내는구나."

내가 대꾸했다.

"아니야, 절대 아니야. 난 그 집이 너무 시끄럽다고 말하고 있는 거야."

"난 잘 모르겠던데?"

나는 언젠가 아빠가 엄마한테 하던 말을 떠올렸다.

"여보, 우리 언젠가 아이들로 집을 가득 채우자고! 아주 발 디딜 틈도 없게 말이야!"

하지만 엄마와 아빠는 그렇게 하지 못했다. 우리 집에는 엄마 아빠와 나 세 사람밖에 없었고 그나마 얼마 뒤에는 아빠와 나 둘밖에 안 남았다.

우리가 피비의 집에 도착했을 때, 피비의 엄마는 화장지로 눈을 두드리며 소파에 누워 있었다.

"엄마, 무슨 일 있어요?"

피비가 물었다.

"아니, 일은 무슨. 아무 일도 없단다."

윈터버텀 부인이 대답했다.

그제야 피비는 엄마에게 정신병자일지도 모르는 청년이 집에 왔었다는 이야기를 했다. 윈터버텀 부인은 깜짝 놀라며 그 청년이 무슨 말을 했는지, 거기에 피비는 어떻게 대꾸했는지 정확히 알고 싶어 했다. 또 청년의 생김새와 그의 행동, 피비의 반응 등을 자세히 캐물었다. 이윽고 윈터버텀 부인이 입을 열었다.

"오늘 그 일은 아빠한테 말하지 않는 게 좋을 것 같구나."

피비의 엄마는 피비를 안아 주려는 듯 팔을 뻗었지만 피비는 몸을 뒤로 피했다.

나중에 피비가 내게 이런 말을 했다.

"이상해. 엄마는 보통 아빠한테 뭐든지 다 얘기하는데. 말 그대로 정말 뭐든지 다 말이야. 식료품 가게에서 무슨 말을 들었는지, 빵 사는 데 얼마가 들었는지, 어디 가야 빵이 더 싼지, 은 닦는 수건은 어느 회사 것이 더 좋은지, 프루던스 언니랑 내가 무슨 말을 했는지 등등 진짜 시시콜콜한 것까지 다 말씀하신다니까."

"너희 아빠가 네가 낯선 사람과 이야기했다고 화내실까 봐 그러시는 걸 수도 있지 뭐. 네가 혼나지 않도록 말이야."

내가 말했다.

"난 아빠한테 뭐 숨기고 그러는 거 싫어."

피비가 대꾸했다.

우리는 베란다로 나갔다. 베란다 맨 윗 계단에 하얀 봉투가 놓여 있었다. 봉투에는 이름도 주소도, 아무것도 씌어 있지 않았다. 그런 봉투엔 대개 페인트칠이나 양탄자 청소를 해 준다는 전단이 들어 있는 법이라 이것도 그런가 보다 했다. 피비가 봉투를 집어 뜯었다.

"으응? 이게 뭐야?"

피비가 소리쳤다.

봉투 안에는 파란색 쪽지가 들어 있었는데 거기에는 이렇게 적혀 있었다.

그의 모카신을 신고 두 개의 달 위를 걸어 볼 때까지
그 사람에 대해 판단하지 마세요.

"이상한 말이네."

피비가 중얼거렸다.

나도 쪽지를 들여다보았다. 순간 혹시 아빠가 쓴 게 아닐까 하는 이상야릇한 감정에 휩싸였다. 그도 그럴 것이 그것은 아빠가 늘 하는 말이었기 때문이다. 아빠는 걸어 다니는 속담 사전이라고 말해도 과언이 아닐 정도로 속담이나 격언을 많이 알았다. 하지만 아빠의 필체가 아니었다.

피비가 프루던스와 엄마에게 쪽지를 보여 주었다. 윈터버텀 부인이 블라우스의 깃을 움켜쥐며 물었다.

"대체 누구한테 온 거지?"

그때 윈터버텀 씨가 골프채를 들고 뒷문으로 들어왔다. 윈터버텀 부인이 남편에게 쪽지를 내밀며 같은 말을 되풀이했다.

"여보, 대체 누구한테 온 걸까요?"

"글쎄, 전혀 모르겠는데."

윈터버텀 씨가 고개를 갸웃거렸다.

"하지만 조지, 대체 누가 무슨 이유로 우리한테 이런 쪽지를 보낸 거죠?"

"나도 정말 모르겠어, 노마. 어쩌면 우리한테 온 게 아닐 수도 있잖아?"

윈터버텀 씨가 골프채를 냉장고 옆에 내려놓으며 말했다. 대수롭지 않게 생각하는 것 같았다.

"우리한테 온 게 아니라고요? 우리 집 계단에 놓여 있었잖아요!"

"노마, 진정해요. 이건 아무것도 아니야. 아무한테나 온 걸 수 있다고."

"하지만 여보……."

"프루던스한테 왔을지도 모르지. 아니면 피비나."

그러자 프루던스가 얼른 말을 가로챘다.

"저한테 온 건 아니에요."

"넌 그걸 어떻게 아니?"

윈터버텀 부인이 물었다.

"그냥 알아요."

프루던스가 말했다.

"그렇다면 피비, 넌? 이거 너한테 온 거니?"

윈터버텀 부인이 피비를 보았다.

"저한테요? 아닌 것 같은데요."

피비가 대답했다.

"그렇다면 대체 누구한테 온 거란 말이야?"

윈터버텀 부인이 또다시 외쳤다.

프루던스는 제 아빠를 쳐다보았고, 윈터버텀 씨는 피비를, 피비는 나를 그리고 나는 다시 윈터버텀 부인을 쳐다보았다.

"우리는 정말 모르는 일이에요."

피비가 말했다.

윈터버텀 부인은 굉장히 긴장해 있었다. 부인은 정신병자일 수 있는 그 청년이 쪽지를 보냈을지도 모른다고 생각하는 것 같았다.

10
좋구나, 좋아

 내가 막 이상한 쪽지 이야기를 마쳤을 때, 할아버지는 고속도로를 빠져나가고 있었다. 할아버지는 도로를 야금야금 잡아먹는 데 지쳤다며 심지어는 길에 그려진 하얀 차선들이 눈앞에서 넘실넘실 춤을 추는 것 같다고 했다. 할아버지가 쉬어 가기 위해 위스콘신 주의 매디슨으로 차를 달리고 있을 때 할머니가 불쑥 입을 열었다.
 "윈터버텀 부인이 좀 안됐구나. 별로 행복한 것 같지가 않아."
 "내 보기에는 그 집 식구들 다 좀 이상한데 뭐."
 할아버지가 끼어들었다.
 "엄마 노릇이라는 건 늑대가 도망가지 못하게 늑대의 귀를 꼭 붙들고 있는 거나 마찬가지예요. 특히 애가 하나나 둘일 때는 더 그렇죠. 애가 서넛쯤 되거나 더 많으면 하루 종일 뜨거운 팬 위에서 춤을 춰 대느라 뭐 다른 건 생각할 틈도 없죠. 하지만 애가 딱 하나나 둘이면 그건 훨씬 더 힘들다고요. 왠지 채워 넣어야 할 것 같은 허한 공간이 생기거든요."

"흠, 하지만 아빠가 되는 것도 그리 쉬운 일만은 아니라고."

할아버지가 응수했다.

"아이고, 실없는 소리 그만해요."

할머니가 할아버지의 팔을 툭 건드리며 말했다.

주차를 하려고 계속 빙빙 돌던 할아버지가 마침내 어떤 사람이 큰길 근처에서 차를 빼는 것을 보았다. 다른 사람도 그 자리를 보았지만 할아버지가 더 빨랐다. 할아버지는 잽싸게 우리 차를 빈 자리에 박아 넣었다. 상대방이 주먹을 흔들어 보이자 할아버지는 그에게 이렇게 외쳤다.

"이봐, 난 퇴역 군인이야! 내 다리 보여? 여기엔 아직도 독일군의 유산탄(탄환이 터질 때 속에 든 많은 산탄이 튀어 나가게 만든 포탄의 일종.—옮긴이) 파편이 박혀 있다고. 내가 조국을 구했단 말이야!"

그러자 그가 할아버지를 멍하니 바라보았다.

우리는 주차 미터기에 넣을 잔돈이 조금 모자랐다. 할아버지가 이번에는 구구절절한 쪽지를 쓰기 시작했다. 켄터키 주 바이뱅크스에서 온 관광객인데 2차 세계 대전에 참전했던 퇴역 군인으로 다리에는 여전히 독일군이 쏜 유산탄 파편이 박혀 있다, 유감스럽게도 잔돈이 부족해 주차료를 제대로 못 냈지만 아름다운 도시 매디슨의 시민들이 널리 양해해 주기를 바란다는 내용이었다. 할아버지는 그 쪽지를 자동차 계기판 위 앞 창문 쪽에 올려놓았다.

"할아버지, 그거 정말이에요? 할아버지 다리에 진짜 독일군이 쏜 유산탄 파편이 박혀 있어요?"

할아버지가 하늘을 올려다보며 말했다.

"오늘은 날씨가 정말 좋구나."

할아버지가 유산탄 운운한 것은 다 거짓말이었다. 나는 가끔씩 분위기 파악이 좀 느릴 때가 있다. 한번은 아빠가 나더러 형광등 같다는 말을 했다. 나는 그때도 아빠의 말을 잘 못 알아듣고 그저 눈만 깜빡깜빡하고 있었다.

할머니가 물었다.

"당신 여기 중심가가 어딘지 알아요?"

할아버지는 주위를 두리번거리더니 찻길 한가운데로 내려

가 지나가는 버스를 세웠다. 버스 운전사와 잠시 이야기를 나누던 할아버지가 우리더러 와서 버스에 올라타라는 손짓을 했다.

매디슨 시는 멘도타 호와 모노나 호 사이에 자리 잡고 있는데, 주위에는 이 두 호수 때문에 만들어진 작은 호수들이 많았다. 수만 개쯤 되어 보이는 공원에는 역시 수만 대쯤 되어 보이는 자전거들이 있었다. 자전거들이 어찌나 많은지 자전거 타는 사람들만을 위한 특별 교통경찰과 교통 신호등도 있었다. 도시 전체가 마치 방학을 맞은 것처럼 보였다. 자전거를 타는 사람들, 호수 주변을 산책하는 사람들, 오리에게 먹이를 주는 사람들, 음식을 먹는 사람들, 카누나 윈드서핑을 즐기는 사람들 천지였다. 나는 그런 광경을 난생처음 보았다. 할머니는 신이 나서 "좋구나, 좋아!" 하고 연신 외쳐 댔다.

수천 명의 사람들이 아이스크림을 먹으며 거닐고 있는 도심 전체가 자동차 통제 구역이었다. 우리는 선프린트 카페에 가서 바나나 머핀을 먹었다. 하지만 얼마 가지 않아 다시 아이스크림 집이 딸린 엘라스 코셔 델리에서 샌드위치와 오이 피클 그리고 입가심으로 라즈베리 아이스크림을 먹었다. 그런데도 조금 더 걷다 보니 또 배가 고파졌다. 우리는 스팁 앤드 브

루에 들어가서 레몬차와 블루베리 머핀을 시켰다.

그러는 동안에도 내 귓전에서는 끊임없이 서두르라고, 어서 서두르라는 속삭임이 들렸다. 할머니와 할아버지는 아주 천천히 움직였다.

"우리 이제 그만 가야 하는 거 아니에요?"

내가 계속해서 물었지만 할머니는 아랑곳없이 "좋구나, 좋아!"만 계속 외쳐 댔고, 할아버지는 "그래, 곧 갈 거다, 곧 갈 거야."라고 대답할 뿐이었다.

"너 엽서 쓰고 싶니?"

할머니가 물었다.

"아니요."

"아빠한테도 안 보낼 거야?"

"안 보낼래요."

거기에는 그럴 만한 이유가 있었다. 엄마는 여행 내내 내게 엽서를 보냈더랬다.

'난 지금 배들랜즈에 와 있단다. 네가 몹시 그립구나.'

'여기는 러슈모어 산이야. 하지만 내 눈에는 대통령들의 얼굴이 아니라 네 얼굴만 보이는구나.'

마지막 엽서는 엄마가 다시는 돌아오지 않을 거라는 소식이 날아들고 나서 이틀 뒤에 도착했다. 그것은 아이다호 주의 쾨르 달렌에서 보낸 엽서였다. 앞은 커다란 상록수에 둘러싸인 아름답고 푸른 호수 사진이었다. 그 뒤에 엄마는 이렇게 적고 있었다.

'내일 루이스턴 시에 도착할 거야. 사랑한다, 내 딸 살라망카 트리.'

"정말이지 다시는 고속도로로 돌아가고 싶지 않구나. 하지만 시간이 많이 지났지?"

할아버지가 말했다.

'그래요.'

나는 생각했다.

'그래요, 그래요, 그렇다고요!'

또다시 수천 번의 기도를 뇌까리는 동안 할머니는 등받이에 몸을 기댄 채 잠시 눈을 붙였다. 내가 정신을 차렸을 때 할아버지는 또다시 고속도로를 빠져 나가고 있었다.

"저길 좀 봐라. 위스콘신 골짜기야."

할아버지는 커다란 주차장에 차를 세운 뒤 우리에게 말했다.

"나가서 한 바퀴 죽 둘러보고 오지그래? 나는 잠깐 눈을 좀 붙여야겠어."

할머니와 나는 오래된 요새를 잠시 구경한 뒤 아메리카 원주민들이 북을 치며 춤을 추는 광경을 잔디에 앉아 구경했다. 엄마는 '아메리카 원주민'이라는 말을 싫어했다. 엄마는 그 말이 너무 미개하고 딱딱한 느낌이 난다고 했다.

"우리 증조할머니는 세네카 인디언이었어. 난 그게 얼마나 자랑스러운지 몰라. 증조할머니는 세네카 아메리카 원주민이 아니었다고. 인디언이라고 하는 게 훨씬 더 이국적이고, 용감하고, 우아하게 들린단 말이야."

엄마는 그렇게 말했다.

학교에서 선생님한테 아메리카 원주민이 옳은 표현이라고, 그렇게 말해야 한다고 배웠다. 하지만 나는 전적으로 엄마와 같은 생각이었다. 인디언이라는 말이 훨씬 듣기 좋았다. 엄마와 나는 우리의 인디언적 배경을 좋아했다. 엄마는 우리가 자연이 주는 선물을 남다르게 느낄 수 있는 것도 다 우리들 피 속에 흐르는 그 이국적 요소 때문이라고 했다. 그것이 우리를 땅과 더 가까운 존재로 만들어 준다는 설명이었다.

나는 눈을 감은 채 자리에 누워 '빨리, 빨리, 빨리!'라고 울리는 북소리와 '서둘러, 서둘러, 서둘러!'라고 외치는 춤꾼들의 노랫소리를 들었다. 종을 치는 사람도 있었는데, 종소리를 들자 잠시 크리스마스와 썰매에 매달았던 종이 생각났다. 다시 눈을 떴다. 할머니가 안 보였다.

우리가 어디에 차를 주차시켰던지 기억해 내려고 애쓰면서 주위를 둘러보았다. 사람들의 얼굴을 훑고 나무와 매점 쪽을 쳐다보았다.

'가 버렸어. 나만 남겨 두고 두 분 모두 가 버리신 거야.'

나는 사람들 사이를 뚫고 앞으로 나아갔다.

사람들의 박수 소리와 북소리가 요란스레 뒤섞인 가운데 나는 완전히 방향 감각을 잃었다. 아무리 생각해도 우리가 어느 쪽에서 왔는지 기억해 낼 수가 없었다. 그곳에는 각각 다른 주차장을 가리키는 표지판이 세 개나 있었다. 북소리는 점점 더 커지고 있었다. 나는 북소리에 맞춰 점점 더 요란하게 박수를 쳐 대는 사람들을 밀치고 그 속으로 들어갔다.

인디언들은 안쪽과 바깥쪽에 이중 원을 만들어서 껑충껑충 뛰고 있었다. 남자들은 바깥쪽 원에서 춤을 추었는데, 다들 깃털 모자를 쓰고 가죽으로 된 짧은 앞치마를 두르고, 모카신을 신고 있었다. 순간 피비네 집 앞에 놓여 있던 쪽지가 다시 떠올랐다.

그의 모카신을 신고 두 개의 달 위를 걸어 볼 때까지
그 사람에 대해 판단하지 마세요.

남자들에게 둘러싸인 안쪽 원에서는 긴 치마에 구슬 띠를 휘감은 여자들이 서로 팔짱을 낀 채 늙은 부인 한 사람을 가운데 두고 춤을 추었다. 그 노부인은 면으로 된 평범한 원피스 차림이었고, 머리에 쓴 깃털 모자는 너무 커서 이마 위로 흘러 내려와 있었다.

나는 더 가까이 다가갔다. 노부인은 희고 납작한 신발을 신고 한가운데서 혼자 껑충껑충 뛰었다. 북소리가 둥둥 울려 퍼지는 간간이 노부인의 목소리가 들렸다.

"좋구나, 좋아!"

노부인은 다름 아닌 우리 할머니였다.

11
경련

다음 날 아침 일찍 우리는 위스콘신 주를 떠나 미네소타 주의 남쪽 경계선을 따라 고속도로를 달렸다. 그곳은 언덕이 넓고 푸르렀으며 길옆이 바로 숲인 곳도 많았다. 숨을 들이쉬면 소나무 향기가 났다.

"드디어 경치가 좀 볼만하구나! 난 경치가 아름다운 곳이 좋더라. 안 그러냐, 우리 아가?"

할아버지가 말했다.

나는 어제 있었던 일, 그러니까 할머니와 할아버지가 나 혼자만 남겨 놓고 가 버린 줄 알고 두려움이 뼛속까지 파고들었던 것에 대해 단 한 마디도 하지 않았다. 대체 왜 그런 마음이 들었는지 모르겠다. 엄마가 4월 어느 날 우리 곁을 떠나 버린 뒤로, 모든 사람들이 한 명씩 한 명씩 내 곁을 차례로 떠나 버릴 거라는 생각을 하게 된 것 같다.

다시 피비의 이야기를 시작할 수 있어 기뻤다. 적어도 그 이야기를 하는 동안에는 다른 생각이 나지 않았기 때문이다. 시속 100킬로미터로 우리들 곁을 질주해 가는 자동차들에 대한 공포도, 아빠와 마거릿에 대한 생각도, 엄마에 대한 기억도 모두 잊을 수 있었다. 하지만 나는 종종 피비의 이야기를 하다가도 그 이야기 뒤에 감춰진 엄마의 얼굴을 보곤 했다.

"페이비가 쪽지를 더 받았니?"

할머니가 물었다.

그랬다. 다음 주 토요일, 피비와 내가 다시 메리 루네 집에 놀러 가려고 피비의 집을 막 나서려고 했을 때 맨 위 계단에 하얀 봉투가 또다시 놓여 있었다. 안에는 지난번처럼 파란 쪽지가 들어 있었고 거기에는 이렇게 적혀 있었다.

누구나 자신만의 일정표가 있다.

피비와 나는 거리를 좌우로 살펴봤지만 쪽지를 놓고 갔을 만한 사람은 보이지 않았다. '일정표'가 정확히 무슨 뜻인지 몰랐던 우리는 메리 루네 집에서 사전을 찾아보았다. 메리 루는 이번과 지난 번의 쪽지 두 개가 다 너무나 흥미진진하다고 했다.

"정말 재미있어! 아아, 나한테도 누가 이런 쪽지 좀 써 줬으면!"

메리 루가 말했다.

피비는 쪽지들이 무섭다고 했다. 쪽지에 쓰인 말은 하나도 무섭지 않지만 누군가 자기 집 주변을 배회하다가 아무도 안 보는 사이 그런 것을 베란다에 슬쩍 떨어뜨리고 간다는 사실이 끔찍하다고 했다. 피비는 누가 자기 집을 계속 관찰하다가 적당한 시기를 노려 쪽지를 두고 가는 것에 대해 걱정이 이만저만이 아니었다. 피비는 정말 걱정의 여왕이었다.

우리는 사전에서 '일정표'라는 말을 찾아본 뒤 두 번째 쪽지에 쓰인 문장의 의미를 해석해 내려고 애썼다. 피비가 먼저 입을 열었다.

"좋아, 그러니까 일정표라는 것은 회의에서 토론해야 하는 의제들의 순서를 정해 놓은 리스트란 말이지……."

나는 피비에게 물었다.

"그렇다면 이거 너희 아빠한테 온 게 아닐까? 너희 아빠, 가끔 회의에 참석하시지?"

"응, 그럴 거야. 그런 날은 하루 종일 정신이 하나도 없으셔."

그러자 메리 루가 말했다.

"그렇다면 이 쪽지는 너희 아빠의 직장 상사가 보낸 거 같은데? 너희 아빠가 회의 진행을 잘 못하셨나 보지."

"그럴 리 없어. 아빠는 체계가 아주 분명하단 말이야."

그러자 메리 루가 또다시 질문을 던졌다.

"먼젓번에 온 쪽지는 어땠지? 거기 뭐라고 적혀 있었더라?"

피비가 대답했다.

"그의 모카신을 신고 두 개의 달 위를 걸어 보기 전까지 그 사람에 대해 판단하지 마세요."

"나 그거 무슨 뜻인지 알아. 우리 아빠가 자주 하시는 말이거든."

내가 말했다.

"정말?"

피비가 되물었다.

"응. 모카신은 인디언들이 신는 밑이 평평한 노루 가죽 신이야. 나는 옛날에 그 말을 들을 때마다 달 두 개가 진짜로 모카신을 한 짝씩 신고 있는 상상을 했어. 그런데 아빠 말이, 상대방의 신발, 그러니까 남의 입장과 처지에 있어 보지 않고 상대방을 함부로 평가하면 안 된다는 뜻이라고 하셨어."

"너희 아빠가 그 말을 자주 하신다 이 말이지?"

피비가 캐물었다.

"네가 무슨 생각 하는지 알아. 하지만 우리 아빠는 그런 쪽지나 몰래 떨어뜨리려고 남의 집 주위를 기웃거리지는 않아. 게다가 그건 우리 아빠 글씨도 아니고."

그때 벤이 메리 루의 방으로 들어왔다. 메리 루가 벤에게 어떻게 생각하느냐고 물었다. 벤은 책상에서 종이 한 장을 집더니 재빠른 손놀림으로 만화를 그리기 시작했다. 정말 신기한 일이었다. 벤의 그림이 내가 예전에 상상했던 것과 거의 똑같았기 때문이다. 인디언들이 신는 모카신 안에 달이 한 개씩 담겨 있었다.

메리 루가 피비를 돌아보며 말했다.

"너희 아빠가 회사에서 사람들을 좀 성급하게 판단하시나 보다. 그래서 다른 사람의 신발부터 먼저 좀 신어 보라고 그런 건가 봐."

"우리 아빠는 다른 사람을 성급히 판단하거나 그러지 않으셔."

피비가 말하자 벤이 대꾸했다.

"그렇게 방어적일 필요는 없잖아."

"나는 방어하는 게 아니야. 우리 아빠는 절대 남을 성급히 판단하지 않는다는 사실을 말하고 있는 것뿐이라고."

나중에 우리는 편의점에 갔다. 나는 피비와 메리 루만 같이 갈 거라고 생각했는데 우리가 집을 나서자 토미와 두기도 같이 가겠다고 나섰다. 그러자 마지막 순간에 벤까지 합세했다.

피비가 메리 루에게 말했다.

"정말 네가 어떻게 견디는지 모르겠다."

"견디다니 뭘?"

피비가 토미와 두기를 가리켰다. 둘은 비행기와 기차 소리를 내며 태엽 감긴 장난감처럼 사방을 뛰어다녔다. 우리들 사이로 비집고 들어왔는가 싶으면 다시 앞으로 달려 나갔고 그러다 서로 발에 걸려 넘어져 소리를 지르며 울다가 벌떡 일어나 주먹질을 하고, 또 금세 벌을 쫓아 뛰어갔다.

"아, 난 또 뭐라고. 이제 익숙해. 쟤네들은 늘 새대가리처럼 멍청한 짓만 골라 하니까!"

메리 루가 대답했다.

벤은 계속해서 내 뒤만 따라왔다. 나는 신경이 쓰여서 벤이 뭘 하는지 보려고 자꾸 뒤를 돌아보았다. 하지만 벤은 입가에 미소를 띤 채 그저 나를 따라 걸을 뿐이었다.

그때 토미가 갑자기 나를 세게 밀쳤다. 그래서 내가 중심을 잃고 뒤로 넘어지는 순간 벤이 나를 붙잡았다. 벤은 내가 더 이상 넘어질 염려가 없는데도 팔을 내 허리에 두른 채 나를 꽉 붙들고 있었다. 야릇한 자몽 향기가 또다시 풍겼고, 그 애가 자기 얼굴을 내 머리카락 속에 파묻고 있다는 것도 느낄 수 있었다.

"놔줘."라고 했지만 벤은 나를 놔주지 않았다. 작은 동물이 등골을 타고 올라오는 것 같은 이상한 느낌이 들었다. 하지만 싫은 느낌은 아니었다. 뭐랄까? 왠지 좀 간지러운 그런 느낌이었다. 나는 벤이 내 셔츠 안에 뭔가를 떨어뜨린 게 아닐까 싶었다.

"놔줘!"

다시 말했다.

그러자 벤은 나를 잡고 있던 팔을 드디어 풀었다.

편의점에 갔을 때 약간 겁이 났다. 아무래도 피비의 정신병자 이야기와 도끼 살인 이야기를 너무 많이 들은 것 같았다. 같이 잡지를 보던 피비와 나는 아무래도 누가 계속해서 우리를 지켜보고 있다는 느낌이 들었다. 혹시나 싶어 건너편에 있는 벤을 보았지만 벤은 메리 루와 초코 바 더미를 뒤지느라 정신이 없었다. 그래도 내 느낌은 가시지 않았다. 다른 쪽을 돌아보았다. 편의점 저쪽 끝에 얼마 전 피비네 집에 왔던 그 청년이 서 있었다. 불안해 보이는 청년은 계산대에서 돈을 지불하고 있었지만 점원에게 돈을 건네면서도 눈으로는 우리 쪽을 바라보고 있었다. 내가 피비를 쿡 찌르자 피비가 말했다.

"맙소사, 그 정신병자야."

피비는 벤과 메리 루한테 달려갔다.

"저기 좀 봐, 어서. 저기 저 사람이 그 정신병자야."

"어디?"

"저기 계산대 앞에."

"아무도 없는데?"

메리 루가 말했다.

"정말이야. 분명히 저기 서 있었어. 맹세해. 샐한테 물어봐."

"정말 저기 있었어."

내가 말했다.

메리 루의 집으로 오는 내내 우리는 계속해서 뒤를 돌아보거나 어깨 너머를 훔쳐보았지만 정신병자가 따라오는 것 같지는 않았다. 우리는 메리 루의 집에 조금 더 있다가 그 집을 나왔다. 피비와 내가 한 구역이나 걸었을까? 뒤에서 누군가가 달려오는 소리가 들렸다.

피비는 우리가 죽을 운명이라고 생각했다.

"저 사람이 우리 머리를 내려쳐 쓰러뜨린 뒤 그대로 도망가면……."

순간 누가 내 어깨에 손을 올렸다. 나는 비명을 지르려고 했지만 소리가 나오지 않았다. 머리는 "소리 질러! 소리를 지르라고!" 하고 명령했지만 목소리는 완전히 얼어붙어 단 한 마디도 나오지 않았다.

하지만 그 사람은 벤이었다.

"나 때문에 놀랐니?"

벤이 물었다.

"대체 이게 무슨 경우니?"

피비가 화를 냈다.

"집에 데려다 주려고 온 거야. 혹시라도 그…… 그…… 정신병자가 나올까 봐."

벤은 '정신병자'라는 말을 아주 어렵게 꺼냈다.

피비의 집에 가는 길에 벤은 이상한 말들을 해 댔다.

"그 사람을 정신병자라고 하면 안 될 것 같아."

"왜 안 되는데?"

피비가 물었다.

"왜냐하면 정신병자란, 무슨 말이냐 하면, 음……. 그 말은 어떻게 들리느냐 하면……. 아니야, 됐어. 신경 쓰지 마."

벤은 더 이상 설명하려 들지 않았고, 심지어 그 말을 꺼낸 것을 아주 난처해하는 것 같았다. 그러더니 갑자기 내게 뜬금없는 질문을 던졌다.

"너희 집에서는 식구들끼리 신체적 접촉이 전혀 없니?"

"무슨 말이야?"

내가 되물었다.

"그냥 궁금해서 물어보는 거야. 가족들이 널 쓰다듬어 주긴 하니?"

"아니, 뭐 별로."

나는 벤이 무슨 의도로 그런 질문을 하는지 도무지 감을 잡을 수가 없었다.

벤은 새카만 눈동자로 나를 뚫어져라 쳐다보았다.

"그럴 것 같더라. 넌 누가 네 몸에 닿기만 하면 움찔 놀라더라고."

"그렇지 않아."

"그래."

벤이 그러면서 내 팔을 잡았다. 나는 본능적으로 움찔할 뻔했지만 가까스로 참았다. 내 팔 위에 놓인 벤의 손을 느끼지 못하는 척했다. 등골 위의 작은 동물이 또다시 간지럼을 태우기 시작했다.

"흠……."

벤이 환자를 진찰하는 의사처럼 헛기침을 했다.

"흠……."

벤이 손을 치우더니 또 다른 질문을 던졌다.

"엄마는 어디 계시니?"

나는 아무에게도 엄마 이야기를 하지 않았다. 심지어 피비에게도. 피비가 딱 한 번 엄마에 대해 물은 적이 있었지만 나는 그냥 엄마가 우리와 같이 살지 않는다고만 대답했다.

벤이 또 물었다.

"전에 네 아빠는 한 번 봤는데 너희 엄마는 아직 한 번도 못 봤어. 엄마는 어디 계시니?"

"엄마는 아이다호 주에 계셔. 아이다호 주, 루이스턴 시에."

"거기서 뭐 하시는데?"

"그 얘긴 하고 싶지 않아."

엄마 이야기가 나왔건만 그때 나는 벤에게 그럼 네 엄마는 어디에 계시냐고 물어볼 생각을 하지 못했다.

벤이 또 내 팔을 잡았다. 내가 움찔하자 벤이 소리쳤다.

"하, 이것 봐!"

벤의 말이 나를 괴롭혔고 그 때문에 아빠가 전처럼 나를 자주 안아 주지 않는다는 사실을 깨달았다. 어쩌면 그래서 누가 나를 건드릴 때마다 내가 그렇게 움찔하게 되었는지도 몰랐다. 예전에는 그렇지 않았다. 전에는, 모든 것이 이렇게 다 엉망이 되어 버리기 전에는, 우리도 신체 접촉이 많은 가족이었다. 벤과 피비와 나란히 걸으면서 나는 마음속으로 엄마에게 안겨 있는 모습을 그려 보았다. 세 살 때 장면도 떠올렸다. 엄마가 나를 업고 헛간으로 올라가고 있었다. 나는 팔을 엄마의 목에 둘렀고, 엄마의 머리카락이 내 얼굴을 간질였다. 엄마의 머리에서는 장미 향이 났다. 엄마는 혀로 내 팔을 핥은 뒤 이렇게 말했다.

"음, 아주 맛 좋은 살라망카 트리구나. 굉장히 맛있는 살라망카 트리야."

내가 아홉 살이나 열 살 때 일도 생각났다. 엄마가 내 침대로 올라오더니 내 옆에 바싹 다가와 누우며 이렇게 말했다.

"우리 언제 뗏목을 만들어서 강을 따라 내려가 보자꾸나."

나는 그 후로 뗏목 생각을 아주 많이 했고, 정말로 언젠가는 뗏목을 만들어 엄마와 함께 강을 따라 내려가 보게 될 거라고 믿었다. 하지만 엄마는 혼자서 루이스턴으로 가 버렸다.

벤이 피비의 팔을 만졌다. 피비가 움찔했다.

"어라, 너도 움찔하는구나, 프리 비."

당황하지 않을 수 없었다. 나는 피비네 가족이 얼마나 뻣뻣한 사람들인지 벌써 알고 있었다. 지나치게 깔끔을 떨고 점잖을 빼고 엄청 부자연스러울 정도로 경직된 사람들이었다. 그렇다면 나도 피비네 가족처럼 되어 가고 있는 것일까? 피비네 가족들은 왜 그런 걸까? 나는 피비의 엄마가 피비나 프루던스, 혹은 남편을 어루만지려는 것을 종종 보았다. 하지만 세 사람은 늘 몸을 뒤로 빼 버렸다. 윈터버텀 부인으로서는 더 이상 어떻게 해 볼 수 없이 다 자라 버린 사람들처럼.

나도 엄마의 손길을 피한 적이 있던가? 엄마에게도 허전한 공간이 있었던 걸까? 그래서 엄마는 떠났던 걸까?

피비네 집 앞에 도착하자 벤이 말했다.

"이제 별일 없을 테지. 나 이만 가 볼게."

"그래. 가."

피비가 대답했다.

우리와 벤이 아직 그 자리에 서 있었다. 그때 커데이버 아주머니가 마녀 같은 불꽃 머리를 휘날리며 '끼이익' 하고 소리도 요란하게 노란색 폭스바겐을 길가에 댔다. 커데이버 부인은 우리에게 손을 흔든 뒤, 차에 실린 물건들을 다소 거칠게 인도로 내리기 시작했다.

"누구니?"

벤이 물었다.

"커데이버 아주머니야."

"커데이버? 시체?"

"응."

"얘, 샐! 안녕?"

커데이버 아주머니가 무거워 보이는 가방들을 차에서 잔뜩 내리면서 소리쳤다. 벤이 아주머니 쪽으로 가더니 집 안으로 짐을 옮기는 데 도움이 필요하냐고 물었다.

"어머, 정말 착한 애구나!"

커데이버 아주머니의 회색 눈동자가 야수처럼 반짝였다.

"난 저 여자가 무서워 죽겠어."

피비가 말했다. 그때 피비의 엄마가 현관 밖으로 나왔다.

"피비 왔니? 아니 안 들어오고 거기서 뭐 하는 거니? 쟨 누구니?"

피비의 엄마는 벤을 가리키며 물었다.

그때 피비가 벤에게 속삭였다.

"저 집에 들어가면 안 돼."

"왜 안 돼?"

벤이 물었다. 그런데 너무 큰 소리로 묻는 바람에 커데이버 아주머니가 우리를 쳐다보며 되물었다.

"뭐가 왜 안 된다는 거니?"

"아무것도 아니에요."

피비가 얼버무렸다.

"샐, 잠깐 들어올래?"

커데이버 아주머니가 내게 물었다.

"아니요, 전 지금 피비네 집에 가려던 참이었어요."

나는 변명할 말이 있어서 다행이라고 생각했다.

그때 피비가 벤의 소매를 잡아당겼다.

"왜 그래, 무슨 일이야?"

벤이 물었다.

"뭐가 잘못됐니?"

커데이버 아주머니가 버석거리는 낙엽 같은 목소리로 물었다.

"피비, 피이비!"

그때 피비를 부르는 윈터버텀 부인의 목소리가 들렸다. 우리는 벤을 남겨 두고 돌아섰다. 피비의 집으로 들어가기 전에 뒤를 돌아보았는데 벤이 길에 놓인 물건을 들어 올리고 있었다. 반짝이는 새 도끼였다.

피비의 엄마가 물었다.

"쟤가 메리 루의 동생이니? 너희를 집까지 데려다 준 거야? 메리 루는 어디 있니?"

피비가 말했다.

"엄마가 질문을 한꺼번에 세 개씩이나 해 대는 거 정말 싫어요."

창문 너머로 벤이 도끼를 들고 옆집 베란다 계단을 올라가는 것이 보였다. 피비가 창문을 열고 소리쳤다.

"들어가지 마!"

하지만 벤은 커데이버 아주머니가 붙들고 있는 현관문 안으로 사라져 버렸다.

"피비, 너 대체 뭐 하는 거니?"

피비의 엄마가 물었다.

피비가 주머니에서 그날 발견한 봉투를 꺼내며 말했다.

"이게 아까 바깥에 놓여 있었어요."

윈터버텀 부인은 안에 소형 폭탄이 들어 있기라도 한 것처럼 조심스레 봉투를 열더니 쪽지를 꺼내 읽었다.

"아아, 피비, 대체 누가 이런 걸 보내는 거지? 누구한테 온 거란 말이야? 대체 이게 무슨 말이니?"

피비는 엄마에게 일정표의 뜻을 설명해 주었다.

"일정표가 무슨 뜻인지는 나도 안단다. 정말 싫구나. 대체 누가 이런 걸 자꾸 보내는지 알고 싶어."

윈터버텀 부인이 말했다.

나는 피비가 자기 엄마에게, 우리가 편의점에서 그 초조해 보이는 젊은이를 보았다는 이야기를 하기를 기다렸다. 하지만 내 예상과는 달리 피비는 그에 대해 아무런 말도 하지 않았다.

잠시 후 벤이 옆집을 나서는 것을 보고 우리는 안도의 한숨을 내쉬었다. 벤은 멀쩡했다. 모든 게 다 제자리에 붙어 있는 것 같았다.

 그날 내가 집에 돌아왔을 때, 아빠는 차고에서 차를 수리하고 있었다. 아빠가 엔진 위로 몸을 수그리고 있어서 얼굴은 보이지 않았다.

 "아빠, 남이 자기를 좀 건드릴 때마다 움찔하는 사람은 왜 그래요? 점점 더 뻣뻣해지고 있기 때문일까요? 그러니까 제 말은요, 옛날에는 움찔하지 않았는데 요즘 들어……."

 아빠가 천천히 몸을 돌렸다. 아빠의 눈은 새빨갛고 퉁퉁 부어 있었다. 울고 있었던 게 분명했다. 아빠의 손과 셔츠는 기름투성이였지만 아빠는 나를 꼭 껴안아 주었다. 그리고 이번에는 나 역시 움찔하지 않았다.

12
결혼 침대

내가 피비의 이야기를 시작했을 때 할머니와 할아버지는 조용히 이야기에 귀를 기울일 뿐, 별다른 말이 없었다. 할아버지는 운전에 정신을 집중했고, 할머니는 창밖을 내다보았다. 가끔씩 나를 쳐다보거나, "맙소사!", "정말이니?" 따위의 말을 하는 것이 고작이었다. 하지만 내 이야기가 계속되면 계속될수록 두 분이 내 말을 가로막는 횟수도 늘어났.

내가 '누구나 자신만의 일정표가 있다'는 쪽지 이야기를 하자 할머니가 옳다는 식으로 계기판을 탁 치며 끼어들었다.

"아이고, 맞는 말이네, 맞는 말이야! 바로 그거지, 그거!"

"무슨 말씀이세요?"

내가 물었다.

"누구든 자기 문제, 자기 삶, 자기의 소소한 걱정거리만 생각하며 살아간단 말이지. 그러면서 다른 사람이 내 일정표에 맞춰 주기만을 바라지 않니? '내 걱정거리 좀 봐 줘요. 나 좀 걱정해 달라고요. 관심 좀 가져 줘요, 내 문제들을. 날 좀 돌봐 달라고요.' 한다 이거다."

할머니가 한숨을 내쉬었다.

그러자 할아버지가 머리를 긁적이며 말했다.

"당신 갑자기 왜 그래? 철학자라도 된 거야?"

"아이고, 당신은 당신 일정표에나 신경 써요."

할머니가 말했다.

벤이 너희 엄마는 어디에 있냐고 물었을 때 내가 루이스턴에 있다며 더 이상의 언급을 피했다고 말하자 할머니와 할아버지는 서로를 바라보았다.

할아버지가 입을 열었다.

"언젠가 우리 아버지가 아무 말 없이 여섯 달 동안이나 집을 나가 버렸을 때 말이야. 그때 내 절친한 친구가 나더러 아버지가 어디 가셨냐고 묻지 않겠어? 난 팔을 뒤로 뺐다가 있는 힘껏 그 녀석의 턱을 갈겼지. 가장 친한 친구였는데 말이야. 그 녀석한테 한 방을 먹였다고."

"당신 나한테 그런 말 한 적 없었잖아요. 그나저나 그 친구도 당신한테 한 방 날렸길 바라네요."

할머니가 말했다. 그러자 할아버지가 입을 벌려 빠진 이를 보여 주었다.

"이거 안 보여? 그 녀석, 그 자리에서 내 이를 부러뜨려 놨다고."

또 벤의 손이 닿을 때마다 내가 나도 모르게 몸을 움찔거렸다는 얘기를 하고, 집에 왔을 때 아빠가 차고에서 울었다는 말까지 하자 할머니는 아예 안전벨트를 풀고 뒤로 돌아앉더니 내 손을 잡고 입을 맞췄다.

할아버지가 "내 뽀뽀도 당신이 대신 좀 해 주구려." 하자 할머니는 내 손에 또다시 입을 맞췄다.

내가 정신병자와 도끼 살인범들로 가득한 피비의 세계를 묘사할 때 할머니의 반응은 이랬다.

"정말 글로리아랑 똑같구나. 꼭 글로리아야. 내 맹세한다니까."

한번은 이런 일도 있었다. 할머니가 글로리아의 이름을 또다시 꺼내자 할아버지가 꿈꾸듯 황홀한 표정을 지었다. 그러자 할머니가 당장에 핀잔을 주었다.

"아이고, 그만 좀 그리워해요. 내 당신이 무슨 생각 하는지 모를 줄 알아요?"

"들었니, 샐? 네 할머니가 내가 무슨 생각을 하는지 다 안단다. 거 참 굉장하지 않니?"

할아버지가 농을 했다.

사우스다코타 경계선에 도착하기 조금 전에 할아버지는 북쪽으로 뻗은 우회 도로로 차를 돌렸다. 미네소타 주에 있는 파이프스톤 국립 기념관 광고를 보았기 때문이었다. 거기에는 파이프 담배를 피우는 아메리카 원주민 그림이 그려져 있었다.

"늙은 인디언이 파이프 담배 피우는 건 봐서 뭐하게요?"

할머니가 물었다. 할머니는 '아메리카 원주민'이라는 말을 엄마보다도 더 싫어했다.

"뭐 꼭 이유가 있어야 하나? 다시는 못 볼지도 모르니까 봐 두자는 거지."

할아버지가 말했다.

"인디언이 파이프 담배 피우는 걸 말이에요?"

할머니가 물었다.

"오래 있다 갈 거예요?"

내가 물었다. 내 귓가에서는 바람이 비명을 지르고 있었다.

서둘러, 서둘러, 서두르라고.

"그렇게 오래 있지 않을 거다. 카뷰레터를 좀 식혀야 하거든. 게다가 이놈의 운전이 사람을 아주 녹초로 만드는구나."

할아버지가 말했다.

파이프스톤으로 가는 우회 도로는 서늘하고 컴컴한 숲을 가로질러 나 있었다. 눈을 감고 숨을 들이쉬면 바이뱅크스의 향기가 났다. 파이프스톤은 작은 마을이었다. 어디를 가든 사람들이 삼삼오오 모여 수다를 떨고 있었다. 선 채로, 혹은 벤치에 앉아서 이야기를 나누는 사람들, 걸으면서 이야기를 나누는 사람들 등 이야기꽃이 사방에 피어 있었다. 우리가 지나가자 사람들은 대놓고 우리 얼굴을 쳐다보며 "안녕하세요?", "별일 없어요?" 하고 인사를 건넸다. 좀 감상적으로 들릴지는 모르겠지만 고향에 온 듯한 느낌이 들었다. 그곳은 바이뱅크스 같았다. 바이뱅크스에서도 사람을 만나면 가던 걸음을 멈추고 꼭 몇 마디를 나누는 게 보통이었다. 서로 평생 동안 알고 지내는 사이였기 때문이다.

우리는 파이프스톤 국립 기념관으로 가 채석장에서 돌을 깨고 있는 인디언들을 보았다. 내가 어떤 남자에게 아메리카 원주민이냐고 물었다.

"아니, 난 그냥 사람이다."

"알아요. 제 말은요, 아메리카 원주민 중 한 사람이냐고요."

"아니, 난 아메리카 인디언 중 한 사람이야."

"저도요. 저도 인디언 피가 흐르고 있어요."

우리는 아메리카 인디언들이 돌로 파이프 만드는 모습을 지켜보았다. 파이프 박물관에 갔을 때는 파이프에 대해 보통 사람은 몰라도 될 것까지 죄다 주워들었다. 박물관 바깥의 작은 공터로 나오자 한 인디언이 나무 그루터기에 앉아 소위 '친목의 파이프'라 불리는 긴 파이프 담배를 피우고 있었다. 그가 담배 피우는 것을 한 오 분 정도 바라보던 할아버지가 자기도 한번 피워 볼 수 있겠냐고 물었다.

그가 파이프를 할아버지에게 넘겨주자, 할아버지는 잔디밭에 앉아 두 모금을 빤 뒤 파이프를 할머니에게 넘겼다. 그러자 할머니 역시 눈도 깜짝하지 않고 두 모금을 빤 뒤 이번에는 내게 파이프를 건넸다. 그 누구의 기분도 상하게 하고 싶지 않은 나는 파이프를 받아 들었다. 물부리에서 달콤하면서도 끈적끈적한 맛이 났다. 파이프를 입에 물고 할머니, 할아버지가 한 것처럼 가볍게 두 번 빨았다. 연기가 입 안으로 몰려들어 왔다. 나는 연기를 입에 문 채 파이프를 다시 넘겼다.

할머니와 할아버지가 주거니 받거니 파이프 담배를 피우는 동안 연기를 그대로 입에 물고 있었다. 약간 핑 도는 느낌이 들었다. 입을 조금 벌리자 가느다란 연기 줄기가 꼬리를 끌며 공기 중으로 헤엄쳐 올라갔다. 그 모습을 보며 왠지 엄마 생각이 났다. 말도 안 되는 소리기는 하지만 귓전에서는 '저기 엄마가 가는구나.' 하는 소리가 들렸다. 나는 공기 중으로 사라져 버리는 가는 연기 줄기를 하염없이 바라보았다.

할아버지는 파이프 박물관 옆에 붙어 있는 기념품 가게에서 파이프 두 개를 샀다. 하나는 할아버지 거였고, 다른 하나는 내 거였다.

"담배를 피우라는 게 아니라, 여기를 잊지 말라고 산 거다."

할아버지가 말했다.

그날 밤 우리는 '인전 조의 피스 펠러스 모텔'에 묵었다. ('인전'은 미국 구어 또는 방언으로 아메리카 인디언을 말한다.—옮긴이) 누군가 로비에 붙은 간판에서 '인전'이라는 말을 지워 버리고 그 자리에 대신 '아메리카 원주민'이라고 써 놓은 게 보였다. 덕분에 간판은 '아메리카 원주민 조의 피스 펠러스 모텔'이 되어 있었다. 또 방에 비치된 타월에는 '인전 조'라고 수놓인 곳에 누가 검은 매직펜으로 '인디언 조'라고 써 놓은 게 눈에 띄었다. 나는 사람들이 제발 어떤 한 가지 이름으로 의견 일치를 보기 바랐다.

어느덧 할머니, 할아버지와 한방에서 지내는 데에 익숙해졌다. 두 분은 매일 밤 똑같은 일들을 되풀이했다. 할아버지가 여행 가방을 가지고 들어와 침대 위에 올리면, 할머니는 가방을 열고 잠옷을 꺼냈다. 그러고 나서 할머니가 할아버지에게 검은 면도 가방을 건네면 할아버지는 그것을 욕실 세면대에 대충 던져 뒀고, 할머니는 자기의 욕실 용품이 든 파란 가방을 들고 욕실로 가서 할아버지의 검은 가방 옆에 나란히 세워 두었다.

할머니는 다시 침대로 돌아와 여행 가방에서 다음 날 할아버지와 자기가 입을 깨끗한 셔츠와 원피스와 속옷을 꺼냈다. 그러면 할아버지는 겉옷을 옷걸이에 대충 걸어 옷장에 집어넣었고 할머니는 속옷을 서랍 속에 넣었다. 그런 뒤 할머니는 할아버지가 옷장에 아무렇게나 걸어 놓은 옷들을 말끔하게 폈다.

나는 첫날 밤에 그 모든 것들을 잘 보아 두었다가 그대로 따라 했다. 내 여행 가방을 열고, 필요한 것들을 꺼내 정리를 했다. 첫날 밤 이후로 나는 할머니, 할아버지를 따라다니면서 모든 것을 두 사람이 하는 대로만 했다.

매일 밤 할머니 할아버지는 서로 몸을 꼭 붙인 채 아주 반듯하게 침대에 누웠다. 그러고 나서 할아버지는 하루도 거르지 않고 어김없이 이렇게 말했다.

"흠, 이건 우리 결혼 침대는 아니지만 뭐 그럭저럭 잘 만은 하겠어."

아마도 할아버지한테는 바이뱅크스에 있는 그 결혼 침대가 할머니 다음으로 세상에서 가장 소중한 모양이었다. 할아버지가 즐겨 말하는 이야기 중 하나가 바로 그 침대에 얽힌 사연이었다. 할아버지 자신을 비롯해 모든 형제들이 다 그 침대에서 태어났으며, 할머니와의 사이에서 둔 자식들도 모두 그 침대에서 세상에 나왔다는 것이 대강의 내용이었다.

할아버지는 그 이야기를 늘 본인이 열일곱 살이었을 때부터 시작했다. 바이뱅크스에서 부모님과 함께 살고 있던 할아버지가 할머니를 만난 것도 그때였다. 할머니는 자기 이모한테 왔다가 할아버지를 만났는데, 할아버지네 집과 할머니 이모의 집은 풀밭만 하나 건너면 되는 이웃이었다.

"그때 난 참 거친 야생마 같았단다. 어떤 여자도 날 얌전히 길들일 수 없었다니까. 정말이야. 동네 여자들이 야생마처럼 뛰어다니는 날 잡으려고 무진장 애를 썼지. 그런데 어느 날 암망아지처럼 긴 머리카락을 부드럽게 휘날리며 풀밭을 뛰어가는 네 할머니를 본 거야. 순간 나는 도망가는 쪽에서 잡아야 하는 쪽이 되어 버렸단다. 얼마나 힘들었는지 아니? 네 할머니는 야생마 중의 야생마였어. 가장 길들여지지 않은 왕 고집불통이었단다. 하지만 동시에 이 세상에서 가장 아름다운 창조물이었지."

할아버지는 이십이 일 동안이나 늙고 병든 개처럼 할머니를 따라다녔다. 그리고 이십삼 일째 되던 날, 장인 될 사람을 찾아가 결혼을 허락해 달라고 말했다. 그러자 증조할아버지의 대답은 이랬다고 한다.

"자네가 내 딸을 얌전히 길들일 수만 있다면, 그리고 내 딸도 자네가 좋다면, 그러면 결혼을 허락하겠네."

외할아버지의 승낙을 받은 할아버지가 할머니에게 청혼을 하자 할머니는 엉뚱한 질문을 던졌다.

"개 기르세요?"

할아버지는 그렇다고 대답했다. 정말로 그때 할아버지한테는 '새디'라는 늙고 뚱뚱한 비글이 있었다.

할머니가 계속해서 물었다.

"개가 어디에서 자나요?"

할아버지가 머뭇거리며 대답했다.

"사실은 개가 내 옆에서 잔답니다. 하지만 결혼을 하면 어떻게든……."

"당신이 밤에 집에 들어오면 개가 어떻게 하죠?"

할머니가 얼른 다음 질문을 던졌다.

할아버지는 할머니가 왜 그런 질문을 하는지 몰라 그저 사실대로 말했다.

"마구 뛰어오르면서 컹컹 짖고 핥고 그러죠."

"그럼 당신은 어떻게 해요?"

"음, 그럼 난……. 허, 이런 젠장!"

할아버지는 사실대로 말하고 싶지 않았지만 별다른 수가 없었다.

"그럼 난 개를 무릎 위에 앉힌 뒤 흥분을 가라앉힐 때까지 가만히 쓰다듬어 준답니다. 어떤 때는 노래도 불러 주고요. 이런 말을 하자니 좀 창피하군요."

"창피를 줄 생각은 아니었어요. 하지만 이제 궁금증이 다 풀렸어요. 당신이 개를 그렇게 귀하게 다룬다니 저한테는 더 잘해 줄 테죠. 게다가 늙은 새디가 당신을 그렇게 좋아한다니,

전 분명히 새디보다도 더 당신을 좋아하게 될 거예요. 좋아요, 당신과 결혼하겠어요."

두 사람은 석 달 후 결혼했다. 그 석 달 동안 할아버지는 자기 아버지와 형제들의 도움을 받아 집 바로 앞에 있는 풀밭 뒤 공터에 작은 집을 지었다.

할아버지가 말했다.

"집을 완성시키기에는 시간이 모자랐단다. 게다가 안에는 가구도 하나도 없었지. 하지만 우리는 개의치 않았어. 첫날밤을 꼭 그 집에서 묵을 생각이었지."

할머니와 할아버지는 7월 어느 화창한 날 미루나무 숲에서 결혼식을 올렸다. 두 사람은 친구들과 친척들을 모두 초대해 강둑에서 저녁을 먹었다. 식사 도중에 할아버지는 자기 아버지와 형제들 중 두 명이 사라진 것을 눈치 챘다. 할아버지는 그들이 어딘가에서 술잔치를 벌일 준비를 하고 있다고 생각했다. 술잔치란 신랑을 한두 시간 정도 납치해서 숲 속으로 데리고 간 뒤 모두 함께 위스키 한 병을 나눠 마시는 거였다. 하지만 식사가 끝나기 전에 사라졌던 세 사람이 나타났을 뿐더러, 할아버지를 납치하지도 않았다. 할아버지는 그날 저녁 맑은 정신이어야 했기 때문에 천만다행이라고 생각했다.

식사 후 할아버지는 할머니를 번쩍 안아 들고 풀밭을 가로질러 신혼집으로 향했다. 두 사람 뒤에서는 손님들의 합창 소리가 들려왔다.

"오오, 튤립이 필 때면 튤립 들판에서 나를 만나 주오……."

이것은 신랑 신부가 자리를 뜰 때 그곳 사람들이 항상 불러 주는 노래였다. 하지만 그 노래 속에는 짓궂은 농담도 담겨 있었다. 신혼부부가 아주 멀리 떠나 내년 봄 튤립이 필 때까지 영영 돌아오지 않을 거라는 내용이었기 때문이다.

할아버지는 풀밭을 건너고 나무들 사이를 가로질러 자신들의 보금자리가 서 있는 공터로 갔다. 여전히 할머니를 안은 채 집 안으로 들어간 할아버지는 방을 한 바퀴 빙 둘러보더니 갑자기 울음을 터뜨렸다.

"내 지금까지 네 할아버지가 우는 건 딱 다섯 번 봤단다. 결혼식 날 나를 안고 그 집에 들어갔을 때, 그때 한 번하고, 애들 넷이 태어났을 때였지."

할아버지가 신혼집에서 운 이유는 침실 한가운데 자기 부모님의 침대가 놓인 걸 보았기 때문이었다. 할아버지 자신과 형제들이 태어난, 그리고 할아버지의 부모님이 항상 주무시던 침대였다. 바로 그 침대 때문에 할아버지의 아버지와 형제들이 저녁 식사 때 사라졌던 것이다. 할머니와 할아버지의 새 보금자리로 침대를 옮기느라 잠시 자리를 비웠던 것이다. 침대 발치에는 할아버지의 늙은 개 '새디'가 침을 흘리며 누워서 꼼지락거리고 있었다.

할아버지는 이야기의 끝을 늘 이렇게 마무리 지었다.

"그 침대는 내 평생을 함께해 온 침대란다. 그리고 난 그 침대에서 눈을 감을 거야. 그러면 그 침대야말로 나에 대해 알아야 하는 모든 것을 다 아는 셈이지."

할아버지는 아이다호로 가는 여행 내내 정말이지 하룻밤도 거르지 않고 모텔 침대를 톡톡 두드리며 늘 똑같은 말을 했다.

"흠, 이건 우리 결혼 침대는 아니지만 뭐 그럭저럭 잘 만은 하겠어."

옆 침대에 누워 그 소리를 들을 때마다 나도 언젠가는 그렇게 근사한 결혼 침대를 가질 수 있을까 생각했다.

13
굉장한 버크웨이 선생님

이제 할머니와 할아버지에게 버크웨이 선생님 이야기를 할 차례였다.

버크웨이 선생님은 진짜 특이한 사람으로, 담당 과목은 영어였다. 전학 첫날 버크웨이 선생님을 처음 봤을 때는 선생님의 행동을 어떻게 받아들여야 할지 몰라 그저 난감하기만 했다. 심지어는 머리가 조금 이상한 것은 아닐까 하는 생각도 들었다. 버크웨이 선생님은 자기가 가르치는 과목을 죽도록 사랑하는 열정적인 선생님이었다. 교실 안을 과장된 몸짓으로 뛰어다니며 팔을 흔들다가 가슴을 쥐어뜯는가 하면 학생들의 등을 두드리며 칭찬을 해 주기도 했다.

버크웨이 선생님의 입에서는 "잘했어!", "굉장하구나!",

"멋져!" 따위의 말들이 끊이지 않았다. 선생님은 꽤 크고 마른 편이었다. 더부룩한 검은 머리 때문에 미개한 원주민 같아 보이기도 했지만 왕방울만 한 소의 눈처럼 크고 깊은 갈색 눈은 언제 어디서나 반짝거렸다. 벤의 눈처럼 말이다. 게다가 선생님이 그윽한 눈빛으로 누군가를 쳐다보면 그 사람은 버크웨이 선생님이 오로지 자신의 말을 듣기 위해 그곳에 서 있다는, 그것이 선생님 인생의 유일한 목적이라는 착각에 빠지지 않을 수 없었다.

첫 수업 도중이었다. 버크웨이 선생님이 아이들에게 갑자기 여름 동안 쓴 일기를 가지고 왔느냐고 물었다. 나는 그게 무슨 말인지 알아듣지 못했다. 하지만 몇몇 아이들은 미친 듯이 고개를 끄덕였다. 그러자 버크웨이 선생님이 팔을 벌리며 감격스러운 목소리로 말했다.

"오, 잘됐구나! 난 정말 행운아야!"

버크웨이 선생님은 책상 사이를 이리저리 뛰어다니며 아이들의 일기장이 하늘에서 내려온 '만나 가루'(구약성서에 나오는 것으로 모세가 이스라엘 백성을 이끌고 이집트를 탈출한 후 황야에서 굶주릴 때 매일 하늘에서 싸락눈같이 하얀 가루가 내려와 이스라엘 사람들이 이 가루로 떡을 만들어 먹었다고 한다.―옮긴이)라도 되는 듯 귀하게 받아들었다.

"고맙다."

"고맙구나."

"정말 고마워."

선생님은 일기장을 내미는 모든 아이들에게 일일이 고맙다고 했다.

나는 일기장이 없었기 때문에 점점 더 불안해졌다.

메리 루 핀니의 책상 위에는 일기장이 여섯 권이나 쌓여 있었다. 버크웨이 선생님이 탄성을 질렀다.

"와, 이럴 수가! 이거…… 이거 혹시 우리 반에 셰익스피어가 탄생한 거니?"

선생님은 일기장을 세기 시작했다.

"여섯 권이구나! 대단해! 정말 굉장하다고!"

무슨 뜻인지는 잘 모르겠지만 'GGP'라는 클럽을 만들어 운영하고 있는 크리스티와 미건은 뭐라고 쑤군거리며 못마땅한 눈초리로 메리 루 쪽을 바라보고 있었다. 그때였다. 버크웨이 선생님이 메리 루의 일기장을 집으려는 순간, 메리 루가 제 일기장 더미 위에 얼른 손을 올려놓으며 낮은 목소리로 말했다.

"제 일기는 안 읽으시면 좋겠어요."

"뭐라고? 읽지 말라고?"

버크웨이 선생님이 놀라서 되물었다.

교실이 한순간에 쥐 죽은 듯 조용해졌다. 하지만 소용없는 일이었다. 메리 루의 일기장은 눈 깜짝할 사이에 버크웨이 선생님의 손에 들려 있었다. 선생님이 말했다.

"걱정 마렴. 절대 네 생각을 다른 사람들한테 퍼뜨리지 않을 테니. 정말 수고했다! 고맙다!"

베스 앤은 금방이라도 울음을 터뜨릴 것 같은 얼굴이었다. 피비 역시 자기도 기분이 나쁘다는 눈짓을 내게 보내왔다. 나는 아이들 모두가 버크웨이 선생님이 자기들 일기를 읽지 않기를 바란다는 사실을 눈치 챘다.

하지만 버크웨이 선생님은 아랑곳하지 않고 교실을 돌아다니며 아이들의 일기장을 낚아챘다. 알렉스 치비의 일기장에는 농구 스티커가 붙어 있었고, 크리스티와 미건의 일기장은 남자 모델들의 사진으로 도배가 되어 있었다. 벤의 일기장은 겉표지에 만화가 그려져 있었다. 평범하게 생긴 남자애였지만, 팔다리가 연필로 되어 있어서 뾰족하게 깎은 손끝과 발끝에서 글자들이 줄줄 나오고 있었다.

마침내 버크웨이 선생님이 피비의 책상으로 왔다. 선생님은 책상에서 깨끗해 보이는 평범한 일기장을 들어 올리더니 슬쩍 펼쳐 보았다. 피비가 의자 끝으로 미끄러져 내리며 말했다.

"전 많이 안 썼어요. 뭘 썼는지 생각도 잘 안 나요."

하지만 버크웨이 선생님은 모든 학생에게 한 것처럼 "아주 잘 썼구나!"라고 칭찬한 뒤 다음 학생의 자리로 갔다.

선생님이 내 자리로 오자 가슴이 어찌나 뛰던지 이러다가 심장이 터져 버리는 것은 아닐까 싶었다.

"이런, 가엾기도 하지! 넌 일기를 쓸 시간이 없었나 보구나."

"전 새로 전학을 와……."

"새로 왔다고? 오, 정말 잘됐구나! 이 넓고 넓은 세상에서 새로운 사람과 만나는 것보다 더 좋은 일은 없지!"

"그래서 일기 숙제에 대해 몰랐어요."

"그래그래, 괜찮다! 내가 다른 걸 생각해 보마."

나는 그게 무슨 말인지 몰랐다. 특별 숙제 같은 것을 엄청 내 주겠다는 말로 들렸다. 영어 시간이 끝나자 아이들은 삼삼오오 모여서 서로에게 질문을 해 대느라 정신이 없었다.

"너 내 얘기 썼니?"

"너는?"

나는 일기를 안 써서 정말 다행이라고 생각했다.

방과 후, 피비와 함께 집으로 갔다. 메리 루와 벤도 함께였다. 두 사람은 버크웨이 선생님에게 열광하고 있었다.

"그 선생님, 정말 멋지지 않니?"

내가 집으로 가려고 막 모퉁이를 돌아섰을 때 벤이 피비에게 하는 말이 들렸다.

"야, 프리 비! 너 혹시 내 얘기 썼니?"

그 후 우리는 일기장에 대해 오랫동안 아무 말도 못 들었다. 따라서 일기장들이 앞으로 어떤 문제를 일으킬지 짐작조차 할 수 없었다.

14
진달래

어느 토요일, 나는 또 피비네 집에 있었다. 피비의 아빠는 골프를 치러 갔고, 피비의 엄마는 장을 보러 가고 없었다. 윈터버텀 부인은 혹시 무슨 일이 생기면 연락하라며 자기가 있을 만한 장소들을 수십 곳이나 불러 주었다. 부인은 나랑 피비만 집에 두고 외출하는 것이 불안해 거의 외출을 포기할 분위기였다. 그러자 피비가 문을 다 잠그고, 누가 와도 절대 열어 주지 않겠다고 맹세했다. 혹시 무슨 소리가 들리면 경찰에 바로 전화를 걸겠다는 약속도 잊지 않았다.

"경찰에 전화한 다음에 커데이버 부인한테도 전화를 해. 보니까 오늘 집에 계시는 날 같더라. 분명히 전화를 받자마자 달려와 주실 거야."

윈터버텀 부인이 말했다.

"네. 꼭 그렇게 할게요."

피비는 엄마에게 대답한 뒤 곧바로 내게 귀엣말을 속삭였다.

"그 여자한텐 절대로 전화하지 않을 거야."

피비는 무슨 소리가 들릴 때마다 집 안으로 들어오려는 정신병자나 또다시 수수께끼 같은 쪽지를 놓고 가려는 괴한이 내는 소리라고 상상했다. 피비가 하도 무서워하는 바람에 나까지도 조금 불안해지기 시작했다.

윈터버텀 부인이 외출하자 피비가 말했다.

"커데이버 아주머니는 아주 이상한 시간에 일을 해. 안 그러니? 낮에 일할 때도 있지만 어떨 때는 일주일 내내 한밤중에 일을 하더라니까. 그럴 때는 남들이 다 일어나는 시간에 녹초가 돼서 집에 오는 거 있지!"

"아주머니는 간호사잖아. 교대 근무를 해서 그런 걸 거야."

내가 대꾸했다.

그날 커데이버 아주머니는 마당에서 나무를 가꾸며 집에 있었다. 우리는 피비의 방 창문으로 아주머니를 내려다보았다. 사실 가꾼다는 말은 적절한 표현이 아니었다. 아주머니가 하는 일은 나무들을 가꾼다기보다는 패고 난도질하는 것에 더 가까웠다. 아주머니는 가지들을 잘라 낸 뒤, 그것들을 한쪽 구석으로 날랐다. 그곳에는 지난주에 잘라 낸 가지들도 수북하게 쌓여 있었다.

"내가 그랬지? 저 여자, 황소처럼 힘이 세다고."

피비가 말했다.

커데이버 아주머니가 이번에는 집 옆으로 뻗어 올라가려는 가여운 장미 덩굴을 인정사정없이 싹둑싹둑 잘랐다. 그러고는 피비네 마당과 경계가 되는 덤불 끝을 가지런하게 다듬었다. 아주머니가 진달래 쪽으로 자리를 옮겨 나무를 들쑤셔 대고 있을 때였다. 자동차 한 대가 나타나더니 검은 더벅머리를 한 키 큰 남자가 차에서 내렸다. 그 남자는 아주머니를 보고는 단숨에 그쪽으로 달려갔다. 두 사람이 서로 껴안으며 인사를 나누는 모습이 보였다.

"어머, 안 돼!"

피비가 소리쳤다.

검은 더벅머리 사내는 다름 아닌 우리들의 영어 담당, 버크웨이 선생님이었다.

커데이버 아주머니가 진달래와 도끼를 가리키며 뭐라고 하자 버크웨이 선생님이 고개를 내저었다. 잠시 후 선생님은 차고로 들어가 삽 두 자루를 가지고 나왔다. 그러고는 아주머니와 함께 그 불쌍한 진달래가 옆으로 넘어갈 때까지 흙을 파고, 푸고, 떠냈다. 그리고 커데이버 아주머니와 버크웨이 선생님은 진달래를 질질 끌고 마당 반대편에 있는 흙더미 쪽으로 갔다.

그때 피비네 집 초인종이 울렸다.

"샐, 같이 내려가 보자."

"난 커데이버 아주머니랑 버크웨이 선생님이 뭘 하나 계속 보고 싶어."

"난 절대 혼자 못 가."

하는 수 없이 피비와 함께 아래층으로 내려갔다. 우리는 먼저 창밖부터 살폈다.

"아무도 없는데?"

내가 말했다.

"문은 열면 안 돼."

"하지만 아무도 없잖아."

난 그렇게 말한 뒤 현관문을 열어젖혔다. 베란다에는 아무도 없었다. 앞으로 한 발짝 걸어 나와 길에 누가 있는지 이리저리 살폈다.

"빨리 들어와! 들어오라고! 누가 덤불 속에 숨어 있을 수도 있잖아!"

피비가 법석을 피웠다.

피비의 재촉에 다시 집 안으로 들어와 문을 닫고 걸쇠를 걸어 잠갔다. 우리가 피비의 방으로 돌아와 창밖을 내려다보니 진달래는 어느새 다시 심겨 있었다.

"저 나무 아래 뭘 숨겨 놓았나 봐."

피비가 말했다.

"뭐?"

"시체 같은 거 말이야. 버크웨이 선생님이 남편 시체를 토막 내서 파묻는 걸 도와줬을지도 몰라. 그러고는 이제 와서 걱정이 되니까 그 자리에 진달래를 심어서 가리기로 한 거지."

내가 영 못 믿겠다는 표정을 지어 보였던지 피비가 이렇게 덧붙였다.

"샐, 정말이야. 아무도 모르는 일이라니까. 그리고 또 한 가지, 난 너랑 네 아빠가 더 이상 저 집에 안 갔으면 좋겠어."

그 점에 있어서만큼은 나도 피비와 같은 생각이었다. 이틀 전에 아빠와 그 집에 갔을 때 나는 잠시도 가만히 앉아 있을 수가 없었다. 마거릿 아주머니의 집에 있는 소름 끼치는 물건들이 하나하나 눈에 들어왔기 때문이었다. 무시무시하게 생긴 가면들, 낡은 검들, 『모르그 가의 살인 사건』, 『두개골과 도끼』 같은 책들……. 그 집에는 무시무시한 물건투성이였다.

그날 마거릿 아주머니는 나를 부엌 구석으로 데리고 가 이렇게 물었다.

"그래, 네 아빠가 나에 대해 뭐라시던?"

"아무 말씀도 안 하셨는데요."

"아, 그러니?"

마거릿 아주머니는 실망한 기색이었다.

아빠는 마거릿 아주머니의 집에만 가면 행동이 달라졌다. 집에서는 시선을 바닥에 떨어뜨린 채 침대에 앉아 있거나, 옛날 편지들을 읽거나, 사진첩을 보는 아빠의 모습을 심심치 않게 볼 수 있었다. 아빠는 슬프고 외로워 보였다. 하지만 마거릿 아주머니네 집에서는 미소를 띠었고 심지어 큰 소리로 웃기까지 했다. 한번은 마거릿 아주머니가 자기 손을 아빠의 손에 얹었는데도 그냥 가만히 있었다. 싫었다. 물론 나도 아빠가 슬픈 것은 마음이 아팠다. 하지만 적어도 아빠가 슬퍼하는 모습을 보면 아빠가 엄마를 그리워하고 있다는 것을 알 수 있었다. 그래서 피비가 나더러 더 이상 아빠와 함께 마거릿 아주머니의 집에 가지 말라고 했을 때 나는 기꺼이 그러겠다고 동의했다.

여기저기서 서둘러 장을 보고 집으로 돌아온 피비의 엄마는 얼굴이 말이 아니었다. 연신 훌쩍거리며 코를 풀어 댔다. 피비가 엄마에게 어디 아프냐고 물었다.

윈터버텀 부인이 피비를 보다가 이내 내 쪽으로 시선을 돌리며 말했다.

"아니, 무슨 알레르기인 것 같구나."

피비는 나와 함께 올라가서 숙제를 하겠다고 말했다. 잠시 후 내가 피비에게 물었다.

"너희 엄마, 식료품 정리하는 거 좀 도와 드려야 하지 않을까?"

"엄마는 뭐든 혼자 하는 걸 좋아해."

"정말?"

"그럼, 정말이고말고. 난 엄마 딸이야. 평생을 엄마랑 같이 살았다고."

피비가 말했다. 나는 피비에게 엄마가 정말로 알레르기가 있냐고 물었다.

"아우, 그만 좀 해, 샐. 엄마가 알레르기가 있다고 하면 있는 거야. 엄마는 거짓말 같은 거 못 한단 말이야."

"글쎄 내가 보기에는 무슨 일이 있는 것 같아. 걱정거리가 있으신 것 같기도 하고."

"그런 일이 있으면 엄마가 말을 안 했겠니?"

"말하기가 두려워서 그러실 수도 있잖아."

정말 이상했다. 왜일까? 나는 피비의 엄마한테 걱정거리가 있고 비참한 기분이라는 것을 한눈에 알아보겠는데, 피비는 왜 그것을 보지 못할까? 어쩌면 알면서도 모른 척하거나, 아예 알고 싶지 않은 것일 수도 있다. 아니, 알기가 두렵기 때문인지도 몰랐다. 나는 나와 엄마의 경우에는 어땠었는지 곰곰이 기억을 되짚어 보기 시작했다. 내가 엄마한테서 뭔가 눈치채지 못한 일들이 있었던가?

피비가 의자에 등허리를 세우고 꼿꼿이 앉아서 내게 말했다.

"샐, 내 분명히 말하겠는데, 우리 엄마는 무슨 걱정거리가 있다고 해서 그걸 말 못하고 끙끙 앓는 사람이 아니야. 엄마가 대체 뭣 때문에 겁을 내겠어? 아빠나 나나 언니가 정신병자들도 아닌데, 안 그래?"

그날 오후 피비와 내가 아래층으로 내려왔을 때 피비의 엄마는 프루던스와 이야기를 나누고 있었다.

"네가 보기에 내가 너무 틀에 박힌 삶을 사는 것 같지 않니?"

피비의 엄마가 딸에게 물었다.

"무슨 말씀이세요?"

프루던스가 손톱을 다듬으며 물었다.

"그런데 엄마, 우리 집에 아세톤 없어요?"

피비의 엄마가 욕실에서 아세톤 병을 가지고 왔다.

"혹시 네 생각에……."

피비의 엄마는 말을 하다 말고 나와 피비를 보더니 입을 다물었다. 프루던스가 말했다.

"아 참! 잊어버리기 전에 말해야지. 엄마, 내 밤색 치맛단 좀 꿰매 주실래요? 내일 입고 갈 수 있게요. 부탁 드려요."

프루던스는 꼭 피비처럼 고개를 옆으로 기울여 머리카락을 잡아당겼다. 그리고 어리광 부리는 아이처럼 입을 쑥 내밀었다.

내가 부엌에서 피비에게 물었다.

"프루던스 언니는 바느질 할 줄 몰라?"

"물론 할 줄 알지. 왜?"

피비가 물었다.

"자기 치마인데 왜 자기가 안 꿰매나 싶어서."

"샐, 내가 이렇게 말하면 네가 기분 나쁠지도 모르겠지만, 너 남의 집 일에 사사건건 너무 심하게 흠잡는 거 아니니?"

그날 피비의 집을 나서다가 윈터버텀 부인이 말끔히 손질한 밤색 치마를 프루던스에게 건네는 모습을 보았다. 나는 집으로 가는 내내 피비네 엄마 생각을 했다.

틀에 박힌 삶이라니, 과연 무슨 뜻이었을까? 만약 아주머니가 빵 굽는 일도, 청소하는 일도, 벌떡 일어나 아세톤 병을 갖다 바치는 잔심부름도, 단을 꿰매 주는 일도 다 싫으면 대체 그런 일을 왜 하는 거지? 아주머니는 왜 남편과 자식들에게 몇몇 손쉬운 일쯤은 자기들이 알아서 하라고 말하지 않는 거지?'

윈터버텀 부인은 자기가 할 일이 하나라도 없어지는 게 두려운지도 몰랐다. 가족들이 아무도 자기를 필요로 하지 않으면 자기는 눈에 보이지도 않는 존재로 전락해 버려 그 누구의 관심도 끌지 못할 테니까.

집에 도착하자 아빠가 내게 상자 하나를 내밀었다.

"마거릿이 주는 거야."

아빠가 말했다.

"뭔데요?"

"글쎄, 나도 모르겠구나. 풀어 보지그러니?"

상자 안에는 파란색 스웨터가 들어 있었다. 나는 옷을 상자 안에 도로 집어넣고 위층으로 올라갔다. 아빠가 따라왔다.

"샐, 마음에 안 드니?"

"저런 거 받고 싶지 않아요."

"마거릿은 그냥······. 마거릿은 널 좋아한단다."

"아주머니가 절 좋아하든 말든 전 상관없어요."

아빠는 내 방을 둘러보며 잠시 가만히 서 있었다. 이윽고 아빠가 입을 열었다.

"마거릿에 대해 할 이야기가 있다."

"듣고 싶지 않아요!"

나는 아주 완강했다. 아빠가 방을 나간 뒤에도 내 목소리가 귓가에 쟁쟁 울릴 정도로 크게 외쳤다.

"듣고 싶지 않아요!"

그것은 꼭 피비가 하는 말처럼 들렸다.

15
뱀의 한 입

사우스다코타 주는 타 버릴 것처럼 뜨거웠다. 할아버지가 수폴스 시(사우스다코타 주 남동부에 위치한 그곳 최대의 도시.―옮긴이)에서 웃통을 벗자 나는 불안해지기 시작했다. 미첼을 통과할 무렵에는 할머니마저 원피스 단추를 허리춤까지 풀어 버렸다. 체임벌린을 지나자 할아버지가 결국 고속도로를 벗어나기 시작했고, 미주리 강으로 가는 우회 도로로 방향을 돌렸다. 우리는 모래사장이 건너다보이는 나무 아래 차를 주차시켰다.

할머니와 할아버지는 신발을 내팽개치듯 벗어 버리고 어느새 물에 발을 담그고 서 있었다. 주변은 조용했지만 너무, 너무, 너무 더웠다. 들리는 소리라고는 강 상류에서 까악까악 우는 까마귀 소리와 멀리 고속도로에서 들리는 차 소리가 다였다. 숨 막히는 열기가 얼굴을 짓누르는 것 같았고, 목과 등에 착 달라붙은 머리카락은 무겁고 답답한 담요처럼 느껴졌다. 너무 더워서 강가의 돌과 모래가 타들어 가는 냄새가 날 지경이었다.

할머니는 머리 위로 원피스를 벗어 던졌고, 할아버지는 벨트를 풀고 바지를 벗어 버렸다. 두 사람은 서로에게 물을 튀기고, 양손 가득 물을 떠 얼굴을 식혔다. 할머니와 할아버지는 강으로 점점 깊이 걸어 들어가다가 강물이 무릎쯤에 닿자 그대로 주저앉아 온몸을 담가 버렸다.

"우리 아가도 들어오렴!"

할아버지가 소리쳤다.

"아주 상쾌하단다!"

할머니도 외쳤다.

나는 강을 위아래로 살펴보았다. 아무도 없었다. 물은 맑고 찼다. 강 속에 몸을 담그고 앉은 할머니와 할아버지의 얼굴 가득 미소가 떠올랐다. 나도 물속으로 들어가 주저앉았다. 찰랑대는 차가운 강물, 높고 맑은 하늘, 가볍게 살랑대는 강변의 나무들. 천국이 따로 없었다.

내 머리카락이 물 위에 둥둥 떠올랐다. 엄마도 나처럼 머리가 길고 검었다. 하지만 엄마는 집을 떠나기 일주일 전에 머리를 잘랐다. 그걸 본 아빠는 내게 이런 말을 했다.

"샐, 넌 머리를 자르지 마라. 부탁이야, 제발 자르지 마."

그러자 엄마가 이렇게 대꾸했다.

"내가 머리 자르면 당신이 싫어한다는 거, 나도 알아요."

"당신한테는 아무 말도 안 했어."

아빠가 말했다.

"하지만 당신이 무슨 생각 하는지 난 다 알아요."

"슈거, 난 당신의 긴 머리를 정말 좋아했어."

아빠가 말했다.

나는 엄마의 머리카락을 아직도 간직하고 있다. 부엌 바닥에 떨어져 있던 것들을 주워 비닐 봉투에 담은 뒤 내 방 마루널 밑에 숨겨 두었던 것이다. 그것은 엄마가 보낸 엽서들과 함께 아직도 바이뱅크스 집에 남아 있었다.

할머니, 할아버지와 함께 미주리 강 속에 앉아 있는 동안 엽서 생각을 하지 않으려고 애를 썼다. 높은 하늘과 시원한 강물에만 집중하려고 노력했다. 그놈의 까마귀가 까악까악 끈질기게 울어 대지만 않았어도 그렇게 할 수 있었을 것이다.

"우리 여기 오래 있을 거예요?"

내가 물었다.

그때 어디선가 사내애 한 명이 나타났다. 할아버지가 가장 먼저 그 아이를 발견하고는 우리에게 속삭였다.

"아가, 너 내 뒤로 오너라. 당신도."

검은 더벅머리를 한 소년은 열다섯이나 열여섯쯤 되어 보였고, 아래는 청바지를 입었지만 위에는 아무것도 입지 않아 갈색으로 그을린 근육질의 상체를 그대로 내보이고 있었다. 손에는 긴 사냥칼을 들고 있었고, 벨트에는 칼집을 차고 있었다. 소년이 강가에 벗어 놓은 할아버지의 바지 옆에 우뚝 멈춰 섰다.

나는 피비를 떠올렸다. 피비가 거기 있었더라면 그 남자애가 정신병자라며, 우리를 토막 낼지도 모른다고 난리를 피웠을 것이다. 강에서 쉬지 말걸, 하는 후회가 들었다. 할머니, 할아버지는 좀 더 조심했어야 했다. 도처에 위험이 도사리고 있는 것을 잘 아는 피비처럼 신중하게 행동했어야 했다.

할아버지는 우리를 쳐다보고 있는 소년한테 인사를 건넸다.

"안녕."

사내애가 말했다.

"여긴 사유지예요."

할아버지가 주위를 둘러보았다.

"그래? 난 아무런 표지판도 못 봤는데?"

"여긴 사유지예요."

"말도 안 되는 소리! 여긴 강이야. 강이 사유지란 말은 내 평생 처음 듣는다."

소년이 할아버지의 바지를 집어 올리더니 한 손을 할아버지의 바지 주머니에 찔러 넣으며 말했다.

"제가 서 있는 이 땅이 사유지라고요."

나는 그 아이가 무서웠다. 할아버지가 무슨 조치를 취해 주기를 바랐다. 하지만 할아버지는 그냥 침착하게 가만히 있을 뿐이었다. 할아버지의 목소리는 세상에 아무 걱정도 없는 사람처럼 들렸지만, 할아버지가 조금씩 나와 할머니 쪽으로 뒷걸음치는 것을 보아 할아버지 역시 걱정하고 있는 것을 알 수 있었다.

나는 강바닥을 더듬어 납작한 돌멩이 하나를 집은 뒤 그것을 강물 위로 던졌다. 사내애는 고개를 돌려 돌이 몇 번이나 튀어 오르는지 세었다.

그때 뱀 한 마리가 강가에서 물속으로 미끄러져 들어왔다.

"너, 저 나무 보이니?"

할아버지가 소년 근처에 서 있는 버드나무를 가리키며 물었다. 버드나무는 가지를 강물 속으로 드리우고 있었다.

"보여요."

소년이 할아버지 바지의 다른 쪽 주머니를 뒤지며 대답했다.

"그럼 거기 나 있는 옹이구멍도 보일 테지? 자, 이제 잘 봐라. 여기 있는 우리 손녀가 저 구멍에다 뭘 할 수 있는지."

할아버지가 내게 눈짓을 했다. 할아버지는 어찌나 긴장했던지 목의 혈관이 툭툭 불거져 나와 있었다. 그 순간 할아버지의 혈관 속으로 피가 얼마나 숨 가쁘게 흐르고 있는지 상상이 갔다.

나는 다시 강바닥을 더듬어 납작하고 끝이 뾰족한 돌을 주워 들었다. 바이뱅크스의 물웅덩이에서 수만 번도 더 해 본 일이었다. 팔을 뒤로 뺐다가 나무를 향해 있는 힘껏 돌을 던졌다. 돌은 정확하게 옹이구멍에 가 박혔다. 사내애는 주머니를 뒤지다 말고 나를 바라보았다.

그때였다. 할머니가 "아!" 하고 외마디 비명을 지르더니 갑자기 마구 허우적댔다. 할머니는 간신히 물속으로 몸을 굽혀 뱀 한 마리를 들어 올렸다. 그러고는 당황한 눈빛으로 할아버지를 바라보았다.

"이거 워터 모카신(코튼 마우스라고도 하며 살무사의 일종이다.―옮긴이) 아니에요? 그렇죠? 이거 독사 맞지요?"

할머니가 물었다.

뱀은 다시 물속으로 들어가려고 몸을 꿈틀대며 발버둥치고 있었다.

할머니가 할아버지를 똑바로 쳐다보며 말했다.

"내 다리를 문 것 같아요. 확실해요."

소년은 할아버지의 지갑을 손에 쥐고 강가에 서 있었다. 할아버지는 급히 할머니를 번쩍 안아 물 밖으로 데리고 나왔다. 그러고는 아직도 손에 뱀을 들고 있는 할머니에게 이렇게 말했다.

"그것 좀 버리구려."

그리고 나에게는 어서 그만 물에서 나오라고 일렀다.

할아버지가 할머니를 강기슭으로 옮기자 소년이 다가와 할머니 옆에 꿇어앉았다. 할아버지가 소년의 칼을 낚아채며 말했다.

"네게 칼이 있어서 참 다행이구나."

할아버지가 뱀에게 물린 할머니의 상처를 칼로 째자 피가 발목으로 흘러내렸다. 나는 하늘을 올려다보고 있는 할머니의 손을 꼭 잡았다. 할아버지가 독을 빨아내려고 몸을 숙이자 소년이 말했다.

"제가 할게요."

소년은 피범벅이 된 할머니의 다리에 입을 갖다 대더니 피를 빨고 뱉는 과정을 수차례 반복했다. 할머니는 눈꺼풀을 껌뻑거렸다.

"병원이 어디 있는지 좀 가르쳐 주겠니?"

할아버지가 물었다.

소년은 입에 든 걸 뱉어 내며 고개를 끄덕였다. 할아버지와 소년은 할머니를 차로 운반해 뒷좌석에 뉘었고, 나는 강가에 널린 옷가지들을 챙겼다. 우리는 할머니가 내 무릎을 베고 누울 수 있도록 했다. 할머니의 다리는 소년의 무릎 위에 올렸다. 차를 타고 가는 동안에도 소년은 상처에서 피를 빨아 뱉는 것을 멈추지 않았다. 그러면서 사이사이 할아버지에게 병원의 위치를 가르쳐 주었다. 할머니는 내 손을 꼭 잡고 있었다.

여전히 속바지만 입은 할아버지가 물을 뚝뚝 떨어뜨리며 할머니를 병원 안으로 옮겼다. 소년은 잠시도 쉬지 않고 계속해서 할머니의 상처를 빨아 댔다.

할머니는 그날 밤을 병원에서 지내야 했다. 소년은 보호자

대기실 의자에 널브러져 있었다. 내가 휴지를 건넸다.

"입가에 피가 묻어 있어."

나는 오십 달러짜리 지폐를 소년의 코앞으로 내밀며 말을 이었다.

"우리 할아버지가 너한테 주라고 하셨어. 현금은 이것밖에 없다면서. 고맙단 말도 전하랬어. 직접 나와서 인사하고 싶으시지만 할머니를 병실에 혼자 남겨 두고 싶지 않으시대."

소년이 내 손에 들린 지폐를 바라보더니 이윽고 입을 열었다.

"난 돈 필요 없어."

"넌 여기서 기다리지 않아도 돼."

"알아."

소년은 대기실을 한번 빙 둘러보았다. 그러더니 시선을 딴 데 둔 채 내게 이렇게 말했다.

"네 머리, 참 예쁘다."

"잘라 버리려고 했었어."

"자르지 마."

내가 소년의 옆에 앉자 그 애가 말했다.

"거긴 사유지가 아니었어."

"그럴 줄 알았어."

잠시 후에 나는 할머니를 보러 다시 병실로 들어갔다. 이불을 덮어쓰고 침대에 누워 있는 할머니는 안색이 창백하고 피곤해 보였다. 할아버지는 할머니와 나란히 그 좁은 침대에 누워 할머니의 머리를 쓰다듬어 주고 있었다. 곧 간호사가 들어오더니 할아버지더러 침대에서 내려오라고 했다. 할아버지는 어느새 바지를 제대로 입고 있었지만 몰골이 말이 아니었다.

나는 할머니에게 좀 어떠냐고 물었다. 할머니는 몇 번인가 눈을 깜빡이더니 이렇게 말했다.

"시간 낭비야."

"병원에서 무슨 약을 먹였나 봐. 자기가 무슨 말을 하는지도 몰라."

할아버지가 말했다.

나는 몸을 숙여 할머니의 귀에 대고 속삭였다.

"할머니, 떠나시면 안 돼요."

"시간 낭비야."

할머니가 또다시 중얼거렸다.

간호사가 나가자 할아버지는 다시 침대 위로 올라가 할머니 곁에 누웠다. 그러고는 침대를 두드리며 이렇게 말했다.

"우리 결혼 침대는 아니지만 뭐 그럭저럭 잘 만은 하겠어."

16
노래하는 나무

다음 날 아침 할머니는 부득부득 우겨 퇴원했다. 할아버지는 할머니가 병원에 하루 더 있었으면 하는 마음에 의사에게 이것저것 캐물었다.

"숨을 좀 이상하게 쉬는 것 같지 않아요?"

의사는 뱀에게 물려서 그런 것 같지는 않고 아마도 더위 탓인 것 같다고 대답했다.

"안색은요? 너무 창백한 것 같은데?"

의사는 충격을 받았으니 그 정도 창백한 것은 정상이라고 했다.

할머니가 침대에서 내려오며 말했다.

"날 투명 인간 취급하지 마요. 사람 옆에다 두고 대체 무슨 말들을 하는 거예요?"

할머니의 숨소리는 가쁘고 거칠었다.

"내 속옷은 어디다 뒀어요?"

할머니가 물었다.

할아버지와 의사는 할머니가 겨우 두 발자국을 떼고는 이내 멈춰 서는 것을 지켜보았다. 뱀에게 물린 다리가 불편한 게 틀림없었다.

"살라망카, 새 속옷 좀 꺼내게 내 가방 좀 가져다주련?"

"이 고집불통 할망구가 기어이 여기를 나갈 모양이군."

할아버지가 말했다.

내 생각에는 두려움이 우리 모두를 고집불통으로 만든 것 같았다. 나는 전날 밤 대기실의 낡은 비닐 소파에서 억지로 잠을 청했다. 할아버지가 모텔에 방을 잡아 주겠다고 했지만 너무 겁이 나서 할머니의 곁을 떠날 수가 없었다. 병원을 떠나면 다시는 할머니를 못 볼 것 같은 느낌이 들었다. 강변에서 만난 소년 역시 팔걸이의자에 몸을 웅크리고 잠을 청하는 것 같았지만 자는 것 같지는 않았다. 나는 그 애가 한밤중에 전화하는 소리를 들었다.

"네. 아침에 들어갈게요. 친구들이랑 같이 있어요."

그 애는 아침 6시에 나를 깨워 자기가 방금 의사한테 할머니의 상태를 물어봤는데 많이 좋아졌다고 하더라는 이야기를 전해 주었다.

"난 이제 그만 집에 가 봐야겠어."

그러면서 내게 쪽지 하나를 내밀었다.

"내 주소야. 혹시 네가 편지를 쓰고 싶거나 뭐 그럴 때를 대비해서."

"어."

"안 써도 괜찮아."

내가 쪽지를 펼쳐 보며 물었다.

"그런데 네 이름이 뭐니?"

그 애가 웃었다.

"아, 그렇지."

소년은 쪽지를 다시 가져가더니 그 위에 이름을 적었다.

"자, 직접 봐."

그가 떠난 뒤 나는 그의 이름을 확인했다. 톰 플릿. 아주 평범한 이름이었다.

퇴원 수속을 밟는 동안 할아버지에게 아빠한테 전화를 해야 하는 것 아니냐고 물었다.

"글쎄다, 아가. 안 그래도 지금 고민하던 중이란다. 네 맹꽁이 할멈이 병원에 더 머무르면 전화를 하려고 했는데, 이제 다시 고속도로를 타게 됐으니 말이야……. 네 생각은 어떠니? 아예 아이다호 주에 도착해서 전화를 하는 게 좋지 않을까? 안 그러면 네 아빠가 내내 걱정을 너무 많이 할 것 같아. 안 그러니?"

할아버지의 말이 옳았다. 하지만 한편으로는 실망스러웠다. 나는 이제 아빠와 통화할 마음의 준비가 되어 있었다. 아빠의 목소리도 너무나 그리웠다. 그럼에도 불구하고 아빠의 목소리를 듣는 순간 마음이 약해지면서 어서 와서 나를 집으로 데려가 달라고 부탁할까 봐 겁이 났다.

할아버지는 여행 가방을 차 바닥에 세워 놓고 그 위에 할아버지의 재킷을 올려놓았다.

"어때? 지지대치곤 아주 근사하지 않니?"

할아버지가 물었다.

할아버지는 할머니가 자리에 앉는 것을 도와준 뒤 뱀에 물린 다리를 가방 위에 올려 주었다.

"의사 선생님이 다리를 높이 둬야 한다고 그러셨어."

할아버지가 말했다.

"알아요. 나도 들었어요. 뱀이 내 귀까지 물지는 않았다고요."

할머니가 대꾸했다.

그때 새가 지저귀는 소리가 들렸다. 너무나 익숙한 소리라서 나는 잠시 가만히 서서 그 소리가 어디서 나는지 귀를 기울였다. 주차장 옆에 서 있는 미루나무들이 눈에 들어왔다. 나는 그런 곳에 미루나무들이 자란다는 사실이 놀라웠다. 왠지 사우스다코타와는 어울리지 않는 나무 같았다. 새의 울음소리는 그중 어느 한 나무 꼭대기에서 들리는 것 같았다. 문득 바이뱅크스의 노래하는 나무가 떠올랐다.

헛간 근처, 내가 가장 좋아하던 설탕단풍나무 옆에는 키 큰 미루나무 한 그루가 서 있었다. 그 나무는 길 잃은 외톨이 나무였다. 우리 농장의 미루나무들은 모두 강 근처 숲에서 자라고 있었기 때문이다. 어렸을 때 세상에서 가장 아름다운 새의 노랫소리를 들었는데 그 미루나무 꼭대기에서 흘러나오는 소리였다. 그것은 새가 '우는' 소리가 아니라 정말로 울림과 떨림을 제대로 갖춘 '노래'였다. 새는 높은 음과 낮은 음을 자유자재로 넘나들며 섬세한 곡조로 노래를 부르고 있었다. 나는 어떤 새가 그렇게 아름다운 노래를 부르는지 보고 싶어 오래 오래 나무 아래에 서 있었다. 하지만 새는 보이지 않고 산들바람에 흔들리는 나뭇잎들만 눈에 들어왔다. 이상한 일이었다. 살랑거리는 나뭇잎들을 바라보면 볼수록 새가 아니라 나무가 노래를 부르고 있는 것 같다는 생각이 들었다. 그 나무 곁을 지나갈 때마다 귀를 기울였다. 노랫소리가 들릴 때도 있었고, 들리지 않을 때도 있었다. 하지만 그때부터 나는 그 나무를 '노래하는 나무'라고 불렀다.

아빠는 엄마가 더 이상 돌아오지 않을 거라는 소식을 들은 다음 날 아침에 아이다호 주의 루이스턴으로 떠났고 할머니와 할아버지가 나를 돌봐 주려고 왔다. 아빠한테 제발 데리고 가 달라고 사정했지만 아빠는 허락하지 않았다. 그날 나는 설탕단풍나무에 올라가 노래하는 나무를 바라보며 나무가 내게 노래를 불러 주기를 기다렸다. 땅거미가 질 때까지 하루 종일 기다렸지만 나무는 노래를 부르지 않았다.

날이 저물자 할아버지가 침낭 세 개를 가지고 나와 나무 밑에 깔았다. 우리 세 사람은 그날 밤 거기서 잤다. 하지만 나무는 끝까지 노래를 부르지 않았다.

할머니도 병원 주차장 옆 나무에서 울려 퍼지는 노랫소리를 들은 모양이었다.

"노래하는 나무구나, 살라망카!"

할머니가 말했다.

할머니는 할아버지의 소맷자락을 잡아당겼다.

"봐요, 노래하는 나무에요. 좋은 징조 같아요, 안 그래요? 나무가 바이뱅크스에서부터 우리를 계속 따라오고 있는 것 같아요. 아, 좋은 징조가 틀림없어요."

나는 제자리에 서서 조금 더 나무의 노랫소리를 듣다가 차에 올라탔다.

우리는 사우스다코타를 가로질러 배들랜즈로 향했다. 내 귓전을 맴돌던 속삭임은 더 이상 나를 다그치지 않았다. "서둘러, 서두르라고!" 또는 "빨리, 빨리!"라고 말하는 대신 이제는 "천천히, 천천히, 속도를 줄여!"라고 말하고 있었다. 속삭임이 왜 그렇게 바뀌었는지 이유는 알 수 없었다. 왠지 일종의 경고 같다는 느낌이 들었다. 하지만 나는 곧 피비의 이야기를 하느라 정신이 없었기 때문에 거기에 대해 곰곰이 생각할 틈이 없었다.

17
인생에서

 피비와 내가 버크웨이 선생님과 마거릿 아주머니가 진달래를 파헤치는 것을 본 며칠 뒤였다. 학교를 마치고 피비와 함께 집으로 걸어가고 있었다. 피비는 다리가 세 개뿐인 노새처럼 기분이 언짢아서 심술을 부려 댔다. 나는 왜 그러는지 몰랐다. 피비가 나더러 왜 아빠한테 커데이버 아주머니와 버크웨이 선생님 이야기를 안 하느냐고 따졌고 나는 적당한 시기를 기다리고 있는 중이라고 대답했다.

"네 아빠는 어제도 그 집에 갔어. 내가 다 봤단 말이야. 조심하시는 게 좋을 텐데, 대체 어쩌자는 거니?"

 솔직히 나도 좀 걱정이 됐다. 그래서 그날 밤 아빠한테 모든 것을 다 털어놓기로 단단히 마음을 먹었다.

"그 여자가 너희 아빠도 토막 내면 어쩌려고 그러니? 어떻게 할 거냐고? 그럼 너 어디 가서 살 건데? 엄마한테 갈 거야?"

피비의 말을 듣고 깜짝 놀랐다. 내가 아직도 엄마 이야기를 피비에게 하지 않았다는 사실을 깨달았던 것이다. 나도 내가 왜 그 이야기를 하지 않는지 알 수 없었다. 하지만 그냥 이렇게 얼버무렸다.

"응. 엄마한테 가서 살아야겠지."

말도 안 되는 소리라는 것은 나도 잘 알고 있었다. 하지만 왠지 피비에게 사실대로 말할 수 없었고, 그래서 거짓말을 해버렸다.

피비가 말했다.

"넌 하나도 걱정이 안 되나 보다? 우리 아빠가 커데이버 아줌마네 집에 드나들기 시작했으면 난 무지 걱정했을 거야."

우리가 피비네 집에 도착했을 때 피비의 엄마는 부엌 식탁 앞에 앉아 있었다. 앞에는 태운 브라우니 케이크가 놓여 있었다. 피비의 엄마가 얼른 코를 풀더니 피비에게 인사했다.

"어, 왔구나. 깜짝 놀랐다."

우리가 의자 위에 책가방을 던지자 윈터버텀 부인이 물었다.

"그래, 오늘은 어땠니?"

"뭐가요?"

피비가 대꾸했다.

"그야 물론 학교가 어땠냐는 거지. 재미있었니? 수업은 어땠어? 재미있었어?"

윈터버텀 부인이 또 코를 팽 풀었다.

"괜찮았어요."

"괜찮았다고? 그냥 괜찮기만 했던 거야?"

윈터버텀 부인이 갑자기 허리를 숙여 피비의 뺨에 입을 맞췄다.

"엄마! 난 이제 애가 아니에요. 엄마도 알잖아요."

피비가 뺨을 닦으며 소리쳤다.

윈터버텀 부인이 내게로 눈길을 돌리며 대답했다.

"그래, 나도 안다, 피비."

피비가 신발 신은 발로 식탁 다리를 차며 말했다.

"운동화 한 켤레만 더 사 주세요. 괜찮죠?"

"한 켤레 더? 하지만 피비, 그거 사 준 지 얼마 안 됐잖니?"

윈터버텀 부인이 피비의 운동화를 내려다보며 다시 물었다.

"신발이 안 맞니?"

"너무 꽉 껴요."

"좀 더 신으면 늘어날 거야."

"그럴 리 없어요."

윈터버텀 부인이 칼로 브라우니 케이크를 자르며 피비에게 물었다.

"하나 먹을래?"

"탔잖아요. 그리고 전 너무 뚱뚱하단 말이에요."

"넌 하나도 안 뚱뚱해."

윈터버텀 부인이 말했다.

"뚱뚱해요."

"아니래도."

"뚱뚱해요, 뚱뚱해요, 뚱뚱하다고요! 이제 그런 거 안 구우셔도 돼요. 난 너무 뚱뚱하다고요. 그리고 여기 앉아서 내가 학교에서 돌아오는 걸 기다리실 필요도 없어요. 난 이제 열세 살이란 말이에요!"

피비가 소리를 지르며 2층으로 올라가 버렸다.

피비가 사라지자 윈터버텀 부인이 내게 브라우니 케이크를 권했다. 나는 식탁 앞에 자리를 잡고 앉았다. 엄마가 떠나기 전날의 일이 생각났다. 그날이 엄마와 집에서 보내는 마지막 날이 될 거라고는 생각지도 못했다. 그날 엄마는 함께 들판에 나가 산책하지 않겠냐고 내게 몇 번이나 물었다. 밖에는 보슬비가 내리고 있었고, 나는 책상을 정돈하느라 정신이 없었기 때문에 번번이 "나중에요."라고만 대답했다. 하지만 솔직히 나가고 싶은 마음이 없었다. 그러다가 엄마가 열 번쯤 같은 질문을 던지자 나는 그만 소리를 지르고 말았다.

"싫어요! 나가기 싫다고요. 왜 자꾸 귀찮게 구세요?"

나도 내가 왜 그랬는지 모르겠다. 나쁜 뜻으로 그런 것은 아니었지만 그것이 엄마에게 있어 나에 대한 마지막 기억이 되고 말았다. 할 수만 있다면 그 일을 지워 버리고 싶었다.

그때 피비의 언니가 문을 쾅 닫으며 집 안으로 뛰어 들어왔다.

"나가리예요. 안 봐도 뻔해요!"

프루던스가 울먹였다.

"얘야!"

윈터버텀 부인이 말했다.

"내가 다 망쳐 버렸어요. 망쳤어요. 망쳤다고요,"

"프루던스, '나가리'라니! 네가 그런 말 쓰는 걸 아빠가 들으면 좋아하지 않으실 거야."

"왜요?"

프루던스가 되물었다.

윈터버텀 부인은 슬프고 지쳐 보였다.

"글쎄다, 아빠는 그게……. 점잖지 못한 말이라고 생각하실 것 같구나."

윈터버텀 부인은 브라우니 케이크의 탄 부분을 성의 없이 긁어내며 프루던스에게 치어리더 오디션을 볼 수 있는 기회가 한 번 더 있냐고 물었다.

"네, 내일이요. 하지만 또 나가리가 될 게 뻔……."

윈터버텀 부인이 말했다.

"내가 따라가서 지켜봐야겠구나."

나는 윈터버텀 부인이 돌덩이처럼 마음을 짓누르는 어떤 끔찍한 슬픔에서 빠져나오려고 애쓰고 있는 것을 눈치 챘다. 하지만 프루던스는 아무것도 모르는 것 같았다. 엄마가 나와 함께 산책하고 싶어 했던 날, 내 일정표에 얽매여 엄마의 슬픔 따위는 아랑곳하지 않았던 나처럼 프루던스 역시 자신의 일정표에만 매달려 있었다.

프루던스가 물었다.

"뭐라고요? 오셔서 지켜보시겠다고요?"

"그래, 좋지 않니?"

"안 돼요! 절대, 절대, 절대 오시면 안 돼요. 생각만 해도 끔

끔찍해요!"

"끔찍하다고?"

"네. '끔찍'이요. 끔찍하다고요!"

나는 윈터버텀 부인이 프루던스에게 당장 꺼져 버리라는 말을 왜 안 하는지 궁금했다. 대신 윈터버텀 부인은 자기가 울음을 터뜨리며 식탁에서 일어섰다. 프루던스가 나를 노려보더니 쿵쾅거리며 부엌을 나가 버렸다. 나는 벽을 바라보며 앉아 있었다. 잠시 후 현관문이 열렸다 닫히는 소리가 들렸다. 피비가 내 이름을 불렀다. 부엌으로 뛰어 들어오는 피비의 손에는 하얀 편지 봉투가 들려 있었다.

"샐, 계단에 뭐가 놓여 있었는지 알아맞혀 봐."

피비가 말했다.

그때 윈터버텀 부인이 다시 나타나 피비의 손에서 봉투를 가로챘다.

"벌써 뜯어 봤니?"

윈터버텀 부인이 피비에게 물었다.

"아직요."

"그럼 내가 뜯어 보마."

윈터버텀 부인은 편지 봉투를 몇 번이고 이리저리 뒤집어

보다가 천천히 봉투를 뜯고 그 안에 든 쪽지를 꺼냈다. 아주머니가 쪽지를 하도 자기 쪽으로 바짝 들고 있어서 우리는 거기에 뭐라고 씌어 있는지 볼 수가 없었다.

"뭐라고 씌어 있어요?"

피비가 대놓고 물었다.

"대체 누가 이런 짓을 하는 거지?"

피비의 엄마가 쪽지를 내밀었다. 거기에는 이렇게 씌어 있었다.

인생에서 뭐가 그리 중요한가?

프루던스도 끼어들었다.

"이게 대체 무슨 말이에요?"

윈터버텀 부인이 대답 대신 또 다른 질문을 던졌다.

"대체 누가 보내는 거지?"

"전 정말 몰라요."

피비가 대답했다.

프루던스가 소파에 털썩 주저앉으며 말했다.

"아무렴 어때요? 나한텐 더 큰 걱정이 있는데. 난 내일 치어리더 오디션에서 분명히 떨어지고 말 거예요. 벌써 다 알아요."

프루던스는 피비가 뭐라고 할 때까지 계속 구시렁거렸다.

"언니, 제발 그만 좀 해. 인생에서 그게 뭐가 그렇게 중요해?"

그 순간 윈터버텀 부인의 머릿속에서 뭔가 딸깍 하고 켜진 모양이었다. 윈터버텀 부인은 손으로 입을 가린 채 창밖을 응시했다. 하지만 프루던스와 피비의 눈에는 여전히 자기들 엄마가 보이지 않았다. 두 사람은 아무것도 눈치 채지 못했다.

프루던스가 피비에게 되물었다.

"너, 그거 무슨 뜻이야?"

피비가 말했다.

"난 그냥 생각을 좀 해 봤을 뿐이야. 그 오디션이란 게 그렇게 중요해? 오 년 후면 기억도 못할 거 아니냐고?"

"기억하고말고! 당연히 기억하고 있을 거야."

"그럼 십 년은 어때? 십 년 뒤에도 기억할 것 같아?"

"당연하지!"

프루던스가 고집을 부렸다.

집에 가는 길에 나는 그날 받은 쪽지 생각을 했다. 인생에서 뭐가 그리 중요한가? 그 말을 몇 번이고 되뇌었다. 쪽지가 배달되자마자 피비가 그 말을 써 먹을 상황이 벌어진 것이 참 신기했다. 쪽지를 보낸 사람이 누굴까 생각하다가 곧 우리들의 인생에서 어떤 일들이 중요하지 않을까 하고 따져 보았다. 치어리더 오디션이나 신발이 꼭 맞는 것 따위는 중요하지 않다는 생각이 들었다. 그렇다면 엄마한테 소리를 지르는 것은 어떨까? 확실한 정답은 나도 몰랐다. 하지만 한 가지 분명한 것은, 엄마가 떠나 버린 경우 그것은 인생의 매우 중요한 문제로 남는다는 사실이었다.

18
좋은 사람

이제 아빠 이야기를 해야겠다.

나는 할머니, 할아버지에게 피비의 이야기를 하는 동안 아빠에 대해서는 별로 언급하지 않았다. 아빠는 두 분의 아들이므로 나보다 두 분이 더 잘 알 뿐더러, 할머니가 입버릇처럼 말씀하시듯이 아빠는 두 분 삶의 빛이기 때문이었다. 할머니와 할아버지는 아들이 셋이나 더 있었지만 한 명은 트랙터에 치어, 또 다른 한 명은 스키를 타다가 나무에 부딪혀 그리고 마지막 한 명은 가장 친한 친구를 구하려고 얼음장처럼 차가운 오하이오 강물에 뛰어들었다가 목숨을 잃었다. 그 친구는 살았지만 삼촌은 살아남지 못했다.

따라서 아빠는 두 분에게 남은 유일한 아들이었다. 하지만 삼촌들이 살아 있었다 해도 아빠는 할머니와 할아버지의 희망이었을 것이다. 왜냐하면 아빠는 친절하고 정직하고 단순하고 착한 사람이기 때문이다. 여기서 단순하다는 것은 생각이 단순하다는 것이 아니라, 수수하고 소박한 것들을 좋아한다는 뜻이다. 가령, 아빠가 가장 좋아하는 옷은 이십 년째 입고 있는 낡은 면 셔츠와 청바지였다. 유클리드의 새 일자리 때문에 흰색 와이셔츠와 양복을 사야 했을 때 아빠는 엄청 괴로워했다.

아빠는 농장 일을 좋아했다. 자연의 신선한 공기를 실컷 들이마실 수 있기 때문이었다. 아빠는 흙과 나무와 동물을 피부로 느끼고 싶어서 장갑 따위는 끼려고도 하지 않았다. 우리가 유클리드로 이사 왔을 때 아빠는 사무실로 일하러 가야 한다는 사실을 무척이나 끔찍하게 여겼다. 아빠는 손댈 게 하나도 없는 갇힌 공간을 싫어했다.

우리는 십오 년 동안이나 파란색 시보레 자동차를 탔다. 아빠는 수리를 하느라 구석구석까지 자신의 손길이 닿지 않은 곳이 없는 그 차와 헤어지지 못했다. 그리고 내 생각에 아빠는 자기가 그 차를 팔면 차가 얼마 안 가 폐차장 행이 되어 버릴 거라는 생각을 견디지 못했던 것 같다. 아빠는 차들을 폐차시키는 걸 몹시 싫어했다. 그래서 아빠는 종종 폐차장에 가서 버려진 차들을 쓰다듬고, 취미 삼아 낡은 발전기와 카뷰레터를 사다가 깨끗이 닦고 수리해서 다시 작동하게끔 만들었다. 할아버지는 자동차 수리라면 완전 까막눈인 터라 아빠를 천재라고 생각했다.

 엄마의 말은 옳았다. 아빠는 엄마 말대로 정말 좋은 사람이었다. 아빠는 다른 사람의 기분을 북돋워 주려고 항상 작은 일들을 생각해 냈다. 그런 재능을 타고 태어나지 못한 엄마는 아빠처럼 되고 싶어 했지만 곧잘 절망에 빠지곤 했다. 아빠는 들판에서 일을 하다가도 할머니가 좋아하는 꽃 덤불을 보면 그걸 통째로 파다가 할머니의 마당에 심어 주었다. 눈이 오면 아빠는 새벽에 일어나 할머니, 할아버지 집 앞에 쌓인 눈을 말끔히 치워 주었다.

 농장에 필요한 농기구들을 사려고 시내에 나갔다 돌아오는 아빠의 손에는 어김없이 나와 엄마를 위한 선물이 들려 있었다. 사실 그것들은 면 스카프나 책, 유리로 된 서진(책장이나 종이쪽이 바람에 날리지 않도록 눌러 두는 물건.―옮긴이) 같이 소소한 것들이었다. 하지만 그게 뭐가 되었건 아빠는 나나 엄마가 직접 샀더라도 골랐을, 꼭 그런 물건을 사 왔다.

 술은 할아버지와 가끔 위스키 한 잔을 나누는 게 다였고,

화를 내는 경우는 한 번도 없었다. 엄마는 아빠에게 "난 가끔 당신이 사람이 아니지 않나 싶어요."라고 말했다. 특히 엄마는 집을 나가기 전에 그런 식의 말을 자주 했다. 나는 그때마다 엄마는 아빠가 나쁜 사람, 못된 사람이 되기를 바라나 싶어 혼란스러웠다.

엄마가 집을 나가기 이틀 전, 그러니까 내가 엄마의 여행 이야기를 처음 들은 날 엄마는 아빠에게 이런 말을 했다.

"당신과 비교하면 난 너무 형편없는 사람 같아요."

"슈거, 그렇지 않아."

"거봐요. 거보라고요. 당신은 왜 내가 형편없는 사람이라는 사실조차 믿지 못하죠?"

"당신은 형편없는 사람이 아니니까."

엄마는 머릿속을 정리하고 마음속의 나쁜 생각들을 몰아내기 위해 얼마 동안 집을 떠나야겠다고 말했다. 자기가 어떤 사람인지 알아야겠다는 말도 했다.

"여기서도 할 수 있잖아, 슈거."

"아니요, 혼자만의 공간이 필요해요. 여기서는 생각할 수가 없어요. 여기서 보는 나는 내가 아니에요. 나는 용감하지 않아요. 착하지도 않다고요. 사람들이 내 진짜 이름을 불러 주면 좋겠어요. 내 이름은 슈거가 아니에요. 난 챈하센이라고요."

엄마는 끔찍하게 충격적인 일을 겪은 터라 힘들어하고 있었다. 사실이 그랬다. 그럼에도 불구하고 나는 엄마가 왜 우리들과 함께 있는 것만으로는 행복할 수 없는지 이해가 안 됐다. 엄마더러 나도 데려가 달라고 사정했다. 하지만 엄마는 나는 학교에도 가야 하고, 내가 없으면 아빠가 외로워할 테니 안 된다고 했다. 그리고 무엇보다도 엄마는 혼자 가야 한다고 강조했다. 반드시 혼자 가야 한다고.

나는 엄마가 마음을 바꿀지도 모른다고 생각했다. 아니, 엄마가 떠나기 전에 적어도 나한테 인사는 할 줄 알았다. 하지만 엄마는 마음도 바꾸지 않았고, 작별 인사도 하지 않았다. 엄마는 얼굴을 보며 작별 인사를 하면 너무 마음이 아플 것 같아서, 그리고 영원한 이별이라는 기분이 들 것 같아서 그냥 간다는 편지만을 남겼다. 엄마는 매 순간 내 생각을 할 것이며 튤립이 피기 전에 꼭 돌아오겠다고 썼다.

하지만 엄마는 튤립이 피기 전에 돌아오지 않았다.

나는 아빠가 엄마를 보내 놓고 몹시 괴로워한다는 것을 알았다. 하지만 아빠는 예전과 똑같이 행동하려고 노력했다. 휘파람을 불고, 망치질을 하고, 사람들을 위해 작은 선물을 찾아

냈다. 엄마에게 줄 선물들은 안방에 점점 더 높이 쌓여 갔다.

엄마가 다시는 돌아오지 않을 거라는 소식이 날아든 그날 밤, 아빠는 회벽을 깎아 내고 그 뒤에서 벽돌로 된 벽난로를 찾아냈다. 다음 날 아빠는 아이다호 주의 루이스턴 시로 떠났고, 다시 집으로 돌아온 아빠는 사흘 내내 벽난로에 붙어 있는 석회 조각을 깎아 내고, 벽돌 하나하나가 깨끗해질 때까지 문질러 댔다. 벽돌과 벽돌 사이의 이음새 중 어떤 부분에는 새로 시멘트를 메워 넣어야 했는데, 아빠는 거기에 작은 글씨로 엄마의 이름을 새겨 넣었다. '슈거'가 아닌 '챈하센'이라고.

삼 주 후 아빠는 농장을 내놓았다. 그 전에 아빠는 커데이버 아주머니에게 편지 몇 통을 받았다. 나는 아빠가 그 편지들에 답장을 하고 있다는 것을 알았다. 그런 뒤 아빠는 나를 할아버지와 할머니에게 맡긴 채 혼자 커데이버 아주머니를 만나러 갔다. 그리고 얼마 뒤 집으로 돌아온 아빠는 유클리드로 이사를 가겠다고 말했다. 아주머니의 도움으로 일자리를 구했다는 것이다.

나는 아빠가 아주머니를 어떻게 알게 되었는지, 그리고 얼마나 오래 알고 지냈는지 궁금하지 않았다. 아주머니의 존재 자체를 부정했다. 하긴 그때는 어마어마한 분노를 토해 내느라 다른 생각을 할 정신이 없었다. 나는 이사를 안 가겠다고 고집을 부렸다. 우리 농장과 우리 단풍나무와 우리 웅덩이와 우리 돼지들과 우리 닭들과 우리 헛간을 떠나고 싶지 않았다. 나는 나에게 속한 공간을 떠나기 싫었고, 엄마가 돌아올 거라고 확신하는 이상 그 장소를 떠나서는 안 된다고 생각했다.

처음에는 아빠도 아무런 반박을 하지 않았다. 아빠는 내가 성난 멧돼지처럼 행동하도록 가만히 내버려 두었다. 결국 "집 팝니다."라는 표지판을 내리고, 대신 "세놓음."이라는 표지판을 붙였다. 아빠는 가축과 농작물을 돌봐줄 만한 사람에게 우리 농장을 세놓고, 우리도 유클리드에 셋집을 얻겠다고 말했다. 농장은 계속해서 우리 거고, 언젠가 다시 돌아올 수 있다고 나를 설득했다.

"하지만 지금은 떠나야 한단다. 네 엄마가 밤이고 낮이고 내 머릿속을 떠나지 않기 때문이야. 이곳에서는 들판에도, 공기 중에도, 헛간에도, 벽에도, 나무에도 네 엄마가 있어. 네 엄마가 없는 곳이 없다고."

아빠는 용기를 얻고, 마음을 굳게 다지는 법을 배우기 위해 이사를 가는 거라고 말했다. 귀에 익은 말이었다.

마침내 나도 증기를 모두 소진해 더 이상 열을 뿜어 낼 힘이 없었다. 그래서 화내는 일을 그만두었다. 짐 싸는 일은 돕지 않았지만 때가 되었을 때 아빠와 유클리드로 이사를 가기 위해 얌전히 차에 올라탔다. 하지만 용기도 굳센 마음도 느끼지 못했다.

할머니와 할아버지에게 피비의 이야기를 하면서 처음으로 그런 말을 털어놓았다. 하지만 두 분은 이미 모든 것을 알고 있었다. 아빠가 좋은 사람이란 것도, 내가 농장을 떠나기 싫어했다는 것도, 아빠는 나를 데리고 집을 떠나야 했다는 것도 다 알았다. 또한 아빠가 내게 마거릿 아주머니에 대한 이야기를 하려고 여러 번 시도했지만 내가 번번이 들으려고 하지 않았다는 것도 알고 있었다.

농장을 떠나 아빠와 유클리드로 향하던 차 안에서 하루 종일 아빠가 좋은 사람이 아니면 좋겠다고 생각했다. 그러면 엄마가 집을 나간 것에 대해 책망할 수 있는 누군가가 생기는 거니까. 엄마를 원망하고 싶지는 않았다. 엄마는 내 엄마고, 나의 일부분이었으니까.

19
허공에서 낚시하기

할머니가 말했다.
"페이비 애기를 어디까지 했더라? 그다음엔 어떻게 됐니?"
"아니, 어떻게 된 거야, 맹꽁이 할멈? 뱀이 당신 뇌를 문 거야?"
할아버지가 말했다.
"그런 게 아니라 그냥 내 기억을 더듬어 보는 것뿐이에요."
할머니가 대답했다.
"어디 보자……. 그러니까 버크웨이 선생이 커데이버 부인이랑 진달래를 파헤쳐 그걸로 시체를 은폐했고, 그러고 나서 페이비의 엄마는 브라우니 케이크를 태웠고……."
할아버지가 말했다.

그러자 할머니가 말을 이었다.

"그리고 페이비랑 걔 언니가 버르장머리 없이 굴었고, 그 집에 쪽지가 하나 더 왔지. '인생에서 뭐가 그리 중요한가?'라고 씌어 있었지 아마? 마음에 아주 쏙 드는 말이구나."

할아버지가 물었다.

"그리고 페이비가 널 다그치지 않았니? 커데이버 부인과 버크웨이 선생이 부인의 남편을 토막 냈다는 말을 빨리 아빠한테 하라고 말이야."

그랬다. 그것이 피비가 원하는 일이었고 내가 시도한 일이었다. 어느 일요일, 사진첩을 보고 있는 아빠에게 다가가 커데이버 아주머니에 대해 잘 아느냐고 물었다. 아빠는 고개를 번쩍 쳐들더니 내게 물었다.

"마거릿에 대한 이야기를 들을 준비가 된 거니?"

"꼭 그렇다기보다는 드릴 말씀이 있어요."

"진작 네게 말해 주고 싶었는데 말이야……."

나는 얼른 내 말을 계속했다. 나는 아빠의 설명을 듣고 싶은 게 아니었다. 아빠한테 조심해야 한다고 경고하고 싶었을 뿐이다.

"그 아주머니가 자기 집 뒤뜰에서 덤불을 잘라 내는 걸 봤어요. 피비랑 같이요."

"그게 뭐가 잘못됐니?"

아빠가 물었다.

나는 좀 다른 각도에서 다시 시도해 보았다.

"그 아주머니 목소리는 낙엽들이 구르는 소리처럼 으스스해요. 머리는 귀신 같고요."

"그래, 무슨 말인지 알겠다."

"그리고 그 아주머니네 집에 오는 남자가 있는데……."

"샐, 너 혹시 그 집을 감시하니? 꼭 그렇게 들리는구나."

"어쨌거나 결론은 아빠가 앞으로 그 집에 계속 가시면 안 될 것 같아요."

아빠는 안경을 벗더니 오 분가량 셔츠 자락으로 안경을 닦았다. 그리고 마침내 입을 열었다.

"샐, 넌 지금 허공에서 낚시를 하는 거야. 엄마는 돌아오지 않을 거야."

아빠에게는 내 말이 커데이버 아주머니에 대한 질투로 들린 모양이었다. 아빠처럼 차분한 관점에서 보니 아주머니에 대해 피비가 한 말들이 다 말도 안 되는 소리로 여겨졌다.

"이제 마거릿 얘기를 좀 해 주마."

아빠가 말했다.

"아니요, 됐어요. 제가 한 말은 신경 쓰지 마세요. 그리고 저 역시 아무 설명도 듣고 싶지 않아요."

나중에 숙제를 하면서 영어 책 가장자리에 낙서를 했다. 헝클어진 머리에 사악한 눈을 한 여자를 그린 뒤 목에 밧줄을 감았다. 그러고는 그 옆에 나무를 그리고, 거기에 밧줄을 걸어 그 여자를 교수형에 처해 버렸다.

다음 날 학교에서는 교실 안을 이리저리 뛰어다니며 수업하는 버크웨이 선생님을 자세히 관찰했다. 선생님이 정말 살인자라면, 아주 생기발랄한 살인자임에 틀림없었다. 살인자는 늘 침울하고 음침할 거라는 내 상상과는 영 딴판이었다. 내가 아빠와 함께 다시 바이뱅크스로 돌아갈 수 있도록 버크웨이 선생님이 마거릿 아주머니와 사랑에 빠져 결혼을 한 뒤 멀리 멀리 떠나 버리면 좋겠다고 생각했다.

한 가지 놀라운 것은 버크웨이 선생님이 보면 볼수록 엄마와 닮았다는 사실이었다. 선생님을 보면 슬픔이 깃들기 전의 엄마 모습이 자꾸 떠올랐다. 두 사람 모두 말을 하거나 이야기를 할 때 생기와 활력과 열정이 넘쳐 났다.

그날 버크웨이 선생님은 그리스 신화에 대한 이야기를 하면서 그렇게 멋진 이야기들을 공부할 기회를 가진 것이 얼마나 짜릿하고 신나는 일이냐고 했다. 버크웨이 선생님은 새 책을 나눠 주며 우리에게 이렇게 말했다.

"너희들도 새 책 냄새가 좋니?"

"살살 다루렴, 살살!"

"이 안에 얼마나 값진 보물들이 들어 있는지 아니?"

나는 수업을 하다 말고 엄마 생각에 빠져 버렸다. 엄마 역시 자연만큼이나 책을 보물로 여겼다. 엄마는 늘 작은 책 하나를 주머니에 넣고 다니다가 들판에 나가면 풀밭에 털썩 주저앉아 큰 소리로 내게 책을 읽어 주었다.

엄마는 특히 아메리카 원주민 이야기(엄마는 당연히 '인디언 이야기'라고 불렀다.)를 좋아해 나바호, 수, 세네카, 네즈페르세, 마이두, 블랙풋, 휴론 등 여러 부족들에 얽힌 전설들을 많이 알고 있었다. 그 외에도 엄마는 천둥 신들과 땅의 창조자들, 현명한 까마귀, 교활한 코요테, 그림자 영혼 등에 관한 이야기들도 알고 있었다. 하지만 뭐니 뭐니 해도 엄마가 가장 좋아하는 이야기는 죽은 사람이 새나 강이나 말이 되어 다시 돌아오는 이야기였다. 그중에는 감자가 되어 다시 돌아온 늙은 전사의 이야기도 있었다.

내가 다시 정신을 차렸을 때 버크웨이 선생님의 말소리가 들렸다.

"알았니, 피비? 얘, 피비? 이제 일어났니? 네가 두 번째 발표를 하는 거다."

"발표라고요?"

피비가 되물었다.

"그래, 넌 대단한 행운아야! 우리가 네게 두 번째로 발표할 기회를 준 거란다!"

"무슨 발표요?"

그러자 버크웨이 선생님이 가슴을 쥐어뜯으며 반 아이들을 향해 말했다.

"저런, 내가 발표에 대한 이야기를 할 때 우리 피비 윈터버텀 양이 못 들었나 보구나. 어디 핀니 군이 윈터버텀 양에게 다시 설명해 줄래?"

벤이 자리에서 천천히 돌아앉더니 까맣게 빛나는 눈으로 피비를 바라보며 입을 열었다.

"난 이번 금요일에 프로메테우스에 대해 발표할 거야. 넌 다음 월요일에 판도라에 대한 발표를 하기로 됐고."

"참 대단한 행운이군."

피비가 중얼거렸다.

버크웨이 선생님이 나더러 방과 후에 잠깐 남으라고 일렀다. 피비가 조심하라는 신호를 눈짓으로 보내왔다. 아이들이 다 나가자 피비가 말했다.

"네가 원하면 같이 있어 줄게."

"왜?"

"그것 때문에, 샐, 그거……."

"그게 뭔데?"

내가 물었다.

"선생님이 커데이버 씨를 토막 낸 거 말이야. 그러니까 네가 선생님이랑 단둘이만 있으면 안 될 것 같아."

선생님은 나를 토막 내지 않았다. 대신 '미니 일기'를 써 오라는 특별 숙제를 내 주었다.

"그게 뭔지 이해가 잘 안 가요."

내가 말했다.

내 뒤에 바짝 붙어 서 있는 피비의 숨결이 느껴졌다. 버크웨이 선생님은 내가 관심 있는 주제에 대해 뭐든지 자유롭게 쓰면 된다고 했다.

"어떤 주제를 말씀하시는 건데요?"

내가 또다시 물었다.

"아이고, 이렇게 답답할 데가! 나야 네가 뭐에 관심이 있는지 모르지. 네가 좋아하는 거면 뭐든 상관없단다. 아무거나."

그러자 피비가 얼른 말을 가로챘다.

"살인자에 대해서 써도 되나요?"

버크웨이 선생님이 황당하다는 듯이 말했다.

"세상에! 너 정말 그런 거에 관심 있니, 샐? 아니면 피비, 네가 관심이 있는 거니?"

"아, 아니에요, 선생님."

피비가 대답했다.

"내 생각에는 쉽게 생각하면 될 것 같아. 가령 네가 좋아하는 장소라든지 방, 사람, 뭐 그런 거에 대해서 쓰는 거야. 너무 걱정 마렴. 그냥 머릿속에 떠오르는 걸 쓰면 돼."

버크웨이 선생님이 말했다.

나는 피비, 메리 루, 벤과 함께 집으로 갔다. 머릿속은 완전 뒤죽박죽이었다. 벤이 나를 스칠 때마다 움찔거리지 말아야 한다는 생각까지 겹쳐 더 혼란스러웠다. 벤과 메리 루에게 작별 인사를 하고 모퉁이를 돌아 피비의 집이 있는 길로 들어섰을 때도 나는 여전히 제정신이 아니었다. 어렴풋이 어떤 사람이 반대편에서 우리 쪽으로 걸어오고 있다는 사실은 느꼈지만 크게 신경 쓰지 못했다. 그러다가 그 사람이 약 1미터 앞으로 다가왔을 때에야 나는 비로소 그게 누군지 알아보았다.

정신병자가 우리를 똑바로 쳐다보며 다가오고 있었던 것이다. 정신병자는 우리 앞을 가로막으며 멈춰 섰다.

"피비 윈터버텀 맞지?"

정신병자가 피비에게 물었다.

피비는 목소리가 목구멍에 걸려 간신히 "윽……." 하는 신음만 내뱉었다.

"왜 그러니, 피비 윈터버텀?"

정신병자가 한 손을 호주머니에 찔러 넣으며 물었다.

순간 피비는 정신병자를 확 밀치더니 내 팔을 잡고 뛰기 시작했다.

"어쩜 좋아! 어쩜 좋아!"

피비가 거칠게 중얼거렸다.

거기가 피비의 집 근처인 것이 얼마나 다행인지 몰랐다. 정신병자가 벌건 대낮에 우리를 찌른다 해도, 분명 피비의 이웃들 중 하나가 쓰러져 있는 우리를 발견해 출혈 과다로 숨을 거두기 전에 병원으로 데려가 줄 테니 말이다. 나는 그 남자가 정신병자라는 사실을 정말로 믿기 시작했다.

피비는 현관문 손잡이를 세게 잡아당겼다. 하지만 문은 잠겨 있었다. 피비가 문을 두드리자 피비의 엄마가 문을 열었다.

"무슨 일이니?"

윈터버텀 부인이 물었다. 창백하고 지친 얼굴이었다.

"문이 잠겨 있었어요! 대체 문이 왜 잠겨 있는 거예요?"

피비가 신경질을 냈다.

"글쎄, 그건 말이지……. 내 생각에…….'

우리를 바라보던 윈터버텀 부인의 시선이 거리 쪽으로 옮겨 갔다. 윈터버텀 부인은 거리를 훑어본 뒤 물었다.

"누가 너희를 놀라게 했니?"

피비가 숨을 헐떡이며 말했다.

"네. 그 정신병자요. 방금 그 사람을 봤어요. 경찰을 불러야 할 것 같아요. 아니면 아빠한테 말하든지요."

나는 피비의 엄마를 가만히 지켜보았다. 윈터버텀 부인은 경찰한테도, 남편한테도 전화를 걸 수 있을 것 같지 않았다. 내 눈에는 우리보다 피비네 엄마가 더 겁을 집어먹은 것 같았다. 피비의 엄마는 집 안을 돌아다니며 모든 출입문을 잠갔다.

그날은 더 이상 아무 일도 일어나지 않았다. 집으로 돌아갈 때쯤 되자 나는 정신병자가 별로 무섭지 않았다. 아무도 경찰한테 전화를 걸지 않은 것은 물론이려니와, 내가 알기로 윈터버텀 부인은 남편에게도 아직 알리지 않은 것 같았다. 내가 막 피비네 집을 나서려는데 피비가 속삭였다.
 "정신병자가 한 번만 더 나타나면 내가 직접 경찰에 전화할 거야."

20
블랙베리 입맞춤

그날 밤 나는 버크웨이 선생님에게 제출할 미니 일기를 쓰느라 끙끙댔다. 무엇에 대해 써야 좋을지 생각해 내는 데도 시간이 엄청 걸렸다. 나는 우선 내가 좋아하는 것들의 이름을 죽 적었다. 나무, 소, 닭, 돼지, 들판, 웅덩이 등. 죄다 바이뱅크스에 있는 것들이었다. 그런데 그 잡동사니 목록에서 어느 것을 골라 글을 쓰든 번번이 엄마 이야기로 빠져 버렸다. 엄마와 관련이 안 된 것이 없었기 때문이다. 결국 블랙베리 입맞춤에 대해 쓰기로 결정했다.

우리가 아직 농장에서 살 때의 일이다. 어느 날 아침, 자리에서 일어나 창밖을 바라보았다. 엄마가 헛간이 있는 언덕으로 올라가는 게 보였다. 엷은 안개가 깔려 있었고, 피리새가 집 옆 참나무에 앉아 노래를 부르고 있었다. 임신 중인 엄마는 부른 배를 앞으로 내민 채 두 팔을 흔들며 천천히 언덕 위로 걸어가고 있었다. 엄마가 흥얼거리는 노랫소리가 들렸다.

　오, 뱃사람과는 사랑에 빠지지 마세요.
　뱃사람, 뱃사람.
　오, 뱃사람과는 사랑에 빠지지 마세요.
　당신의 마음을 바다로 가져가 버리고 말 테니까요.

　설탕단풍나무가 서 있는 헛간 모퉁이에 다다르자 엄마는 블랙베리 몇 개를 따 입에 집어넣었다. 집을 등지고 서 있던 엄마는 주위를 둘러본 뒤 들판을 가로질러 나무 그늘 밑으로 들어갔다. 그러더니 잰걸음으로 단풍나무 쪽으로 다가가 두 팔로 나무 기둥을 감싸 안고 쪽 하고 큰 소리가 날 정도로 뽀뽀를 했다.
　그날 오후 나는 그 나무 기둥을 살펴보았다. 나도 엄마처럼 기둥을 안아보고 싶었지만 나무 기둥은 내가 창에서 바라볼 때보다 훨씬 굵었다. 엄마의 입술이 닿았을 곳을 올려다보았다. 분명히 내 상상이었겠지만 블랙베리를 먹은 엄마의 입술이 남긴 검고 작은 흔적을 찾아낼 수 있었다.

나는 나무 기둥에 귀를 갖다 대고 소리를 듣다가 얼굴을 정면으로 돌려 나무에 입을 맞췄다. 지금까지도 나무껍질에서 나던 달콤한 향과 내 입술에 와 닿던 울퉁불퉁한 촉감과 독특한 맛이 기억났다.

나는 미니 일기에 그때 이후로 온갖 종류의 나무에 입을 맞췄다고 고백했다. 그리고 참나무, 단풍나무, 느릅나무, 박달나무 등 나무의 종류에 따라 맛이 다 다른데 한 가지 공통점은 모든 나무에 블랙베리 맛이 섞여 있었다고 썼다. 하지만 왜 그런지는 설명할 길이 없다고 덧붙였다.

다음 날 버크웨이 선생님에게 일기를 제출했다. 선생님은 읽어 보지도 않았으면서 아니, 심지어 제대로 쳐다보지도 않았으면서 내 공책을 서류 가방에 챙겨 넣으며 이렇게 말했다.

"와, 굉장하구나! 잘 썼다! 다른 일기들과 함께 두마."

피비가 물었다.

"너 내 얘기 썼니?"

벤도 궁금해했다.

"너 내 얘기 쓴 거니?"

버크웨이 선생님은 우리를 가르치는 것이 하늘의 뜻이라도 되는 것처럼 교실 안을 아주 열심히 뛰어다녔다. 선생님은 창문을 열어젖히더니 공기를 들이마시며 이렇게 말했다.

"아, 9월이구나."

그러고는 책을 한 권 꺼내 e. e. 커밍스 (자신의 시는 물론 이름에도 대문자를 쓰지 않는 시인.—옮긴이)의 시 하나를 읽기 시작했다. 시의 제목은 '망아지가 새로 태어났네 (the little horse is newlY)'였는데, 우습게도 다른 건 다 소문자로 쓰고 맨 마지막 철자인 Y만 대문자로 씌어 있었다.

"그건 커밍스 씨가 그렇게 쓰고 싶었기 때문이야."

버크웨이 선생님이 설명했다.

"영어 수업을 제대로 못 받았나 봐."

피비가 말했다.

내 눈에는 그 Y자가 가는 다리로 겨우 서 있는 갓 태어난 망아지처럼 보였다.

시는 아무것도 모르지만 모든 것을 느낄 수 있는 방금 태어난 망아지에 대한 내용이었다. 망아지는 지금 놀라울 정도로 기분이 좋으며 깨끗이 빨아 다림질해 개킨 이불보처럼 '아주 말쑥하게 접힌' 세계에 살고 있다는 것 말고는 잘 이해할 수 없는 이상한 시였다. 그럼에도 불구하고 시가 마음에 들었다. 무슨 뜻인지 알 수는 없었지만 그래도 좋았다. 왠지 부드럽고 편안한 느낌이 들었다.

그때까지는 여느 날과 다름이 없었다. 아니, 학교에서는 지극히 평범한 하루를 보냈다. 그날 나는 피비가 치과에 가느라 조퇴를 했기 때문에 혼자 집으로 가고 있었다. 우리는 5시에 피비네 집에서 보기로 약속을 했었다. 벤이 나를 따라잡으려고 뒤에서 뛰어왔지만 크게 긴장하지는 않았다. 기분도 좋았고, 사실 집까지 혼자 걷고 싶지 않았기 때문이었다.

하지만 집에 가는 도중에 일어난 그 일에 대해서는 전혀 마음의 준비가 되어 있지 않았다. 그다음에 일어난 일에 대해서는 더욱 그랬다. 사건은 이렇게 시작되었다. 벤과 나는 나란히 걷고 있었는데 문득 벤이 물었다.

"누가 네 손금 봐 준 적 있니?"

"아니."

"내가 봐 줄까? 난 손금 볼 줄 알거든."

우리는 마침 버스 정거장 옆을 걸어가고 있었는데, 거기에는 나무 벤치가 있었다. 벤이 말했다.

"저기 가서 좀 앉자. 걸으면서는 못 보니까."

벤은 내 손을 잡고 아주 오랫동안 내려다보았다. 벤의 손은 부드럽고 따뜻했다. 내 손에서 미친 듯이 땀이 났다.

"흠……."

벤의 손가락이 내 손금을 따라 천천히 미끄러졌다. 소름이 끼쳤지만 그리 나쁜 느낌은 아니었다. 해가 머리 위로 내리쬐고 있었다. 나는 벤의 손가락이 손바닥 위에서 미끄러지는 감촉을 느끼며 그렇게 영원히 앉아 있으면 좋겠다고 생각했다. 아무것도 모르지만 모든 것을 느낄 수 있는 망아지가 생각났다. 말쑥하게 접힌 세계에 대해서도 생각했다. 이윽고 벤이 입을 열었다.

"좋은 것부터 들을래? 나쁜 것부터 들을래?"

"나쁜 것부터. 진짜 나쁜 얘기는 아니지, 그렇지?"

벤이 헛기침을 했다.

"나쁜 얘기는 내가 실은 손금을 볼 줄 모른다는 거야."

나는 재빨리 손을 뺀 뒤 책을 집어 들고 집으로 향했다.

"좋은 얘기는 안 들을 거야?"

벤이 뒤쫓아 오며 물었다.

나는 계속해서 걷기만 했다.

"좋은 얘기는 내가 네 손을 십 분씩이나 잡고 있었는데도 네가 움찔하지 않았다는 거야."

나는 벤을 어떻게 생각해야 할지 몰랐다. 벤은 내가 아무런 대꾸를 안 하는데도 우리 집까지 계속 따라오더니 베란다에 털썩 주저앉았다.

"우리 집에는 못 들어와."

내가 말했다.

"괜찮아. 기다릴게."

벤이 대꾸했다.

"왜?"

"너, 피비네 집에 5시까지 가기로 하지 않았어? 기다릴게. 혼자서 가는 거 싫잖아. 난 여기 앉아서 숙제나 하지 뭐."

벤이 신화 이야기 책을 꺼내 들었다.

나는 집으로 들어가 잠시 서성댔다. 창밖을 보니 벤은 여전히 베란다에 앉아 있었다.

"너 신화 발표할 거 준비하니? 그럼 나도 거기 앉아서 너랑 같이 숙제나 할까 봐."

내가 말했다.

벤은 아무 말도 안 했다. 아니, 우리 둘 다 아무 말도 하지 않았다. 벤은 자기 책을 보면서 뭔가를 적었고 나는 내 책을 읽으려고 애썼다. 하지만 옆에 벤이 있다는 생각에 정신을 집중하기 어려웠다. 피비네 집에 갈 시간이 되자 마음이 놓였다.

우리가 커데이버 아주머니의 집 앞을 지나고 있는데 누군가 내 이름을 불렀다. 처음에는 아무도 눈에 띄지 않았지만 곧 마당에 나와 앉아 있는 패트리지 할머니가 보였다.

"안녕하세요, 할머니?"

내가 인사했다.

"누구야?"

벤이 물었다.

"페트리지 할머니야. 앞을 못 보셔."

벤이 의심스러운 눈초리로 나를 쳐다보며 물었다.

"그런데 네가 누군지 어떻게 알아?"

당연한 질문이었다. 하지만 나는 어떻게 대답해야 좋을지 몰랐다. 내가 피비네 집 현관문을 두드리자 벤이 말했다.

"나 이만 가 볼게."

나는 얼른 벤을 쳐다본 뒤 다시 문 쪽으로 고개를 돌렸다. 하지만 바로 그 순간, 내가 막 고개를 돌리던 그 순간에 벤이 몸을 앞으로 굽혔고, 내 생각에 벤이 내 귀에 입을 맞춘 것 같았다. 벤이 정말 그러려고 했는지는 확실하지 않았다. 아니, 정말 그런 일이 있었는지도 불분명했다. 내가 미처 정신을 차리기도 전에 벤이 계단을 후다닥 뛰어 내려가 버렸기 때문이다.

곧 문이 조심스럽게 열리더니 피비의 동그란 얼굴이 보였다. 피비의 얼굴은 겁에 질려 새하얬다.

"빨리 들어와."

피비가 말했다.

피비가 날 데리고 부엌으로 들어갔다. 식탁 위에는 사과 파이가 놓여 있었고 그 옆에는 편지 봉투 세 개가 있었다. 각각의 봉투에는 피비와 프루던스 그리고 피비의 아빠 이름이 적혀 있었다.

"내 건 벌써 읽었어."

피비가 자기 이름이 쓰인 봉투를 내밀며 말했다. 거기에는 이런 편지가 들어 있었다.

문단속 잘하고, 필요한 것이 있으면 아빠에게 전화를 하렴. 사랑한다, 피비.

그 밑에는 '엄마가'라고 적혀 있었다.

나는 그 편지를 대수롭지 않게 여겼다.

"피비, 이건……."

"그래그래, 네가 무슨 말 하려는 건지 알아. 별 내용 아니란 말이지? 나도 처음엔 그렇게 생각했어. '아, 드디어 엄마도 내가 혼자서 집에 있을 수 있는 나이라는 것을 인정하시는구나.' 했지. 난 엄마가 쇼핑을 가셨거나 아니면 벌써 일을 시작하셨나 했어. 로키 타이어 가게 일은 다음 주부터 하겠다고 하셨지만 말이야. 그런데 언니가 와서 자기 편지를 뜯어 봤어."

피비는 엄마가 프루던스에게 보낸 편지를 내밀었다.

국수는 삶고, 스파게티 소스는 데우기만 하면 된다. 사랑한다, 프루던스.

그 밑에도 역시 '엄마가'라고 적혀 있었다.
나는 여전히 별일 아니라고 생각했다.
"오늘 늦게까지 일하시려나 보지."
내가 말했다.
"모르겠어. 마음에 안 들어. 정말 싫다고."
피비가 짜증을 냈다.
나는 피비와 함께 식탁을 차렸고, 프루던스는 스파게티 소스를 데우고 국수를 삶았다. 나와 피비는 샐러드까지 만들었다.
"어른이 된 것 같아."

피비가 말했다.

잠시 후, 피비의 아빠가 집에 왔다.

"엄마는 어디 계시니?"

피비가 아빠에게 편지 봉투를 내밀었다. 피비의 아빠는 편지 봉투를 뜯어 보더니 자리에 앉아 편지지만 뚫어져라 쳐다보았다. 피비가 아빠의 어깨 너머로 편지를 바라보며 큰 소리로 읽었다.

전 떠나야 해요. 지금은 설명할 수 없어요. 며칠 뒤에 전화할게요.

그리고 그 밑에는 '노마'라고 씌어 있었다.

나는 땅 밑으로 꺼지는 기분이 들었다.

프루던스가 수만 개의 질문을 한꺼번에 쏟아 내기 시작했다.

"엄마가 대체 뭐라는 거예요? 어디로 떠난다는 거죠? 왜 설명을 못하시는 거예요? 왜 아빠한테도 미리 말을 안 하셨죠? 이 일에 대해 한 번도 언급하신 적이 없어요? 며칠 동안 만이에요? 대체 어디로 가신 거죠?"

"경찰한테 전화를 해야 할 것 같아요."

피비가 말했다.

"경찰이라고? 왜?"

윈터버텀 씨가 물었다.

"제 생각에 엄마는 납치당하신 것 같아요."

"얘야……."

"전 지금 농담하는 게 아니에요. 정신병자가 침입해서 엄마를 끌고 갔을지도 모르잖아요."

"피비, 이건 장난이 아니야."

"저도 장난이 아니에요. 진심이라고요. 정말 그랬을 수도 있잖아요."

프루던스는 계속해서 질문을 해 대고 있었다.

"엄마가 어디로 간 거죠? 왜 미리 말을 안 한 거냐고요? 정말 아빠한테도 아무 말 안 했어요? 어디 가신 거냐고요?"

"프루던스, 정말 모른다."

윈터버텀 씨가 말했다.

"경찰에 전화를 해야만 해요."

피비가 고집을 부렸다.

"피비, 엄마가 정말 납치됐다면, 네 말대로 어떤 정신병자가 엄마를 납치했다면, 그럼 그 사람이 엄마더러 앉아서 이 편지들을 쓰라고 시간을 줬을 것 같니? 안 그래?"

"그랬을 수도……."

"피비! 그만해라."

편지를 내려다보며 여전히 자리에 앉아 있던 윈터버텀 씨가 일어서더니 코트를 벗고 넥타이를 풀며 말했다.

"밥이나 먹자."

윈터버텀 씨는 그제야 나도 거기 있다는 것을 눈치 챈 모양이었다.

"저런, 미안하구나. 이런 모습을 네게 보여서, 샐……."

윈터버텀 씨는 당황한 기색이 역력했다. 내가 말했다.

"전 이만 가 볼게요."

문가에서 피비가 말했다.

"샐, 우리 엄마가 사라졌다는 말, 아무한테도 하지 말아 줘. 부탁이야."

집에 와 보니 아빠는 또 사진첩을 붙들고 축 처져 있었다. 얼마 전까지만 해도 내가 방에 들어가면 아빠는 그런 모습을 들킨 것을 무안해하면서 사진첩을 얼른 옆으로 치우는 게 보통이었다. 하지만 요즘 들어서는 사진첩을 덮으려고도 하지 않았다. 그럴 힘도 없는 사람처럼 보였다.

열린 사진첩으로 아빠와 엄마가 설탕단풍나무 아래 풀밭에 앉아 있는 사진이 보였다. 아빠는 엄마를 끌어안고 있었고, 엄마는 왠지 말쑥하게 접혀서 아빠의 품에 쏘옥 들어가 있는 것처럼 보였다. 아빠의 얼굴은 엄마의 얼굴을 꼭 누르고 있었고, 두 사람의 머리는 서로 하나가 되어 있었다. 두 사람은 일심동체처럼 보였다.

"피비의 엄마가 집을 나갔어요."

내가 말했다.

아빠가 나를 올려다보았다.

"편지를 남기셨어요. 돌아오겠다고 씌어 있었지만, 전 못 믿겠어요."

나는 신화 발표를 준비하려고 내 방으로 올라갔다. 나를 뒤따라 올라온 아빠가 복도에 서서 말했다.

"사람들은 대개 돌아온단다."

나도 지금은 그게 아주 일반적인 위로의 말이었다는 것을 안다. 하지만 그날 저녁에는 그 말이 내가 생각하고, 기도해 오던 일이 정말로 일어날 수 있다는 실낱같은 희망의 말로 들렸다. 나는 기적이 일어나 엄마가 돌아오고, 우리 모두 다시 바이뱅크스로 되돌아가 모든 것이 예전과 똑같아지기를 기도하고 있었다.

21
영혼

다음 날 학교에서의 피비의 표정은 내내 똑같았다. 인위적으로 꾸며 낸 희미한 미소가 얼굴에서 사라질 줄을 몰랐다. 그렇게 하루 종일 미소를 띠고 있는 것이 어찌나 힘들었던지 영어 시간이 되자 피비의 얼굴 근육은 계속된 긴장 탓에 경련을 일으키기 시작했다. 피비는 딱 한 번 나한테만 말을 걸었을 뿐, 하루 종일 아무와도 말을 하지 않았다.

"오늘 밤 우리 집에서 자자."

부탁이라기보다는 명령이었다.

영어 시간에 버크웨이 선생님은 또다시 엉뚱한 '십오 초짜리 과제'를 내 주었다. 아무 생각도 하지 말고 단숨에 뭔가를 그려 보라는 거였다. 그 이유는 우리가 그림을 다 그리면 말해 주겠다고 했다.

"명심해야 한다! 절대 아무 생각도 하면 안 돼! 그냥 그리기만 하는 거다. 십오 초 동안 말이야. 준비됐니? 자, 이제 너희들 영혼을 그려라. 시작!"

우리는 선생님의 얼굴을 멀뚱멀뚱 쳐다보느라 오 초를 허비했다. 선생님은 시간을 재고 있었다. 농담이 아니었던 것이다. 우리는 그제야 종이에 연필을 댔다. 나는 아무 생각도 하지 않았다. 아니, 생각할 겨를이 없었다.

버크웨이 선생님이 "그만!" 하고 외치자 모두 반쯤 정신 나간 표정으로 고개를 들었다. 그러고는 각자 자신이 그린 종이를 내려다보았다. 웅성거림이 일었다. 우리는 우리의 연필심에서 흘러나온 것들을 보고 깜짝 놀랐다.

버크웨이 선생님은 벌써 교실 여기저기를 뛰어다니며 종이를 걷고 있었다. 그러고는 앞뒤로 잘 섞은 뒤 학급 게시판에 꽂기 시작했다.

"자, 이게 여러분의 영혼이란다."

우리는 게시판 주위로 모여들었다.

가장 먼저 내 눈에 띈 것은 아이들이 모두 하트나 원, 네모, 삼각형 같이 가운데로 모이는 형태를 그렸다는 거였다. 이상한 일이었다. 버스나 우주선이나 소처럼 흩어지는 모양을 그린 사람은 단 한 명도 없었다. 하나같이 비슷한 형태를 그린 것이다. 두 번째 특이한 점은 누구든 자기가 그린 형태 안에 저마다의 모양을 그려 넣었다는 사실이다. 언뜻 보기에 두 사람이 비슷한 모양을 그려 넣은 경우는 없는 것 같았다. 십자가도 있었고, 마구 갈겨 댄 연필 자국도 있었고, 눈이나 입이나 창문을 그린 사람도 있었다.

피비의 테두리 안에는 눈물방울이 그려져 있었다.

그때 메리 루가 말했다.

"저것 좀 봐. 저 두 개는 똑같아."

아이들이 "와, 신기하다!" 하고 웅성댔다.

"저 두 사람이 누구지?"

두 개 다 커다란 단풍잎이 원둘레에 살짝살짝 닿게 그려진 동그라미 그림이었다.

하나는 내 것이었고, 다른 하나는 벤의 것이었다.

22
증거

그날 밤은 피비네 집에서 보냈다. 하지만 한숨도 잘 수가 없었다. 피비가 끊임없이 말을 시켰기 때문이었다.

"저 소리 들려?"

피비는 정신병자가 나머지 가족들도 다 잡아가려고 왔나 해서 침대를 뛰어 내려가 창밖을 살폈다. 그렇지만 손전등을 들고 자기 마당에 서 있는 커데이버 아주머니를 한 번 본 게 다였다.

그러다가 얼핏 잠이 들었던지 피비가 잠결에 흐느끼는 소리를 듣고 퍼뜩 정신을 차렸다. 내가 피비를 깨우자 피비는 울지 않았다고 우겨 댔다.

"안 울었어. 절대 안 울었다고."

다음 날 아침 피비는 안 일어나겠다고 고집을 부렸다. 피비의 아빠가 넥타이 두 개를 목에 걸고, 손에는 신발을 든 채 피비의 방으로 달려왔다.

"피비, 학교 늦겠다."

"아파요. 열도 있고 배도 아파요."

피비의 아빠가 피비의 이마에 손을 얹더니 피비를 똑바로 내려다보며 말했다.

"글쎄, 내 보기에는 학교에 가야 할 것 같구나."

"전 아파요. 정말이에요. 암일지도 몰라요."

"피비, 네가 마음이 편하지 않다는 건 나도 안다. 하지만 달리 어떻게 할 방법이 없어. 우리 다 지금까지와 마찬가지로 그냥 똑같이 생활해 나가야 해. 우리가 꾀병을 부린다고 되는 일이 아니야."

"우리가 뭘 어쩐다고요?"

"꾀병 말이야. 직접 찾아봐라."

피비의 아빠는 책상에서 사전을 뽑아 딸에게 건넨 뒤 다시 거실로 뛰어 내려갔다.

"엄마가 없어졌는데 아빠는 나한테 사전이나 던져 주다니."

피비가 푸념을 늘어놓았다.

피비는 '꾀병'을 찾아 사전에 나온 정의를 큰 소리로 읽었다.

"의무나 일을 피하기 위해 아픈 척하는 것."

피비는 사전을 쾅 덮어 버렸다.

"난 꾀병을 부리는 게 아니야!"

복도에서는 프루던스가 흥분해서 뛰어다니고 있었다.

"내 하얀 블라우스 어디 있지? 피비, 너 내 하얀 블라우스……. 분명히…….."

프루던스는 자기 옷장에 있는 옷들을 죄다 꺼내서 침대 위로 던졌다.

피비는 마지못한 얼굴로 자리에서 일어나 쭈글쭈글한 블라우스와 치마를 옷장에서 꺼내 입었다. 아래층에 내려오자 식탁은 텅 비어 있었다.

"뮈슬리도 없고, 오렌지 주스도 없고, 통밀 토스트도 없어."

피비는 의자 등받이에 걸린 하얀 스웨터를 만지며 중얼거렸다.

"엄마가 제일 좋아하는 스웨터인데……."

그러더니 무슨 생각이 떠오른 듯 스웨터를 획 집어 올리며 제 아빠의 눈앞에 대고 흔들었다.

"이것 좀 보세요! 엄마가 이걸 두고 갔을 것 같아요? 안 그래요?"

피비가 소리쳤다.

피비의 아빠가 앞으로 다가오더니 스웨터의 소맷자락을 들고 잠시 만지작거렸다.

"피비, 이건 낡은 스웨터야."

피비는 구겨진 블라우스 위에 그 스웨터를 껴입었다.

나는 마음이 불편했다. 그날 아침 피비의 행동 하나하나가 엄마가 떠난 날을 상기시켰기 때문이다. 아빠와 나는 몇 주 동안이나 넋 나간 사람들처럼 헤매고 다녔다. 아무것도 제자리에 있는 것이 없었다. 집은 마치 살아 있는 양, 설거지와 빨래와 신문과 먼지들을 점점 더 높이 쌓아 올렸다. 아빠는 "이럴 수가……" 하는 말을 삼천 번도 더 했다. 닭들은 안절부절못했고, 소들은 불안해했으며, 돼지들 역시 우울하고 슬퍼 보였다. 개 '무디 블루'는 몇 시간이고 계속해서 구슬피 울어 댔다.

아빠가 이제 엄마는 돌아오지 않을 거라는 말을 했을 때 나는 못 믿겠다고, 안 믿을 거라고 고집을 부렸다. 엄마가 내게 보낸 엽서들을 죄다 가지고 내려와 펼쳐 놓으며 이렇게 소리쳤다.

"엄마가 다시는 안 올 거면 이걸 제게 왜 보냈겠어요?"

자기 아빠의 얼굴에 대고 엄마의 스웨터를 흔들던 피비처럼 나도 닭장에서 닭 한 마리를 가지고 와 아빠의 얼굴에 들이밀었다.

"엄마가 제일 좋아하는 이 닭을 버리고 갈 것 같아요? 엄마가 이 닭을 얼마나 좋아하는데요!"

하지만 그 말은 곧 "엄마가 절 버리고 갈 것 같아요? 엄마가 날 얼마나 좋아하는데요!"라는 뜻이었다.

학교에 도착한 피비는 책들을 책상 위에 요란스레 내팽개쳤다. 베스 앤이 말했다.

"얘, 피비, 너 오늘 블라우스가 좀 구겨졌구나."

"엄마가 어디 가셨어."

피비가 말했다.

"난 이제 내 옷은 내가 다리는데. 심지어……"

베스 앤이 대꾸했다.

"엄마가 어디 가셨다고 했잖아!"

피비가 소리를 질렀다.

"들었어, 피비. 하지만 네 옷쯤은 이제 너도 직접 다려 입을 수 있잖아."

피비가 내게 속삭였다.

"나 진짜 심장마비가 올 것 같아."

그 말에 나는 우리 농장에 살던 아기 토끼 생각이 났다. 엄마가 들판에 나갔다가 발견한 아기 토끼는 죽은 제 엄마 토끼 옆에 꼭 붙어 있었다. 엄마가 키우려고 헛간으로 데리고 왔다. 나는 몇 주 동안 아기 토끼와 함께 헛간에서 잠을 잤다. 그런데 어느 날 무디 블루가 아기 토끼를 덥석 물더니, 입에 문 채로 이리저리 뛰어다녔다. 토끼를 잡아먹으려고 그런 것은 아니었다. 나는 잘 구슬려 간신히 토끼를 내려놓게 만들었다. 토끼를 안아 올렸을 때 심장이 미친 듯이 뛰고 있었다. 심장 박동은 점점 더 빨라지더니 갑자기 멈춰 버렸다. 급히 토끼를 데리고 엄마한테 가니 엄마가 말했다.

"살라망카, 토끼가 죽었구나."

"그럴 리가 없어요! 일 분 전까지만 해도 살아 있었단 말이에요!"

나는 소리쳤다.

피비가 말했다.

"나 양호실에 가야겠어. 같이 좀 가 줘."

양호실에서 피비가 심장마비인 것 같다고 말하자 양호 선생님이 피비에게 누우라고 말했다. 오 분 뒤 양호 선생님은 피비의 맥박을 짚어 보며 이제 심장마비 염려는 없으니 교실로 돌아가라고 했다. 나는 피비의 심장이 아기 토끼의 심장처럼 갑자기 멈춰서 죽으면 어쩌나 걱정스러웠다. 피비의 엄마는 피비가 죽은 것도 모를 텐데.

얼마 있다가 메리 루가 피비에게 다가와 물었다.

"베스 앤이 그러던데 너희 엄마가 어디 가셨다며?"

크리스티와 미건도 다가왔다.

"어디 출장이라도 가신 거니? 너도 알다시피 우리 엄만 기자라 늘 파리로 출장 가시거든."

크리스티가 말했다.

미건이 웃으며 말을 받았다.

"우리 아빠도 늘 여행 중이시지. 방금 도쿄에서 돌아오셨어. 거기서 아주 중요한 회의가 있었거든. 다음 주는 사우디아라비아야. 거기에서 공항을 짓고 계셔."

크리스티가 물었다.

"너희 엄마는 어디로 가셨니? 출장이니?"

피비가 고개를 끄덕였다.

"어디? 도쿄? 사우디아라비아?"

미건이 호기심을 보였다.

"런던."

피비가 말했다.

"아, 런던! 우리 엄마도 런던에 몇 번 가 보셨어."

"우리 아빠도 정기적으로 런던에 가셔."

"엄마가 런던에서 엽서 보내셨니? 우리 엄만 아주 우스꽝스러운 엽서들만 보내셔. 머리가 파란 사람 엽서나……."

크리스티가 말했다.

"어머! 우리 아빠도 나한테 그 엽서 보내셨는데."

미건이 대꾸했다.

피비는 당황한 표정으로 나를 쳐다보았다. 자기가 꾸며 댄 거짓말에 스스로 놀라는 표정이었다. 나는 피비가 왜 거짓말을 했는지 알 수 없었다. 물론 거짓말이 더 쉬울 때가 있었다. 나도 사람들이 엄마에 대해 물으면 거짓말을 했으니까.

"걱정 마, 피비."

내가 말했다.

"난 걱정 안 해!"

피비가 거칠게 대꾸했다.

그래, 나도 그랬다. 누군가 엄마에 대한 일로 나를 위로하려고 들면 나는 가차 없이 그들의 머리라도 물어뜯을 듯 덤볐다. 고집 센 늙은 나귀가 따로 없었다. 아빠가 "네가 마음이 무척 아픈가 보구나."라고 말하면, 나는 "아니에요. 안 아파요." 하고 즉각 부인했다. "별 느낌이 없어요." 하고 말했지만 사실은 마음이 찢어질 듯 아팠다. 아침에는 눈을 뜨고 싶지 않았고, 밤에는 잠드는 것이 두려웠다.

점심시간이 되자 아이들이 모두 피비에게 몰려들었다.
"너희 엄마 런던에 얼마나 계실 거니? 여왕이랑 차도 마실 거래?"
메리 루가 물었다.
"엄마더러 컨벤트가든에도 가 보시라고 해. 우리 엄마가 그러는데 거기가 제일 좋대."
크리스티가 말했다.
"바보야, 컨벤트가든이 아니라 코번트가든이야, 코번트가든."
메리 루가 잘못을 꼬집었다.
"아니야, 컨벤트가든이 맞아. 확실하다고."
크리스티가 우겼다.

곧 영어 수업이 시작되었다. 심지어 수업에 들어온 버크웨이 선생님까지도 피비의 엄마가 여행을 떠났다는 소식을 알고 있었다.

"피비, 엄마가 런던에 가셨다며? 아아, 런던이라……. 런던! 글로브 극장, 셰익스피어, 디킨스. 아, 생각만 해도 멋지구나!"

방과 후 우리는 벤과 메리 루와 함께 집으로 걸어갔다. 피비는 한 마디도 하지 않았다. 벤이 물었다.

"무슨 일이야, 프리 비? 말 좀 해 봐!"

"누구나 자신만의 일정표가 있는 법이야."

내가 불쑥 이렇게 말하자 벤은 길턱에 발이 걸려 넘어질 뻔했고, 메리 루는 이상한 눈으로 나를 쳐다보았다. 나는 피비의 엄마가 집에 돌아와 있기를 바랐다.

피비에게 물었다.

"너, 정말 내가 너희 집에 가는 게 좋니? 혼자 있고 싶은 거 아니야?"

"난 혼자 있기 싫어. 너희 아빠한테 전화해서 우리 집에서 저녁을 먹고 가도 되냐고 여쭤 봐."

피비가 말했다.

집 안으로 들어간 피비가 제 엄마를 불러 보았다.

"엄마?"

피비는 방마다 들여다보며 집 안을 돌아다녔다.

"바로 그거야. 증거를 찾아야겠어. 정신병자가 들어와서 엄마를 끌고 갔다는 증거 말이야."

피비는 또다시 공상의 세계로 빠져들고 있었다. 나는 피비에게 넌 지금 허공에서 낚시를 하는 거라고, 네 엄마는 납치당한 게 아니라고 말해 주고 싶었다. 하지만 피비가 그런 말을 듣고 싶어 하지 않는다는 것이 너무나 분명했다.

엄마가 돌아오지 않자 나도 별별 상상을 다 했었다. 엄마가 사실은 암에 걸렸는데 그것을 우리한테 말하고 싶지 않기 때문에 아이다호 주에 숨어 버렸는지도 모른다고 생각했다. 혹은 어딘가에 머리를 세게 부딪치는 바람에 기억 상실증에 걸려 자기가 누군지도 모른 채, 아니면 자기가 어떤 딴 사람이라고 생각하면서 루이스턴 시에서 헤매고 있을지도 모른다는 생각도 했다. 그럴 때마다 아빠는 이렇게 말하곤 했다.

"샐, 엄마는 암에 걸리지 않았어. 기억 상실증도 아니고. 그런 생각은 허공에서 낚시질하는 거란다."

하지만 나는 아빠를 믿지 않았다. 아빠가 엄마를 보호하려고 그런 말을 한다고 생각했다. 아니, 어쩌면 나를 보호하기 위해서였는지도 몰랐다.

피비는 집 안을 구석구석 돌아다니며 벽과 양탄자에 핏자국이 있는지 살폈다. 수상한 얼룩 몇 개와 누구 것인지 모를 머리카락 몇 개가 발견되었다. 피비는 접착테이프로 얼룩들을 표시해 놓았고, 머리카락은 봉투에 모아 두었다.

프루던스가 잔뜩 흥분해서 집으로 뛰어 들어왔다.

"해냈어! 해냈다고!"

프루던스는 집 안을 이리저리 뛰어다니며 소리를 질렀다.

"나 치어리더로 뽑혔어!"

피비가 제 언니에게 엄마가 납치되었다는 사실을 상기시켰다. 프루던스가 말했다.

"피비, 엄마는 납치된 게 아니야."

프루던스는 흥분을 가라앉히고 부엌을 둘러보며 물었다.

"그나저나 오늘 저녁에는 뭘 먹지?"

피비가 찬장을 살피는 동안 프루던스가 냉동실 문을 열었다.

"이것 좀 봐!"

프루던스가 외쳤다.

나는 냉동실 안에 토막 난 시체가 있는 줄 알고 온몸에 소름이 쫙 끼쳤다. 어쩌면, 어쩌면 피비가 옳은지도 몰랐다. 정신병자가 피비의 엄마를 해치운 것일지도 몰랐다. 나는 냉동실 안을 들여다볼 수가 없었다. 하지만 프루던스는 비명을 지른 게 아니었다.

그랬다. 냉동실 안에 토막 난 시체는 없었다. 대신 작은 쪽지가 붙은 플라스틱 용기들이 차곡차곡 쌓여 있었다. 프루던스가 쪽지들을 읽어 내려갔다.

"브로 · 렌 스튜, 180도, 1시간, 야 · 스파, 160도, 30분, 마카 · 치, 160도, 45분……."

"브로 · 렌 스튜가 뭐야?"

내가 물었다.

피비가 플라스틱 용기의 뚜껑을 열었다. 안에는 녹색과 노란색 야채가 한데 엉겨 딱딱하게 얼어 있었다.

"브로콜리랑 렌즈콩 스튜야."

피비가 말했다.

저녁 때 집에 돌아온 윈터버텀 씨는 식탁에 식사가 제대로 차려져 있는 것을 보고 깜짝 놀랐다. 프루던스가 아빠에게 냉동실 안을 보여 주자 윈터버텀 씨는 흠 하고 한숨만 내쉬었을 뿐, 저녁 식사 내내 침묵을 지켰다.

프루던스가 아빠에게 물었다.

"엄마한테 연락 없었죠?"

"아직."

윈터버텀 씨가 대답했다.

"경찰에 신고해야 한다니까요."

피비가 또다시 고집을 피웠다.

"피비."

"전 정말 심각하게 말하는 거예요. 제가 수상한 얼룩들을 발견했단 말이에요."

피비가 손가락으로 식탁 밑을 가리켰다. 접착테이프가 붙은 곳이 두 군데나 됐다.

"저게 왜 저기 붙어 있니?"

피비의 아빠가 물었다.

피비가 핏자국일지도 모른다고 설명했다.

"피라고?"

프루던스가 포크를 내려놓았다.

피비는 봉투를 꺼내 그 안에 든 머리카락들을 식탁 위에 늘어놓았다.

"수상한 머리카락들이에요."

피비가 말했다.

프루던스가 구역질하는 시늉을 해 댔다.

윈터버텀 씨가 조용히 하라는 듯이 포크와 나이프를 맞부딪쳐 소리를 내더니 자리에서 일어섰다. 그러고는 피비의 팔을 붙들고 말했다.

"따라오렴."

윈터버텀 씨는 냉장고 앞으로 가 냉동실 문을 열었다. 그리고 차곡차곡 쌓여 있는 플라스틱 용기들을 가리켰다.

"네 엄마가 정신병자한테 납치되었다면 이 음식들을 준비할 시간이 있었겠니? 엄마가 정신병자한테 '죄송해요, 선생님, 제가 납치되어 있는 동안 우리 가족이 먹을 수 있게 열 끼나 스무 끼 정도만 만들어 놓고 갈게요.'라고 했을까?"

"아빠는 너무 엄마 걱정을 안 해요! 아무도 엄마 걱정을 안 한다고요. 다들 바보같이 제 일정표만 쫓느라 엄마 생각을 하는 사람은 아무도 없어요!"

나는 저녁 식사를 마치자마자 피비네 집을 나왔다. 그때 윈터버텀 씨는 서재에서 아내의 친구들에게 연락해 자기 아내가 있을 만한 곳을 아는지 물어보느라 전화통을 붙들고 있었다.

"어쨌든 아빠가 알아보고는 계셔. 그래도 내 생각엔 경찰에 전화를 해야 할 것 같아."

피비가 말했다.

내가 피비의 집을 나왔을 때 자기 집에 있던 커데이버 아주머니가 낙엽처럼 바스락바스락 갈라지는 목소리로 내 이름을 불렀다.

"샐? 샐?"

나는 걸음을 멈췄지만 아주머니 쪽으로 다가가지는 않았다.

"잠깐 들어오지 않을래?"

"집에 가야 해요."

"하지만 아빠가 여기 계시단다. 지금 후식을 먹고 있어. 같이 먹지 않을래?"

아주머니 뒤로 아빠가 나타났다.

"들어오렴, 샐. 그렇게 고집 피우지 말고."

아빠가 말했다.

"고집 피우는 게 아니에요. 전 벌써 후식을 먹었단 말이에요. 그리고 영어 발표 때문에 집에 가서 준비해야 해요."

아빠가 아주머니를 돌아보며 말했다.

"쟤랑 집에 가는 게 좋을 것 같아요. 미안해요……."

아주머니는 아무 말도 하지 않았다. 그저 아빠가 재킷을 들고 나와 내 쪽으로 걸어가는 모습을 지켜보며 가만히 서 있었을 뿐이다. 아빠와 나는 집까지 나란히 걸었다. 나도 내가 잘못한 줄은 알았지만 그래도 왠지 마거릿 커데이버를 이겼다는 승리감이 들었다. 집에 가는 길에 아빠가 피비의 엄마가 돌아왔냐고 물었다.

"아직요. 피비는 정신병자가 자기 엄마를 납치해 갔다고 믿고 있어요."

"정신병자? 너무 엉뚱한 얘기 아니니?"

"저도 처음엔 그렇게 생각했어요. 하지만 아무도 모르는 거예요, 안 그래요? 실제 그런 일이 일어날 수도 있단 말이에요. 얼마 전에 정신병자 한 사람이 정말……."

"샐."

나는 안절부절못하던 그 청년과 수상한 쪽지들에 대해 이야기하려고 했지만 그랬다가는 아빠가 나를 바보라고 부를 게 틀림없었다. 그래서 대신 이렇게 말했다.

"아빠는 엄마가 스스로 원해서 아이다호 주로 간 거라고 어떻게 확신하죠? 꼭 정신병자는 아니라도 어떤 사람이 엄마를 강제로 그곳에 가게 한 걸 수도 있잖아요? 협박 편지나 뭐 그런 걸……."

"샐, 엄마는 원해서 간 거야."

"우리가 못 가게 말렸어야 했어요."

"사람은 새가 아니란다. 사람을 가둬 둘 수는 없잖아."

"엄마는 가지 말았어야 했어요. 가지 않았더라면……."

"샐, 나는 엄마가 돌아올 생각이었다고 믿는다."

우리는 집에 다 왔지만 안으로 들어가지 않았다. 대신 베란다 계단에 자리를 잡고 앉았다. 아빠가 말했다.

"누구도 앞일은 모르는 거야. 사람은 미래를 예측할 수 없단다. 절대 알 수가 없어……."

아빠는 허공을 응시했고 나는 이루 말할 수 없이 큰 죄책감이 들었다. 나는 고집을 부리고 아빠를 당황하게 만든 것에 대해 용서를 빌었다. 아빠는 말없이 나를 안아 주었다. 우리 두 사람은, 처량하게 버림받은 우리 두 사람은 그렇게 한참 동안 계단 위에 앉아 있었다.

23
배들랜즈

할아버지가 말했다.

"뱀에 물린 다리는 좀 어때, 맹꽁이 할멈?"

할아버지는 할머니가 많이 걱정되는 모양이었다. 하지만 다리보다는 여전히 가쁘게 몰아쉬는 할머니의 숨소리가 심상치 않았다.

"배들랜즈에서 쉬어 갈 거야. 괜찮지, 맹꽁이 할멈?"

할머니는 고개만 끄덕였다. 할아버지가 계속 맹꽁이라고 부르는데도 할머니는 한 마디 싫은 소리도 하지 않았다.

배들랜즈에 가까워질수록 공중을 떠도는 속삭임은 점점 더 간교하고 극성스러워졌다. 속도를 줄여. 천천히, 천천히, 천천히 가라고.

"배들랜즈에 가지 말고 그냥 통과해 버리면 안 돼요?"

내가 물었다.

"뭐라고? 배들랜즈에 가지 말자고? 말도 안 되는 소리. 거의 다 왔단다. 게다가 거긴 국립공원이란 말이야."

할아버지가 말했다.

배들랜즈로 가는 도로변 곳곳에는 '월 드럭' 광고판이 세워져 있었다. '월 드럭'은 사우스다코타 주의 월 시에 있는 대형 슈퍼마켓이었다.

"세계적으로 유명한 구경거리 월 드럭을 놓치지 마세요!"

"월 드럭까지 100킬로 남았습니다!"

10킬로미터쯤 더 가자 "월 드럭까지 90킬로입니다!"라는 광고판들이 줄줄이 나타났다.

"월 드럭이 대체 뭐야? 슈퍼마켓에 뭐 그리 구경할 게 많다는 건지 알고 싶구먼."

할아버지가 말했다.

엄마도 이 길을 달리면서 광고판들을 보았을 게 분명했다. 엄마는 저 광고판을 보며 무슨 생각을 했을까? 아니면 여기 있는 이 광고판을 보았을까? 엄마가 바로 이 지점을 통과한 건 언제였을까?

엄마는 운전을 하지 않았다. 엄마는 차라면 아주 끔찍하게 생각했다.

"그 속도감이 싫어. 어디를 갈 건지, 얼마나 빨리 갈 건지 내가 스스로 통제하고 싶어."

엄마가 아이다호 주의 루이스턴 시로 가겠다는 말을 했을 때 아빠와 나는 깜짝 놀랐다.

"거기까지 어떻게 갈 거야?"

아빠가 물었다.

"버스로요."

"버스로 국토를 횡단하겠다는 거야?"

"그래요."

"그러면 목적지도 속도도 당신이 통제할 수 없을 텐데?"

아빠가 말했다

"알아요. 그래도 일단 떠날래요. 그리고 돌아오면 운전을 배울래요."

엄마가 왜 아이다호 주를 선택했는지 이해할 수가 없었다. 혹시 지도를 펼쳐 놓고 아무 곳이나 손가락으로 찍은 것일지도 모른다고 생각했다. 하지만 나중에 알고 보니 그곳에는 엄마의 사촌이 살고 있었다.

"우린 십오 년 동안이나 서로 못 봤어요. 그 언니라면 내가 진짜 어떤 사람인지 말해 줄 수 있을 거예요. 정말 잘된 일이에요."

"슈거, 그건 나도 말해 줄 수 있어."

"아니요. 난 지금 한 사람의 부인이자 한 아이의 엄마이기 이전의 내 얘길 하는 거예요. 이 껍데기 아래의 모습, 내가 챈 하센으로 존재할 수 있는 바로 그 부분을 말하는 거라고요."

평평한 사우스다코타의 대평원만 달리다가 배들랜즈에 도착하니 그것은 한 마디로 큰 충격이 아닐 수 없었다. 나는 평원 한가운데 그런 곳이 있다는 사실조차 믿기지가 않았다. 심지어 환영을 보고 있는 게 아닌가 하는 생각이 들 정도였다.

그것은 누군가가 사우스다코타의 모든 산과 계곡과 암석들을 전부 이곳에 모아 놓은 뒤 나머지 부분을 모두 판판하게 다림질해 버린 것 같은 그런 느낌이었다. 평원 한가운데 뾰족뾰족한 산봉우리들이 치솟아 있고, 깊은 골짜기들은 땅속으로 꺼져 들어가 있었다. 머리 위로는 높고 푸른 하늘이, 발아래로는 분홍색, 자주색, 검은색 바위들이 보였다. 골짜기 앞으로 바짝 다가서면 열 지어 늘어선 거칠고 날카로운 바위산들 사이로 위험천만한 협곡이 끝없이 아래로 이어져 있는 게 보였다. 꼭 사람들의 해골이 여기저기 뒹굴고 있을 것만 같은 광경이었다.

거친 바위들이 그토록 반짝이는 색깔을 하고 있다는 것이 참 신기한 일이었다. 나는 그림 그리기를 좋아하는 어떤 사람이 엄청나게 큰 붓을 들고 이곳에 놀러 온 모습을 상상했다.

"아이고 이런, 바위들이 정말 볼품이 없군. 내가 좀 예쁘게 만들어 줘야지. 흠, 저기는 자주색으로 칠해 볼까? 저기 저쪽은 분홍색이 좋겠고, 그래 여기다가는 아예 라벤더 색을 양동이째로 갖다 부어야겠군."

할머니는 "좋구나, 좋아!"라고 말하려는 것 같았다. 하지만 숨이 가빠서 "조, 조."라는 소리만 간신히 들렸다. 할아버지는 할머니가 앉아서 구경할 수 있도록 바닥에 담요를 깔아 주었다.

엄마는 배들랜즈에서 엽서를 두 장 보냈다. 그중 한 엽서에는 "살라망카는 내 왼팔이야. 왼팔이 그립구나."라고 씌어 있었다.

나는 할머니와 할아버지에게 엄마가 한 이야기를 들려주었다.

"엄마가 이곳 하늘은 어떤 하늘보다도 더 높아 보인다고 그랬어요. 그런데 아주 먼 옛날, 이곳에 인디언들만 살았을 때는 하늘이 아주 낮았대요. 그래서 조심하지 않으면 하늘에 머리를 부딪치기 십상이었대요. 심지어 어떤 사람들은 그 안으로 숨어 버릴 정도였고요. 인디언들은 하늘이 낮은 게 지긋지긋해서 아주 긴 막대기를 만들었대요. 그러고는 어느 날 모두 힘을 모아 막대기로 하늘을 떠받친 뒤 그대로 위로 밀어 올려 버렸대요. 가능한 한 아주 아주 높이요."

"저 하늘 좀 봐라. 인디언들이 얼마나 잘 밀어 올렸는지, 하늘이 늘 저 위에 있구나."

할아버지가 말했다.

내가 하늘 이야기를 하고 있는 동안 임신부 한 명이 손수건으로 얼굴을 닦으며 가까이 다가왔다.

"저 여자 세상이 지긋지긋한 사람처럼 보이는데?"

할아버지가 말했다.

할아버지는 임신부에게 와서 담요 위에 좀 앉겠냐고 물었다.

나는 황급히 자리를 떴다.

"전 주위를 좀 돌아보고 올게요."

나는 임신부들이 무서웠다.

엄마는 임신했다는 소식을 내게 알리면서 이렇게 덧붙였다.

"아, 드디어 이 집을 아이들로 가득 채우게 됐어!"

나는 그 말이 마음에 안 들었다. 나만 있으면 뭐 어때서? 엄마와 아빠와 나, 이렇게 셋만으로도 우리는 어엿한 가족인데.

아기는 엄마 배 속에서 조금씩 커 갔다. 엄마는 내게 아기의 심장 뛰는 소리를 들려주거나, 발길질을 느끼게 해 주었다. 아기가 기다려지기 시작했다. 여자아이가 태어나 여동생이 생기면 좋겠다고 생각했다. 엄마, 아빠와 함께 아기 방을 꾸몄다. 우리는 광택이 나는 하얀색 페인트로 방을 칠하고, 노란색 커튼을 달았다. 아빠는 오래된 옷장의 칠을 벗긴 뒤 산뜻하게 새로 칠을 입혔다. 사람들이 인형 옷처럼 작은 옷들을 선물하기 시작했다. 우리는 그것들을 잘 빨아서 셔츠는 셔츠대로, 위아래가 붙은 우주복은 우주복대로, 잠옷은 잠옷대로 잘 개켜 놓았다. 엄마가 바깥 빨랫줄에 기저귀가 휘날리는 것을 보고 싶어 했기 때문에 우리는 특별히 천 기저귀도 준비했다

단 한 가지 우리가 정할 수 없었던 것은 아기의 이름이었다. 어떤 이름도 마땅하지가 않았다. 곧 태어날 아기에게 딱 들어맞는 이름이 없었다. 엄마보다 아빠가 그것 때문에 걱정을 더 많이 했고 엄마는 도리어 아빠를 안심시켰다.

"좋은 이름이 생각날 거예요. 아기에게 꼭 맞는 이름이 어느 날 바람을 타고 우리를 찾아올 거예요."

아기가 태어나기 삼 주 전, 나는 우리 집 들판 너머에 있는 숲에 갔고, 아빠는 장을 보러 시내에 갔다. 엄마는 엎드려서 바닥 청소를 하면 허리가 좀 덜 아프다면서 마루를 닦았다. 아빠는 엄마가 그런 일을 하는 것을 좋아하지 않았지만 엄마가 고집을 피웠다. 엄마는 연약하거나 병치레를 하는 사람이 아니었다. 따라서 그런 일은 엄마에게는 아주 일상적인 거였다.

숲속에서 나는 엄마가 자주 부르는 노래를 흥얼거리며 참나무에 기어 올라갔다.

"오, 뱃사람과는 사랑에 빠지지 마세요. 뱃사람, 뱃사람."

나는 점점 더 높이 올라갔다.

"오, 뱃사람과는 사랑에 빠지지 마세요. 당신의 마음을……"

순간 내가 디디고 있던 가지가 툭 부러져 버렸고, 설상가상으로 움켜잡은 가지가 죽은 가지여서 그 가지마저 손 안에서 맥없이 부서져 버렸다. 나는 아래로 아래로 떨어졌다. 느린 화면을 보듯 떨어지는 게 느껴졌다. 나뭇잎들이 보였고, 내가 떨어지고 있다는 것을 알았다.

정신이 들었을 때 나는 흙에 얼굴을 처박은 채 땅바닥에 엎드려 있었다. 오른쪽 다리는 꺾인 채 몸 밑에 깔려 있었는데,

움직이려고 하자 날카로운 바늘로 찌르는 듯한 통증이 다리 전체에 느껴졌다. 앞으로 기어가려고 했지만 이번에는 그 날카로운 바늘이 머리까지 찔러 댔다. 그러고는 머릿속이 윙윙거리면서 눈앞이 캄캄해졌다.

또 정신을 잃었던 모양이었다. 다시 눈을 떴을 때는 이미 날이 어두워져 있었고, 공기는 차가웠다. 엄마가 외치는 소리가 들렸다. 엄마의 목소리는 멀리서 희미하게 들려오고 있었다. 헛간 근처에서 나는 소리 같았다. 대답을 하려고 했지만 목소리가 나오지 않았다.

다시 정신을 차렸을 때는 내 침대였다. 엄마가 숲에서 나를 발견해 집으로 옮겨 왔던 것이다. 엄마는 나를 들쳐 업고 숲과 들판을 가로질러 언덕을 내려왔다. 내 다리에는 깁스가 대어져 있었다.

그날 밤 아기가 태어났다. 아빠가 의사에게 전화하는 소리가 들렸다.

"아내가 혼자서 못 해낼 것 같아요. 지금 막 나오려고 해요. 지금 당장이요!"

나는 침대에서 기어 나와 안방으로 갔다. 엄마의 머리는 베개에 깊숙이 파묻혀 있었다. 엄마가 비 오듯 땀을 흘리며 신음을 토해 냈다.

엄마가 아빠에게 말했다.

"뭐가 잘못된 것 같아요. 뭐가 잘못됐어요."

엄마가 문 앞에 서 있는 나를 보더니 이렇게 말했다.

"보면 안 돼, 셀. 내가 잘하고 있는 것 같지가 않구나."

나는 복도로 나와 안방 문 옆에 주저앉았다. 의사가 왔다. 엄마의 비명 소리가 딱 한 번 들렸다. 절규하는 듯한 통곡 소리였다. 그리고 모든 것이 다시 조용해졌다.

의사가 아기를 안고 방을 나왔다. 나는 아기를 보여 달라고 했다. 아기는 창백하고 푸른빛이 감돌았다. 목에는 아기를 질식시킨 탯줄 자국이 나 있었다.

"죽은 지 몇 시간은 된 것 같습니다. 정확한 시간은 말씀 못 드리겠지만요."

의사가 아빠에게 말했다.

"남자였어요, 여자였어요?"

내가 물었다.

"여자 아기였단다."

의사가 조용히 속삭였다.

나는 아기를 만져 봐도 되냐고 물었다. 아기는 엄마의 배

속에서 지녔던 체온 때문에 아직도 온기가 조금은 남아 있었다. 몸을 동그랗게 만 아기는 너무나 예쁘고 평화로워 보였다. 아기를 안아 보고 싶었지만 의사가 그러지 않는 편이 좋을 것 같다고 했다. 나는 내가 아기를 안으면 아기가 다시 깨어날지도 모른다고 생각했던 것 같다.

아빠는 넋이 나간 모습이었다. 하지만 계속해서 아기 생각을 하고 있는 것 같지는 않았고 계속해서 안방을 들락날락하며 엄마를 보살폈다. 아빠가 내게 말했다.

"네 잘못이 아니란다, 샐. 엄마가 널 업고 와서 이렇게 된 게 아니야. 절대 그렇게 생각하면 안 된다."

나는 아빠를 믿지 않았다. 안방으로 들어가 엄마 옆에 웅크리고 누웠다. 엄마는 천장만 바라보고 있었다.

"아아 보게 해 줘."

엄마가 말했다.

"뭘요?"

"아기 말이야."

엄마의 목소리는 멍하고 이상하게 들렸다.

아빠가 들어오자 엄마는 다시 같은 부탁을 했다. 아빠가 몸을 굽히며 대답했다.

"나도 그러고 싶어, 그러고 싶다고……."

"아기요."

"살아남지 못했어."

"아기를 안아 볼래요."

"살지 못했다니까."

"죽었을 리가 없어요. 일 분 전까지만 해도 살아 있었단 말이에요."

엄마는 계속해서 이상한 목소리로 중얼거렸다.

나는 엄마 옆에서 자다가 엄마가 아빠를 부르는 소리를 듣고 퍼뜩 잠에서 깼다. 아빠가 불을 켰다. 침대 위가 피바다였다. 시트에도 이불에도 심지어 내 깁스의 하얀 석고 안까지도 피가 흥건히 스며들어 있었다.

구급차가 와서 엄마와 아빠를 병원으로 데리고 갔고, 할머니와 할아버지가 나를 돌봐 주러 왔다. 할머니는 시트를 벗겨 내 삶았고, 내 깁스에 밴 핏자국을 없애려고 깁스를 있는 힘껏 문질렀다. 하지만 검붉은 자국은 지워지지 않았다.

다음 날 병원에 있던 아빠가 잠시 집에 들렀다.

"어쨌거나 아기한테 이름을 지어 줘야 할 텐데. 좋은 생각 있니?"

아빠가 물었다.

그때 이름 하나가 바람을 타고 내게 찾아왔다.

"튤립이요. 아기를 튤립이라고 불러요."

아빠가 미소를 지었다.

"엄마가 좋아하겠구나. 아기를 미루나무 숲 근처에 있는 작은 묘지에 묻어 주자꾸나. 거기는 봄마다 튤립이 만발하니까."

엄마는 이틀 동안 수술을 두 번이나 받았다. 하혈이 멈추지 않았기 때문이었다. 나중에 엄마가 이런 말을 했다.

"있는 걸 다 긁어내 버렸단다."

엄마는 더 이상 아기를 가질 수 없게 되었다.

나는 배들랜즈의 벼랑 끝에 앉아 담요 위에서 쉬고 있는 할머니와 할아버지 그리고 임신부를 바라보았다. 잠시나마 그 임신부가 우리 엄마고, 여전히 아기가 배 속에서 자라고 있으며 모든 것이 예정된 대로 이루어진 상상을 해 보았다. 그런 뒤에는 루이스턴 시로 가는 길에 이곳에 들른 엄마의 모습을 그려 보았다. 버스에 탔던 사람들이 모두 내려 엄마와 함께 이곳을 둘러보았을까? 아니면 엄마는 지금의 나처럼 이곳에 혼자 앉아 있었을까? 지금 내가 앉아 있는 바로 이 자리에서 바로 저 분홍빛 뾰족 바위를 바라보지는 않았을까? 엄마는 내 생각을 했을까?

나는 납작한 돌을 주워서 골짜기 위로 날려 보냈다. 돌은 반대편 암벽에 맞고 뾰족한 바위들에 부딪히며 아래로 아래로 떨어졌다. 언젠가 엄마는 블랙풋 인디언들이 믿는 나피 신 이야기를 해 주었다. 나피는 남자와 여자를 창조한 신이었다. 나피가 새로 만들어진 인간들에게 자기를 소개하자 최초의 여자가 인간은 영원히 살 수 있느냐고 물었다. 나피는 자기가 만든 인간들을 영원히 살게 할지 아니면 죽게 할지를 결정하기 위해 나무껍질을 집어 들었다. 그러고는 그것을 강에 던졌을 때 떠오르면 죽었다가 나흘 만에 다시 살아날 수 있고, 가라앉으면 죽어야 한다고 말했다. 나무껍질은 떠올랐다. 그러자 여자가 돌을 집으며 말했다.

"이걸 강에 던져 보세요. 이게 떠오르면 우리는 영원히 사는 거고, 가라앉으면 우리는 죽는 거예요."

나피는 돌을 강물 속에 집어 던졌다. 돌은 가라앉았고 인간들도 죽음을 맞아야만 했다.

"나피가 왜 나무껍질로만 해야 한다고 고집하지 않았을까요? 왜 여자의 말을 들어줬을까요?"

내가 물었다.

엄마가 어깨를 으쓱했다.

"글쎄다. 너라면 돌도 뜨게 했을 텐데……."

내 물수제비 기술을 두고 하는 말이었다.

돌을 하나 더 집어서 골짜기 위로 힘껏 던졌다. 돌은 이번에도 반대편 암벽에 부딪혔다가 아래로 아래로 끝없이 떨어졌다. 내가 던진 돌이 떨어진 곳은 강이 아니라 깊은 골짜기였다. 나는 대체 무엇을 기대하고 있었던 것일까?

24
슬픔의 새

우리는 배들랜즈를 떠나 세계적으로 유명하다는 '월 드럭'을 구경하러 월 시로 갔다.

"관광객들을 후리는 망할 놈의 상점 같으니라고. 에이, 젠장!"

할아버지가 구시렁댔다.

보통 할아버지가 그런 욕을 하면 할머니는 할아버지에게 자꾸 그러면 달걀 장수한테 돌아가 버릴 테니 알아서 하라고 윽박지르는 게 보통이었다. 자세히는 모르지만 달걀 장수 이야기는 대충 이런 내용이었다. 언젠가 할아버지가 미친 듯이 욕을 하자 할머니가 달걀 장수와 도망을 가 버렸다. 그 달걀 장수는 할아버지한테 정기적으로 와서 달걀을 아주 많이 사가는 사람이었다. 할머니는 할아버지가 찾아와서 다시는 욕을 안 하겠다고 맹세할 때까지 달걀 장수 집에 장장 사흘 밤낮을 머물렀다.

할아버지가 욕을 많이 하면 정말 달걀 장수한테 가 버릴 거냐고 할머니한테 물은 적이 있었다. 그때 할머니는 이렇게 대답했다.

"너만 알고 있어야 한다, 샐. 할아버지한테는 비밀이야. 사실 난 '젠장'이 됐든 '망할'이 됐든 그까짓 욕지거리 몇 마디쯤 아무렇지도 않단다. 게다가 그 달걀 장수는 무슨 음악 밴드 저리 가라 싶게 코를 어찌나 골아 대던지 아주 끔찍했단다."

"그러니까 할아버지가 욕을 해도 떠나지 않을 거란 말씀이시죠?"

"살라망카, 사실 난 내가 그때 왜 그랬는지도 생각이 잘 안 나. 어리석었던 게지. 사람들은 '내가 저 사람을 사랑하는구나.' 하고 마음속으로 느끼면서도, 멀리 떠나 봐야 비로소 머리로도 그것을 깨닫는 것 같아."

월 드럭에서는 '진짜 배들랜즈 돌'이 5달러, '배들랜즈 공식 기념품'으로 지정된 노란 깃털이 3달러였다. 친목의 파이프도 있었는데 할아버지가 집어 들자 손잡이가 툭 부러져 버렸다.

"순 쓰레기투성이구먼."

할아버지가 불평을 늘어놓았다.

그날 밤 우리는 월 시 외곽에 있는 모텔에 묵었다. 모텔에는 빈 방이 딱 한 개밖에 없었고 방에는 침대가 하나뿐이었다. 하지만 할아버지는 너무 피곤해서 그래도 괜찮다며 방을 잡아 버렸다. 침대는 킹 사이즈의 물침대였다.

"아이고, 이런. 이것 좀 봐."

할아버지가 손으로 침대를 꾹 누르자 매트리스가 출렁거렸다.

"오늘 밤엔 우리 모두 이 뗏목을 타고 둥둥 떠다니게 생겼구먼."

할머니가 침대 위에 털썩 드러눕더니 웃음을 터뜨렸다.

"조……, 조…….”

할머니가 쉿소리를 토해 냈다.

할머니는 침대 안쪽으로 굴러 들어갔다. 내가 할머니 옆에 눕자 할아버지도 주저하면서 반대편에 걸터앉았다.

"아이고, 꼭 침대가 살아 있는 것 같구나."

할아버지가 말했다.

이윽고 우리 세 사람은 침대에 나란히 누워 할아버지가 이

쪽저쪽으로 돌아누울 때마다 함께 출렁거렸다.

"아이고, 젠장."

할아버지가 말했다.

할머니는 하도 웃어서 눈물이 줄줄 흘러내릴 지경이었다.

할아버지가 말했다.

"이건 우리 결혼 침대는 아니지만……."

그날 밤 나는 엄마와 뗏목을 타고 강을 따라 흘러가는 꿈을 꾸었다. 우리는 뗏목에 누워 높은 하늘을 올려다보고 있었다. 그런데 하늘이 점점 더 우리 쪽으로 내려앉는가 싶더니 별안간 쾅 소리와 함께 우리가 하늘 위에 있었다. 엄마가 주위를 둘러보며 말했다.

"우리가 죽었을 리가 없어. 일 분 전까지만 해도 살아 있었잖아."

다음 날 아침, 우리는 근처에 있는 블랙힐스와 러슈모어 산으로 출발했다. 점심시간 전에 그곳에 도착할 예정이었다. 우리가 차에 타자마자 할아버지가 물었다.

"그래, 페이비의 엄마는 어떻게 됐니? 페이비가 또 무슨 쪽지를 받았니?"

"모든 일이 다 잘 끝났으면 좋겠어. 페이비가 좀 걱정되는구나."

할머니가 말했다.

피비가 수상쩍은 얼룩과 정체불명의 머리카락을 제 아빠에게 보여 준 다음 날, 또 다른 쪽지가 놓여 있었다.

슬픔의 새가 당신의 머리 위를 나는 것은 막을 수 없지만,
당신 머릿속에 둥지를 트는 것은 막을 수 있습니다.

피비는 그 쪽지를 학교로 가지고 와서 내게 보여 주었다.
"또 그 정신병자야."
"그 사람이 너희 엄마를 정말로 납치해 갔다면 왜 계속 쪽지를 보내겠어?"
"이 쪽지들이 바로 사건의 실마리야."
피비가 말했다.
학교에서 아이들은 계속해서 피비에게 엄마의 런던 출장 소식을 물었다. 피비는 아이들의 질문을 피해 가려고 했지만 그것이 늘 쉬운 것은 아니었다. 때때로 답을 하지 않으면 안 될 때가 있었다.
메리 루는 코번트가든이 맞다는 것을 보여 주려고 영국에 관한 책을 가져왔다.

"봐! 컨벤트가 아니라 코번트라고, 코번트."

크리스티가 천장을 올려다보며 딴청을 피웠다.

"아, 그 코번트가든. 난 거길 말한 게 아니야. 컨벤트가든이라는 데도 있거든."

메리 루가 손가락으로 책을 두드리며 말했다.

"그런 데는 없어. 여길 봐."

크리스티는 책을 슬쩍 들여다보는 척하더니 어깨를 으쓱하며 대답했다.

"여긴 내가 말한 거기가 아니래도."

메리 루는 책을 탁 하고 큰 소리가 나게 덮어 버린 뒤 피비에게 물었다.

"너희 엄마한테 무슨 소식 있니?"

"음."

"연락이 왔구나? 그래 지금 어디 묵고 계시대? 힐튼 호텔?"

"음."

"정말? 정말 힐튼에 묵고 계시는 거야? 와, 굉장하다."

미건은 피비에게 엄마가 어떤 구경을 했냐고 물었다. 피비가 말했다.

"음, 버킹엄 궁전하고……."

"당연하지."

미건이 잘 안다는 듯이 고개를 끄덕였다.

"그리고 빅 벤."

"물론이지."

"그리고……."

피비는 머뭇거리는 것 같았다.

"그리고 셰익스피어 생가."

그러자 미건이 재깍 반응을 보였다.

"하지만 그건 스트래트퍼드에 있는데? 스트래트퍼드 온 에이븐에. 너희 엄마는 런던에 계시는 줄 알았는데? 스트래트퍼드는 런던에서 수십 킬로미터 떨어진 곳이란 말이야. 엄마가 당일 여행이나 뭐 그런 거라도 하신 거니?"

"맞아, 바로 그거야. 당일 여행을 하셨대."

피비로서는 그렇게 말할 수밖에 없었다. 피비는 슬픔의 새들이 아예 가족째 몰려와 머릿속에 둥지를 틀고 앉은 그런 표정이었다. 나는 피비가 그 순간 가장 하고 싶은 말은 "아니야! 엄마는 런던에 안 계셔! 사라지셨어! 납치당하셨다고! 돌아가셨을지도 몰라!"가 아닐까 생각했다.

하루 종일 그런 식이었다. 영어 시간이 시작되기 직전에는 피비의 엄마가 스트래트퍼드만 갔다 온 게 아니라 스코틀랜드와 웨일스, 아일랜드까지도 다녀왔으며, 호버크라프트(지면이나 수면에 압축 공기를 뿜어 내어 살짝 뜬 채로 달리는 수륙 양용 배의 대표적 상표명.—옮긴이)를 타고 멋진 유람까지 한 것으로 말이 커져 버렸다. 베스 앤이 말했다.

"와, 너희 엄마 무지 바쁘시겠구나."

그때 크리스티가 구석으로 몸을 피하며 내 이름을 불렀다.

"샐, 벌이야. 잡아 줘. 죽여!"

내가 열린 창문 쪽으로 벌을 내몰고 있는 동안 버크웨이 선생님이 들어와 벤에게 프로메테우스에 대한 발표를 시작하라고 말했다. 벤은 버크웨이 선생님의 책상에 앉아 교실 전체를 마주 보아야 했다. 자기 공책도 내려다볼 수가 없었다. 버크웨이 선생님이 계속해서 "눈을 맞춰야지!"라고 말하는 바람에 모든 아이들의 눈동자를 똑바로 쳐다보지 않으면 안 됐다. 버크웨이 선생님은 훌륭한 연설자는 그렇게 해야 한다고 말했다.

벤은 잔뜩 긴장해 있었다. 벤이 프로메테우스가 태양에서 불을 훔쳐 인간에게 주었다고 했다. 신들의 우두머리 제우스는 자기가 소중히 여기는 태양의 일부를 훔쳐간 것 때문에 인간과 프로메테우스에게 크게 화가 났다. 제우스는 벌로 판도라라는 여자를 인간에게 보냈다. 벤은 그것이 왜 벌인지는 설명하지 못했다. 제우스는 프로메테우스를 바위에 쇠사슬로 묶은 뒤 독수리를 내려보내 프로메테우스의 간을 파먹게 했다. 하지만 이 대목에서 벤은 긴장한 탓에 프로메테우스의 이름을 틀리고 말았다. 따라서 이야기는 제우스가 독수리를 내려보내 포르퍼스(돌고래란 뜻.—옮긴이)의 간을 파먹게 한 게 되고 말았다.

수업 시간이 끝난 뒤 나는 벤과 말을 하려고 팔을 건드렸다. 하지만 벤은 내 손가락에 무슨 전기라도 흐르는 것처럼 팔을 얼른 치워 버렸다. 피비가 말했다.

"쟤 머리 위에 지금 긴장의 독수리가 돌고 있어서 저러는 거야."

메리 루가 나와 피비를 그날 저녁 식사에 초대했다. 피비가 쭈뼛거리자 메리 루가 말했다.

"어차피 너희 엄마는 런던에 계시잖아. 그러니까 너희 아빠도 뭐라고 안 하실 거야."

피비는 어떻게든 핑계를 만들어 내려고 했지만 결국 승낙하고 말았다. 나는 허락을 구하기 위해 아빠에게 전화를 했다. 내가 예상한 대로 아빠는 크게 상관하지 않았다. 아빠가 한 말이라고는 이게 다였다.

"재미있겠구나, 샐. 그럼 난 마거릿의 집에 가서 저녁을 먹어야겠다."

25
콜레스테롤

메리 루네 집에서 저녁을 먹으며 보고 들은 것은 결코 잊지 못할 것이다. 우리가 그 집에 도착했을 때 메리 루의 남동생들은 미친 동물들처럼 뛰어다니며 가구를 뛰어넘고, 축구공을 찼다. 메리 루의 언니 매기는 눈썹을 뽑으며 전화를 했고, 핀니 씨는 네 살짜리 토미의 도움을 받아 가며 부엌에서 요리를 하고 있었다. 피비가 내 귀에 대고 속삭였다.

"오늘 저녁을 먹을 수나 있을지 모르겠다."

6시에 핀니 부인이 집에 오자 토미, 더기, 데니스가 엄마한테 매달리며 한꺼번에 이야기 보따리를 풀어 댔다.

"엄마, 이것 좀 봐요."

"엄마, 엄마, 엄마."

"엄마, 나부터요!"

핀니 부인은 폐타이어와 장화와 온갖 잡동사니 쓰레기들이 걸린 낚시 바늘처럼 세 아이들을 질질 끌고 부엌으로 들어가더니 남편의 입술에 진하게 입을 맞췄다. 핀니 씨는 부인의 입 안에 오이 한 조각을 밀어 넣어 주었다.

나는 헛수고라는 생각을 하면서도 메리 루와 함께 식탁을 차렸다. 아니나 다를까 꼬마들이 모두 한꺼번에 식탁으로 몰려들더니 물잔을 쏟고, 포크를 바닥에 떨어뜨리고, 남의 접시를 가로채며 소리를 질러 댔다. 그렇지 않아도 피비가 접시들이 한 세트가 아니라 모양이 다 다르다고 말하긴 했다.

"이게 내 접시야. 난 데이지꽃 접시에다 먹을 거야."

"그 파란 접시 이리 내놔! 오늘은 내가 거기다 먹을 차례란 말이야."

피비와 나는 메리 루와 벤 사이에 앉았다. 식탁 가운데에는 엄청 큰 접시에 닭튀김이 산더미처럼 쌓여 있었다. 피비가 말했다.

"닭고기? 그것도 닭튀김? 난 튀긴 음식 못 먹어. 위가 약하단 말이야."

피비는 벤의 접시를 바라보았다. 벤의 접시에는 닭튀김이 어느새 세 토막이나 놓여 있었다.

"벤, 너 이런 거 먹으면 안 돼. 튀긴 음식은 건강에 안 좋단 말이야. 무엇보다도 이런 음식엔 콜레스테롤이……."

피비는 벤의 접시에 있는 닭튀김 두 조각을 다시 식탁 가운데 접시에 가져다 놓았다. 핀니 씨가 헛기침을 했다. 핀니 부인이 물었다.

"피비, 그럼 넌 닭은 안 먹겠구나?"

피비가 생긋 웃으며 대답했다.

"네, 핀니 아주머니. 전 안 먹을래요. 사실 핀니 아저씨도 드시면 안 돼요. 알고 계신지 모르겠지만 남자들은 특히 콜레스테롤 수치를 주의해야 하거든요."

핀니 씨는 자기 접시 위에 덜어 놓은 닭튀김을 뚫어져라 쳐다보았고, 핀니 부인은 입술을 이상하게 오므렸다. 그때 콩 접시가 피비에게 건네졌다. 피비는 콩을 자기 접시에 덜지 않고 유심히 관찰하더니 이렇게 물었다.

"핀니 아주머니, 혹시 여기다 버터 넣으셨어요?"

"그래. 뭐가 잘못됐니?"

"콜레스테롤이요. 버터에도 콜레스테롤이 많단 말이에요."

"아, 콜레스테롤."

핀니 부인이 중얼거리더니 남편을 보며 말했다.

"여보, 조심해요. 콩 요리에 콜레스테롤이 있대요."

나는 피비를 바라보았다. 그 순간에 피비의 목을 조르며 "그만해!"라고 외치고 싶은 사람은 비단 나뿐이 아닐 것 같았다.

벤은 콩을 접시 한쪽으로 밀어 놓았고, 매기는 콩을 집어 이리저리 살펴보았다. 이번에는 감자를 덜 차례였다. 피비는 다이어트 중이라 전분이 든 음식은 못 먹는다고 했다. 피비를 뺀 모든 사람들이 시무룩하게 자기 접시만 내려다보았다. 피비의 접시는 깨끗했다. 핀니 부인이 물었다.

"그래, 넌 뭘 먹니?"

"엄마가 특별한 채소 요리를 해 주세요. 콜레스테롤이 없고, 칼로리도 적은 그런 음식이요. 우리는 집에서 샐러드랑 야채 요리를 주로 먹어요. 엄마는 요리를 아주 잘하세요."

피비는 자기 엄마가 만든 파이나 브라우니 케이크 앞에서는 콜레스테롤 운운한 적이 없었다. 나는 벌떡 일어나서 이렇게 소리치고 싶었다.

"피비네 엄마가 사라지셨어요. 그래서 피비가 못된 당나귀처럼 자꾸 저렇게 엇나가는 거예요!"

하지만 나는 가만히 있었다.

피비가 계속 떠들었다.

"정말 굉장한 요리사시라니까요."

"좋겠구나."

핀니 부인이 장단을 맞춰 줬다.

"무가공 야채는 없나요?"

"무가공?"

핀니 부인이 되물었다.

"그게 무슨 뜻이냐면요, 버터나 기타 첨가물을 넣지 않아 손상되지 않은……."

"피비, 나도 뜻은 안단다."

핀니 부인이 말했다.

"무가공 야채는 먹을 수 있어요. 아니면 집에 혹시 강낭콩 샐러드 있어요? 양배추말이나 브로콜리랑 렌즈콩 스튜는요? 마카로니 치즈는요? 야채 스파게티는요?"

식탁에 앉아 있던 사람들이 한 사람씩 피비를 뚫어져라 쳐다보았다. 마침내 핀니 부인이 일어서더니 부엌으로 갔다. 찬장 문들을 여닫는 소리가 들렸다. 피비 부인이 식탁으로 돌아왔다.

"뮈슬리는 먹니?"

"네. 뮈슬리는 먹어요. 아침으로요."

핀니 부인이 다시 사라지더니 그릇에 뮈슬리를 수북이 담고 우유 한 병을 든 채 돌아왔다.

"이걸 저녁으로 먹으라고요?"

피비가 물었다.

피비는 뮈슬리 그릇을 내려다보더니 이렇게 덧붙였다.

"전 보통 우유 말고 요구르트랑 먹어요."

핀니 부인이 남편을 돌아보며 물었다.

"여보, 이번 주에 요구르트 샀어요?"

"아이고, 이런. 깜빡했네! 어떻게 요구르트를 깜빡했지?"

피비는 마른 뮈슬리를 우유도 붓지 않고 그냥 먹었다.

저녁을 먹으면서 나는 바이뱅크스에 살 때 할머니, 할아버지네 집으로 저녁 먹으러 가던 것을 생각했다. 그 집은 늘 사람들로 북적거렸다. 친척이니 이웃이니 할 것 없이 죄다 몰려와 늘 소란스러운 분위기였다. 하지만 그것은 핀니네 집처럼 다정함이 넘쳐 나는 소란스러움이었다. 토미가 우유를 두 잔이나 쏟고, 데니스가 더기를 치면 더기가 데니스한테 반격을 하고, 매기가 메리 루를 때리면 메리 루는 매기를 향해 콩을 겨냥했다. 아마도 이것이 엄마가 원했던 거라는 생각이 들었다. 아이들이 빚어 내는 북적대는 분위기로 가득한 집.

피비는 계속해서 이상하게 굴었다. 데니스에게는 '응.'이나 '네.'라고 해야지 '어.'라고 대답하면 안 된다고 잔소리를 늘어놓았다. 더기에게는 입에 음식을 가득 담은 채 말하면 안 된다고 했고, 토미한테는 손가락 말고 포크로 먹으라고 충고했다.

집에 가는 길에 내가 물었다.

"저녁 먹고 나서 메리 루네 식구들이 너무 조용하지 않았니? 평소 같지 않게 말이야."

"그 많은 콜레스테롤이 위에 들어가 앉아 있으니 그렇지."

피비가 말했다.

피비에게 주말을 우리 집에 와서 보내지 않겠냐고 물었다. 나도 내가 왜 그랬는지 모르겠다. 그냥 충동적으로 나온 질문이었다. 그때까지는 아무도 집에 초대한 적이 없었다.

"좋아. 엄마가 그때까지도……."

피비가 헛기침을 했다.

"들어가서 아빠한테 먼저 물어볼게."

피비의 아빠는 부엌에서 설거지를 하고 있었다. 피비는 놀란 것 같았다. 윈터버텀 씨는 하얀 와이셔츠와 넥타이 위에 프릴이 달린 앞치마를 두르고 있었다.

"아빠, 비눗물을 깨끗이 헹궈 내셔야 해요. 지금 찬물로 설거지를 하시는 거예요? 아주 아주 뜨거운 물로 하셔야 해요. 그래야 균이 죽죠."

윈터버텀 씨는 피비를 보지 않았다. 설거지하는 모습을 들켜서 무안해하는 것 같았다.

"아빠, 그 접시는 그만큼 닦았으면 됐어요."

윈터버텀 씨는 물기 닦는 행주로 접시 하나를 닦고 닦고 또 닦고 있었다. 피비의 말에 윈터버텀 씨가 일손을 멈추더니 접시를 물끄러미 내려다보았다. 슬픔의 새가 윈터버텀 씨의 머리를 쪼아대고 있는 것이 눈에 선했다. 하지만 피비는 제 머리의 새를 쫓아내기에 바빴다.

"엄마 친구들한테 전화해 보셨어요?"

"피비, 내가 알아서 하마. 좀 피곤하구나. 지금은 그 이야기를 안 했으면 하는데 괜찮겠지?"

"하지만 이젠 정말 경찰을 불러야 하는 거 아니에요?"

"피비……."

"샐이 자기 집에서 주말을 보내재요."

"오, 그렇게 하렴."

"하지만 제가 샐의 집에 있는데 엄마가 오면 어떻게 해요?

전화해 주실 거죠? 저한테 꼭 알려 주실 거죠?"

"그럼, 물론이지."

"하지만 엄마가 전화를 하면 어떡하죠? 그럼 전 엄마랑 통화를 할 수가 없잖아요. 아무래도 집에 있어야 할 것 같아요. 엄마가 전화할지도 모르니까 집을 떠나면 안 될 것 같아요."

"엄마가 전화를 하면 샐비 집으로 전화를 하라고 전하마."

"하지만 내일까지도 엄마한테 아무 연락이 없으면 경찰에 신고해야 해요. 지금도 너무 오래 기다렸단 말이에요. 엄마가 어디 꽁꽁 묶여서 우리가 구해 주기만을 기다리고 있으면 어떻게 해요?"

그날 밤 집에서 신화 발표 준비를 하고 있는데 피비한테서 전화가 왔다. 피비가 수화기에 대고 속삭였다.

"아빠한테 밤 인사를 하려고 아래층에 내려갔었어. 아빠가 자기가 좋아하는 안락의자에 앉아서 텔레비전을 보고 계셨거든. 근데 막상 내려가 보니 텔레비전은 꺼져 있고, 아빠는 눈을 비비고 계신 거야. 내가 아빠를 잘 몰랐다면 울고 계시다고 생각했을 거야. 하지만 아빤 절대 울지 않아."

26
희생

 엄청 긴 주말이었다. 피비는 여행 가방을 가지고 토요일 아침에 우리 집으로 왔다.
 "세상에, 피비. 너 한 달 정도나 있을 생각이니?"
 내가 말했다.
 피비는 안으로 들어와 집 안을 둘러보았다. 우리 집은 피비네 집과 구조가 똑같았다. 단, 우리 집이 가구가 훨씬 더 많았다. 바이뱅크스 집은 크고 방들도 다 널찍널찍했기 때문에 거기를 채우려면 큰 가구들이 많이 필요했다. 우리 집 가구 대부분은 할머니, 할아버지나 다른 친척들한테 받은 거였다. 바이뱅크스 사람들은 자기들이 쓰다가 싫증 난 물건들을 다른 사람들에게 넘겨주는 게 보통이었다.

피비를 내 방으로 데리고 가자 피비가 우리가 방을 같이 써야 하느냐고 물었다.

"오, 물론 아니지, 피비. 당연히 널 위해서 방 하나를 새로 만들었지."

내가 과장스럽게 말했다.

"비꼴 것까지는 없잖아."

"그냥 농담이야, 피비."

"근데 이 방에는 침대가 하나밖에 없잖아."

"굉장한 관찰력인데, 피비!"

"난 네가 아래층 소파에서 잘 줄 알았어. 사람들은 대개 손님한테 잘해 주려고 하잖아."

피비는 내 방을 한번 둘러보더니 말을 이었다.

"우리 둘이 쓰기엔 방이 좀 좁지 않니?'"

나는 아무런 대답도 하지 않았다. 피비의 머리를 쥐어박지도 않았다. 피비가 왜 그렇게 행동하는지 알고 있었기 때문이다. 피비는 침대에 걸터앉더니 엉덩이를 구르며 매트리스를 시험했다.

"아무래도 침대에 좀 익숙해져야겠는걸. 너무 불편해. 내 침대는 아주 딱딱해. 매트리스가 딱딱해야 등에 좋거든. 그래서 내 자세가 이렇게 곧은 거야. 네가 구부정한 것도 아마 다 이 매트리스 때문일걸."

"구부정하다고?"

"그래, 넌 정말 약간 구부정해, 샐. 이따가 거울 좀 들여다보렴."

그러고는 다시 엉덩이로 내 매트리스를 구르기 시작했다.

"샐, 넌 손님이 오면 어떻게 해야 하는지도 모르니? 손님한테는 네가 가진 것 중에서 제일 좋은 걸 주어야 해. 약간의 희생을 감수해야 한다고. 그게 우리 엄마가 늘 강조하던 거야. 엄만 항상 '살다 보면 어느 정도의 희생은 각오해야 한단다.'라고 하셨지."

"너희 엄마가 집을 나가신 건 굉장한 희생이구나."

나도 모르게 그렇게 말해 버리고 말았다. 피비가 어찌나 내 신경을 긁는지 어쩔 수가 없었다.

"엄만 집을 나간 게 아니야. 누구한테 납치당한 거야. 바로 이 순간에도 굉장한 희생을 감수해 내고 계시다고!"

피비가 짐을 풀며 물었다.

"내 물건들은 어디다 두면 되니?"

옷장을 열어 보이자 피비가 또다시 구시렁거렸다.

"엉망진창이구나! 빈 옷걸이 없니?"

"없어!"

"그럼 내 옷들은 어디다 걸란 말이야? 주말 내내 가방 안에 두라고? 다 구겨지게? 손님은 최고를 가져야 해. 그게 예의야, 샐. 우리 엄마가……."

"알아, 희생을 강조하셨단 말이지?"

나중에 내가 책상에 앉아 책을 뒤적이고 있을 때 피비가 땅이 꺼질 듯이 큰 소리로 한숨을 내쉬었다.

"난 아무래도 판도라 발표 준비나 해야겠다. 손님이 왔는데도 넌 숙제만 하고 있다니. 보나마나 책상은 그거 하나일 테지?"

나는 일어서서 침대 밑을 들여다보고 옷장 안을 살피고 천장을 올려다보는 시늉을 한 뒤 대답했다.

"응. 책상은 이거 하난데?"

"그렇게 비꼴 필요는 없잖아."

피비는 책과 공책을 침대 위에 펼쳐 놓으며 말했다.

"여기서도 할 수는 있겠어. 허리에는 안 좋겠지만."

십 분 뒤 피비가 머리가 아프다고 했다.

"편두통이 아닌가 몰라. 우리 고모가 발이 아파서 가는 병원의 의사도 편두통이 있었거든. 그런데 나중에 단순한 편두통이 아닌 것으로 판명됐어. 뭐였을 것 같아?"

"뭐였는데?"

"뇌종양."

"정말?"

"응. 뇌 속에 생겼대."

"당연히 뇌 속에 생겼겠지, 피비. 네가 뇌종양이라고 그러면 나도 그게 뇌 속에 생기는 거라는 것쯤은 안다고."

"샐, 너 지금 편두통, 아니 어쩌면 뇌종양이 있을지도 모르는 사람한테 말하는 태도가 그게 뭐니? 영 친절하지 않구나."

나는 책에 그려 두었던 나무 그림 옆에 얼굴이 동그랗고 곱슬머리를 한 여자애를 그렸다. 그러고는 목에 밧줄을 감아 나무 위에 매달아 버렸다.

피비는 한도 끝도 없었다. 그날은 피비가 정말 싫었다. 피비가 자기 엄마 때문에 얼마나 상심하고 있을지 따위는 이제 아무런 상관도 없었다. 내가 성질을 부렸을 때 아빠도 이런 심정이었을까 하는 생각이 들었다. 어쩌면 아빠도 한동안 나를 미워했을지도 몰랐다.

저녁을 먹고 우리는 메리 루네 집에 갔다. 핀니 씨 부부는 앞마당에 쌓아 둔 낙엽 더미 속에서 토미와 더기와 함께 뒹굴고 있었다. 나는 베란다에 있는 벤의 옆으로 가서 앉았고 피비는 메리 루를 찾으러 가 버렸다.

벤이 말했다.

"피비가 널 못살게 구는구나, 그렇지?"

나는 벤이 내 눈을 똑바로 쳐다보며 말하는 게 좋았다.

"응. 많이."

"피비의 엄마가 런던에 가신 게 아니지?"

"왜 그런 생각을 하는데?"

벤은 약간 우울해 보였다.

"글쎄, 나도 모르겠어. 피비가 외로워하는 것 같아."

순간 무슨 생각이 들었는지 나는 손을 뻗어 벤의 얼굴을 쓰다듬을 뻔했다. 심장이 어찌나 쿵쾅거리던지 벤이 들을까 봐 겁이 날 정도였다. 나는 얼른 집 안으로 들어가 집 뒤쪽으로 나 있는 창밖을 내다보았다. 핀니 부인이 뒷마당으로 오더니 사다리를 타고 주차장 지붕으로 올라가는 게 보였다. 몇 분 뒤에 나타난 핀니 씨 역시 사다리를 타고 올라갔다. 핀니 씨는 재킷을 벗더니 부인 옆에 깔았다. 그러고는 지붕 위에 누워 자기 부인을 껴안고 입을 맞췄다.

지붕에서, 탁 트인 하늘 아래서 두 사람은 입을 맞추며 누워 있었다. 이상한 기분이 들었다. 핀니 씨 부부는 죽은 아기가 태어나기 전, 수술받기 전의 엄마와 아빠를 연상시켰다.

벤이 부엌으로 왔다. 벤은 찬장에서 유리잔을 꺼내려다 말고 나를 뚫어져라 바라보았다. 나는 또다시 벤의 얼굴을, 부드러운 볼을 쓰다듬고 싶은 이상한 충동에 사로잡혔다. 나도 모르게 손이 올라가 벤의 얼굴로 향할까 봐 겁이 났다. 정말 이상한 일이었다.

그때 피비가 들어오면서 말했다.

"너희 메리 루가 어디 있는지 아니? 알렉스랑 같이 있어. 데이트 중이야."

"좋겠다."

내가 말했다

피비도 그렇겠지만 나는 지금까지 데이트를 해 본 적이 없었다.

그날 밤, 나는 옷장에서 침낭을 꺼내 바닥에 깔았다. 피비는 거미가 나오기나 한 것 같은 표정으로 침낭을 내려다보았다. 내가 말했다.

"걱정 마. 내가 이 안에서 잘 테니까."

나는 침낭으로 기어들어 가 얼른 잠든 척했다. 피비도 침대에 들어가 눕는 소리가 들렸다.

잠시 후 아빠가 내 방을 들여다보며 물었다.

"피비, 뭐 불편한 거 있니?'

"아니요."

"누가 우는 소리가 난 것 같아서 말이야. 정말 괜찮니?"

"네."

"정말이지?"

"네."

피비가 불쌍했다. 일어나서 피비를 위로해 주어야 할 것만 같았다. 하지만 내가 피비 같은 심정이었을 때를 떠올렸다. 사람은 가끔 슬픔의 새들과 혼자 있어야 할 때가 있다. 혼자서 울어야 하는 것이다.

그날 밤 나는 잔디밭에 앉아 쌍안경을 통해 엄마를 보는 꿈을 꾸었다. 멀리서 엄마가 사다리를 올라가고 있었다. 엄마는 오르고 또 올랐다. 사다리는 엄청 높았다. 엄마는 나를 보지 못했고, 다시 내려오지도 않았다. 그저 계속해서 위로만 올라갈 뿐이었다.

27
전화

 다음 날 나는 피비가 여행 가방을 끌고 집에 가는 것을 도와주었다. 그날 우리는 하루 종일 숙제를 했기 때문에 크게 티격태격하지는 않았다. 피비네 집으로 가는 길에 내가 말을 걸었다.
 "피비, 요즘 네 기분이 안 좋다는 거 알아……."
 "난 아무렇지도 않아."
 "피비, 난 어떨 땐 네가 무지 좋아."
 "고마워."
 "하지만 어떨 땐 말이야, 콜레스테롤 없는 네 몸을 질질 끌고 가서 창밖으로 내던지고 싶을 때도 있어."
 피비는 내 말에 대꾸할 틈이 없었다. 우리는 벌써 피비의 집에 도착해 있었기 때문에 나한테 뭐라고 하기보다는 자기 아빠한테 질문을 던지는 일이 더 급했다.

"무슨 소식 있었어요? 엄마 왔어요? 전화는요?"

"대충 그 비슷한 일이 있었다."

피비의 아빠가 애매하게 대답했다.

"그 비슷한 일이라고요? 어떤 일이요? 엄마가 오셨어요?"

"엄마가 커데이버 부인한테 전화를 했단다."

"커데이버 아주머니한테요? 대체 왜요? 왜 우리한테 전화를 하지 않으셨죠? 엄마가 왜……."

"피비, 진정하렴. 엄마가 왜 커데이버 부인한테 전화를 했는지는 나도 잘 모르겠다. 나도 아직 커데이버 부인이랑 직접 얘기를 못해 봤어. 지금 집에 안 계시더라. 우리 집에 쪽지를 남기셨더구나."

피비의 아빠가 피비에게 쪽지를 보여 주었다.

쪽지에는 이렇게 씌어 있었다.

노마가 전화를 했었어요. 잘 있다고 전해 달래요.

커데이버 아주머니 이름 아래에는 추신으로 자기가 월요일까지 집을 비울 거라는 내용이 적혀 있었다. 피비는 그걸 보고 제 아빠에게 소리쳤다.

"엄마가 옆집에 전화했다는 거 못 믿겠어요. 저 아주머니가 다 꾸민 얘기라고요. 어쩌면 엄마를 죽이고 토막 내서 묻어 버렸는지도 몰라요."

"피비 윈터버텀!"

"전 경찰을 부를래요."

피비와 피비의 아빠는 굉장한 말다툼을 벌였다. 하지만 결국은 피비가 지고 말았다. 피비의 아빠는 부인이 어디로 갔는지 알아내기 위해 생각나는 사람한테는 다 전화를 했다고 말했다. 그리고 앞으로도 계속해서 전화를 하겠다고 약속했다. 또 월요일 아침이 되자마자 커데이버 부인과 이야기를 하겠다고두 했다. 그리고 수요일까지도 피비의 엄마한테서 직접 편지나 전화를 받지 못하면 경찰에 신고하겠다고 맹세했다.

내가 집에 가려고 나서자 피비가 베란다까지 따라 나오며 이렇게 말했다.

"나 결심했어. 내가 직접 경찰에 전화할 거야. 어쩌면 경찰서에 찾아갈지도 몰라. 수요일까지 기다릴 필요도 없어. 내가 원하면 난 어디든 갈 수 있다고."

그날 밤 피비는 또다시 내게 전화를 걸어 속삭였다.

"여긴 너무 조용해. 나도 내가 왜 이러는지 모르겠어. 침대에 누웠는데도 잠이 안 와. 침대가 너무 딱딱해."

28
판도라의 상자

 피비가 판도라에 대해 발표를 하기로 되어 있는 월요일이었다. 피비는 꼴이 말이 아니었다. 버크웨이 선생님이 경쾌한 걸음걸이로 교실로 들어오자 피비는 심장에 이상이 있는 것 같다며 양호실에 가도 좋은지 물었다. 버크웨이 선생님이 말했다.

 "그냥 발표를 해 보면 어떨까? 발표를 시작한 뒤에도 계속 아프면 발표를 그만두고 양호실로 가렴."

 "전 꾀병을 부리는 게 아니에요."

 "꾀병이라! 굉장한 단어구나!"

 피비는 버크웨이 선생님을 무서워하고 있었다. 버크웨이 선생님이 살인자라는 데에 한치의 의심도 없었기 때문이다.

공책을 들고 교실 앞으로 걸어 나가는 피비의 손이 덜덜 떨렸다. 피비는 교실 안을 둘러보았다. 베스 앤은 손톱을 갈았고, 메리 루는 알렉스에게 미소를 보내고 있었다. 벤은 자기 그림을 가지고 싶어 하는 애들한테 만화를 그려 주느라 정신이 없었다. 몇몇 아이들은 입이 찢어져라 하품을 했다. 썩 마음에 드는 청중은 아니었다.

피비가 떨리는 목소리로 발표를 하기 시작했다.

"벤이 프로메테우스에 관해 발표를 할 때 제 주제인 판도라에 대해서도 이미 조금 이야기한 바 있습니다."

피비는 자기가 프로메테우스를 포르퍼스라고 하지 않고 제대로 발음해서 안도하는 눈치였다.

"하지만 벤은 판도라에 대해 말하면서 몇 가지 실수를 저질렀습니다."

그러자 아이들이 모두 벤을 쳐다보았다.

"아니야, 난 실수 안 했어."

벤이 말했다.

"했어."

쏘아붙이는 피비의 입술이 떨렸다.

"제가 말한 것처럼 벤은 판도라에 대해 몇 가지 잘못 말했습니다. 판도라는 제우스가 인간에게 벌을 주기 위해 보낸 것이 아니라 상으로 보낸 것입니다……."

"그렇지 않아."

벤이 말했다.

"상이었다고."

피비도 지지 않았다.

버크웨이 선생님이 끼어들었다.

"피비, 그냥 계속하렴."

"제우스는 인간에게 멋진 선물을 하기로 결정했습니다. 친구라고는 동물들밖에 없는 인간들이 지구에서 외로워하는 것 같았기 때문입니다. 그래서 제우스는 아름답고 사랑스러운 여인을 만들었습니다. 그러고 나서 모든 신들을 저녁 식사에 초대했습니다. 그것은 접시들 모양이 다 똑같은 아주 고상한 저녁 식사였습니다."

메리 루와 벤이 눈빛을 교환했다.

"이 고상한 저녁 식사에서 제우스는 신들에게 자기가 만든 아름다운 여자에게 선물을 주라고 부탁했습니다. 그 여자가 '아, 나는 환영받는 손님이구나.' 하고 느낄 수 있도록 말이죠."

피비는 그 대목에서 나를 쳐다보았다.

"신들은 그녀에게 온갖 진귀한 선물들을 주었습니다. 예쁜 숄, 은색 드레스, 아름다움……."

벤이 피비의 말을 가로막았다.

"그 여자는 아름답다고 네가 벌써 그랬잖아."

"나도 알아. 하지만 신들이 더 많은 아름다움을 선사했어. 됐니?"

피비의 입술은 더 이상 떨리지 않았고 얼굴은 붉게 상기되어 있었다.

"신들은 그녀에게 가창력과 설득력, 금관, 꽃을 비롯해 정말 고귀한 것들을 선물로 주었습니다. 이러한 갖가지 선물들 때문에 제우스는 그 여자에게 '온갖 선물'이라는 뜻을 지닌 '판도라'라는 이름을 지어 주었습니다."

피비의 심장병은 수그러든 것 같았다. 피비는 점점 더 제 이야기 속으로 빠져들었다.

"판도라가 받은 선물 중에는 제가 아직 말씀드리지 않은 게 두 개 더 있었습니다. 하나는 호기심입니다. 바로 이 때문에 모든 여자들이 그렇게 호기심이 많다고 합니다. 최초의 여자에게 주어진 선물이었으니까요."

벤이 말했다.

"차라리 침묵을 주었어야 하는 건데."

그러자 피비가 목소리를 높였다.

"방금 말했듯이 판도라는 호기심을 선물로 받았습니다. 그리고 또 다른 선물은 금과 보석으로 장식된 아주 아름다운 상자였습니다. 하지만, 중요한 것은 바로 이겁니다. 판도라는 절대로 그 상자를 열어서는 안 됐습니다."

"그럴 걸 왜 준 거야?"

벤이 또 물었다.

벤 때문에 피비의 신경이 서서히 날카로워지고 있는 게 분명했다.

"방금 말했잖아, 그건 선물이었다고!"

"그게 아니라 열면 안 되는 걸 왜 선물로 주었냐고?"

피비는 당황한 표정이었다

"그건 나도 몰라. 그냥 이야기가 그래."

피비는 발표를 계속했다.

"방금 말했듯이 판도라는 상자를 열어서는 안 됐습니다. 하지만 판도라는 호기심이 아주 많아서, 그 안에 뭐가 들었는지 너무너무 궁금했습니다. 그래서 어느 날 상자를 열고 말았지요."

벤이 또 끼어들었다.

"그럴 줄 알았어. 네가 상자를 열면 안 된다는 말을 할 때부터 난 그 여자가 상자를 열 줄 알았다고."

그때 미사코가 손을 번쩍 들었다.

피비가 한숨을 내쉬며 물었다.

"무슨 질문 있니?"

"상자 안에 뭐가 있었는데?"

"벤이 방해하기 전에 하려던 말인데, 상자 안에는 세상의 모든 악이 들어 있었어."

"악이 뭔데?"

시게루가 물었다.

"지금 막 설명하려던 참이야. 상자 안에는 증오나 질투, 전염병, 질병, 콜레스테롤 같은 세상의 모든 악이 들어 있었습니다."

그러자 버크웨이 선생님이 머리를 긁적거렸다. 끼어들고 싶은 눈치였다. 하지만 선생님은 피비가 발표를 계속하도록 내버려 두었다.

피비가 말을 이었다.

"뇌종양이나 슬픔도 그 안에 들어 있었습니다. 정신병자와 납치, 살인 등……."

피비는 얼른 다음 대목으로 넘어갔지만 '살인' 대목에서 버크웨이 선생님을 힐끔 바라보는 것을 잊지 않았다.

"……그 모든 것이 상자 안에 들어 있었던 겁니다. 판도라는 얼른 뚜껑을 닫으려고 했습니다. 그 끔찍한 것들이 상자 밖으로 빠져나오는 것을 본 판도라는 정말로 뚜껑을 닫으려고 애를 썼습니다. 하지만 판도라가 뚜껑을 닫았을 때는 이미 모든 악이 빠져나온 뒤였습니다. 그래서 세상에는 그런 악들이 존재하게 된 것입니다. 하지만 상자 안에는 아직 한 가지가 남아 있었습니다."

"그게 뭔데?"

벤이 물었다. 피비는 벤을 무시해 버렸다.

"제가 방금 말하려고 한 그 한 가지는 바로 희망이었습니다."

"희망이 뭔데?"

시게루가 물었다.

"희망? 음. 희망은…… 희망이지. 뭘 희망하는 거……. 음, 희망은 설명하기가 좀 힘들구나."

"그래도 한번 해 보렴."

버크웨이 선생님이 말했다.

아이들이 모두 피비를 뚫어져라 바라보고 있었다.

"그건 뭔가 좋은 일이 일어났으면 하는 바람이야. 그런 느낌 말이야. 바로 그것 때문에 세상에 그토록 많은 악이 존재해도 여전히 작은 희망을 품을 수 있는 거라고."

피비는 책에서 복사한 그림을 위로 들어 올렸다. 그것은 판도라가 상자를 열자 온갖 악이 상자 안을 빠져나오는 그림이었다. 판도라의 얼굴은 겁에 질려 있었다.

집에 가는 길에 내가 피비에게 말했다.

"너 굉장히 떨렸을 것 같아."

"뭣 때문에?"

피비가 되물었다.

"맙소사. 발표 때문에 말이야, 피비!"

"아니, 난 하나도 안 떨렸어."

그날 밤 내 머릿속에서는 판도라의 상자에 대한 이야기가 떠나지를 않았다. 희망같이 좋은 것이 왜 질병이나 납치, 살인처럼 나쁜 것들과 함께 한 상자에 들어 있었는지 이상했다. 어쨌거나 그것이 거기 들어 있었다니 다행스러운 일이었다. 안 그랬다면 핵전쟁이나 온실 효과, 폭탄, 살인, 정신병자 등으로 비롯되는 슬픔의 새가 사람들 머릿속에 둥지를 틀고 앉아 떠날 줄을 몰랐을 테니.

하지만 햇살과 사랑과 나무같이 좋은 것만 담겨 있는 상자가 하나 더 있었던 게 분명하다. 그것을 열 수 있는 행운의 주인공은 누구였을까? 그 '선'의 상자 맨 밑에도 뭔가 나쁜 것 한 가지가 빠져나가지 못한 채 남아 있을까? 그렇다면 그것은 아마도 불안일 것이다. 모든 것이 다 순조롭게 잘 돌아가고 있는 순간에도 나는 곧 뭔가가 잘못되어 모든 것이 변해 버릴 거라고 불안해하니까.

엄마와 아빠와 나는 농장에서 행복하게 살고 있는 것처럼 보였다. 아기가 죽기 전까지 말이다. 한 번도 숨 쉬어 본 적이 없는 아기를 두고도 과연 죽었다고 말할 수는 있는 걸까? 탄생과 죽음이 동시에 일어났던 것일까? 태어나기도 전에 죽을 수가 있는 걸까?

피비의 가족은 행복해 보이지 않았다. 정신병자가 나타나고, 이상한 쪽지들이 오고, 피비의 엄마가 사라지기 전부터 그랬다. 피비는 엄마가 무슨 이유가 있어 집을 나갔다는 것을 상상할 수 없기 때문에 엄마가 납치되었다고 확신했다. 피비에게 전화를 걸어 네 엄마는 뭔가를 찾아서 집을 나갔을 수도 있고, 불행했기 때문일 수도 있으며, 피비로서는 어떻게 손쓸 수 없는 어떤 다른 일 때문에 가출한 것일지도 모른다고 말해 주고 싶었다.

내가 거기까지 이야기했을 때 할아버지가 끼어들었다.

"네 말은 그러니까 페이비 잘못이 아니란 말을 해 주고 싶었단 말이지?"

"바로 그거예요. 피비는 엄마의 가출이 자기와 아무 상관도 없다는 것을 모르고 있었어요."

할머니와 할아버지가 눈빛을 교환했다. 비록 아무 말도 하지는 않았지만 두 분의 표정으로 보아 내가 방금 아주 중요한 이야기를 했다는 것을 알 수 있었다. 그때 처음으로 엄마가 떠난 것이 나와는 아무런 상관이 없을지도 모른다는 생각을 했다. 엄마의 문제는 나와는 별개였던 것이다. 아무리 자식이라도 자기 엄마의 인생을 소유할 수는 없으므로.

피비가 판도라에 대한 발표를 한 날 밤, 나는 판도라의 상자에 남겨진 희망에 대해 생각했다. 모든 것이 슬프고 암울해 보이더라도 나와 피비에게는 일이 곧 잘 풀리기 시작할 거라는 희망이 남아 있었다.

29
블랙힐스

 블랙힐스 표지판을 처음 보았을 때 귓전을 맴돌던 속삭임은 다시 바뀌어 있었다. '천천히, 천천히, 천천히.' 라고 말하는 대신 어느새 다시 '빨리, 빨리, 빨리.' 하고 나를 급하게 내몰았다. 우리는 사우스다코타에서 시간을 너무 많이 지체했다. 이제 이틀밖에 남지 않았는데 갈 길은 아직도 멀었다.

 "블랙힐스를 그냥 지나가면 안 돼요?"

 "뭐? 블랙힐스를 그냥 지나가자고? 러슈모어 산을 그냥 통과하잔 말이냐? 그럴 순 없지."

 할아버지가 말했다.

 "하지만 오늘이 벌써 18일이잖아요. 여행한 지 닷새째란 말이에요."

"내가 모르는 무슨 기한이라도 있는 게냐? 우리한테 있는 건 시간……."

그때 할머니가 할아버지를 흘깃 쳐다보았다.

"그냥 블랙힐스만 잠시 보고 가마. 오래 걸리지 않을 거다, 아가야."

할아버지가 말했다.

속삭임이 나를 잡아먹을 듯한 기세로 아우성쳤다. 빨리, 빨리, 빨리! 나는 우리가 제시간에 아이다호 주에 도착하지 못하리라는 것을 알았다. 할머니와 할아버지가 블랙힐스를 구경하는 동안 몰래 도망쳐야겠다는 생각이 들었다. 속도광의 차를 얻어 탈 수 있을지도 몰랐다. 하지만 누군가가 차를 빨리 몬다고 생각하자 멀미가 났다. 특히 루이스턴 시로 들어가는 진입로가 뱀처럼 구불구불하다는 것과 그런 길을 질주한다는 생각을 하니 정신이 아뜩해지면서 더 멀미가 났다.

"이런 젠장, 아무래도 이놈의 핸들을 너한테 넘겨줘야 할 것 같다, 아가야. 몇 날 며칠을 운전만 하고 앉아 있자니 정신이 돌아 버릴 것 같아."

할아버지가 말했다.

비록 농담이긴 했지만 할아버지는 내가 운전할 수 있다는 것을 알았다. 내가 열한 살이었을 때 소형 트럭 모는 법을 가르쳐 준 사람이 바로 할아버지였기 때문이다. 할아버지와 나는 차를 몰고 할아버지 농장 주변의 흙먼지 나는 길을 돌아다녔다. 나는 운전을 하고, 할아버지는 파이프 담배를 피우며 옛날이야기를 들려주다가 간간이 이렇게 말했다.

"넌 운전을 정말 잘하는구나. 하지만 네 엄마한테는 내가 운전 가르쳐 줬다는 소리, 절대 하면 안 된다. 그랬다간 나를 반쯤 죽이려고 들걸?"

나는 할아버지의 녹색 구형 트럭을 모는 것이 정말 좋았고, 어서 열여섯 살이 되어 운전면허증을 따는 게 소원이었다. 하지만 엄마가 떠난 뒤 내게 변화가 일어났다. 전에는 두렵지 않았던 일들이 두려워진 것이다. 운전도 그중 하나였다. 나는 트럭을 모는 것은 고사하고 심지어 차를 타는 것조차 싫어졌다.

블랙힐스는 이름처럼 진짜 그렇게 검지는 않았다. 소나무로 뒤덮인 언덕들은 땅거미가 질 때면 아주 검게 보일지도 몰랐다. 하지만 한낮의 블랙힐스는 검푸른 색이었다. 둥글고 어두침침한 언덕들은 으스스해 보였다. 차가운 바람이 소나무 사이로 불어오자 나무들은 서로 비밀 이야기를 주고받았다.

엄마는 늘 블랙힐스를 보고 싶어 했다. 이곳은 엄마가 여행

중에 가장 들르고 싶어 했던 장소 중 하나였다. 엄마는 수 인디언들에 대해 아주 잘 알고 있었기 때문에, 그들이 성스럽게 여기던 이곳 블랙힐스에 대한 이야기를 내게 많이 들려주었다. 블랙힐스는 수 인디언들의 성지였지만 백인들에게 빼앗기고 말았고, 수 족은 자신들의 땅을 되찾기 위해 아직도 싸우고 있는 중이었다. 나는 수 인디언 한 명이 말을 타고 달려와 우리 차가 못 들어가게 가로막길 바랐다. 그러면 나는 그의 편을 들며 이렇게 말했을 것이다.

"가지세요. 이건 모두 당신들 땅이에요."

하지만 그곳의 자연은 대부분 훼손되어 있었다. 창피한 일이었다. 도로 곳곳에 파충류 농장이나 곰 야영지, 물소 공원을 놓치지 말라는 광고판들이 즐비했다. 우리는 블랙힐스에서 러슈모어 산으로 차를 몰았다. 길을 잘못 든 게 아닐까 하는 순간 눈앞에 산봉우리가 나타났다. 절벽 위에 조각된, 길이가 18미터나 되는 워싱턴, 제퍼슨, 링컨, 루스벨트 대통령의 얼굴이 우리를 근엄하게 내려다보고 있었다.

대통령들의 얼굴은 멋졌다. 개인적으로 대통령들에게는 아무런 감정도 없었지만 수 인디언들이 자기들의 신성한 절벽에 조각된 백인 대통령들의 얼굴을 본다면 마음이 찢어질 듯 아플 것 같았다. 엄마도 분노했을 게 틀림없다. 나는 저것을 조각한 사람이 왜 인디언 얼굴도 몇 사람쯤 같이 새겨 주지 않았을까 싶었다.

할머니와 할아버지도 실망한 기색이 역력했다. 할머니가 차에서 내리려고도 하지 않았기 때문에 우리는 그곳에 오래 머무르지 않았다. 할아버지가 물었다.

"이만하면 사우스다코타는 충분히 본 것 같다. 넌 어떠니, 아가? 당신은 어때, 맹꽁이 할멈? 이만 뜨자고."

오후 늦게 우리는 와이오밍 주에 도착했다. 남은 거리를 계산해 보았다. 잘하면, 정말 잘하면 제시간에 도착할 수 있을 것 같았다. 그때 할아버지의 목소리가 들렸다.

"옐로스톤(와이오밍 주 북서부와 몬태나 주, 아이다호 주에 걸쳐 있는 미국 최대의 국립공원.―옮긴이)에 들렀다가 가도 되겠지? 옐로스톤을 안 보고 가는 건 죄야, 죄."

할머니가 맞장구를 쳤다.

"거기가 올드페이스풀 간헐천이 있는 데지요? 아, 그걸 꼭 보고 싶어요."

할머니는 고개를 돌려 나를 바라보았다.

"서두르마, 응? 20일까지는 아이다호 주에 너끈히 도착할 수 있을 거야."

"아이다호 주에 꼭 20일까지 가야 하는 무슨 이유라도 있……."

그러자 할머니가 할아버지에게 아주 의미심장한 눈길을 던져 입을 막아 버렸다.

"아…… 그렇군. 암, 그때까지면 충분하다. 충분하고말고."

할아버지가 말했다.

30
조수는 밀려왔다 밀려가고

"그래, 페이비의 엄마가 전화를 했니? 집에 돌아왔어? 아니면 페이비가 경찰에 신고를 했니? 아, 제발 얘기가 슬프게 끝나지 않으면 좋겠구나."

할머니가 질문을 퍼부었다.

피비는 정말로 경찰서에 가고야 말았다. 버크웨이 선생님이 우리에게 조수와 여행자에 대한 시를 읽어 준 날이었다. 나도 피비도 그 시가 다소 황당하다고 생각했다. 그럼에도 불구하고 피비가 경찰서에 찾아가 엄마에 대한 이야기를 털어놓기로 마음먹은 데에는 그 시가 결정적으로 영향을 미친 것 같았다.

버크웨이 선생님은 늘 그렇듯이 책상과 책상 사이를 껑충 껑충 뛰어다니며 두 팔을 과장되게 내저었다.

"아, 진짜 멋진 날이구나! 산다는 건 정말 즐겁지 않니?"

피비가 내 쪽으로 몸을 굽히며 귀엣말을 속삭였다.

"저거 다 연극하는 거야. 자기가 추악한 살인자라는 사실을 아무도 눈치 못 채게 하려고."

버크웨이 선생님은 롱펠로의 시를 하나 읽어 주었다. 「조수는 밀려왔다 밀려가고」라는 작품이었다. 제목에 걸맞게 "조수는 밀려왔다 밀려가고"라는 후렴구가 계속해서 반복되는 그런 시였는데, 버크웨이 선생님이 어찌나 생생하게 시를 낭송하던지 조수가 정말로 밀려왔다 밀려가는 느낌이 들었다. 시에서는 나그네 한 명이 마을로 가려고 발걸음을 재촉하고 있었다. 날이 점점 어두워지자 바다가 나그네를 부른다. 파도가 '부드럽고 하얀 손길로' 나그네의 발자국을 지워 버리고 이윽고 먼동이 튼다.

날은 다시 밝건만,

해변을 떠나 버린 나그네는

영영 돌아오지 않는다.

조수는 밀려왔다 밀려가고.

버크웨이 선생님은 아이들의 반응을 궁금해했다. 미건은 이 시가 부드럽고 잔잔해서 거의 잠들 뻔했다고 말했다.
"잔잔하다고? 이 시는 잔잔하지 않아. 끔찍하다고."
내가 말했다. 목소리가 떨리고 있었지만 나는 말을 멈출 수가 없었다.
"나그네가 해변을 걷고 있었어. 캄캄한 밤이 되자 그 사람은 누가 자기를 따라오는지 보려고 자꾸 뒤를 돌아보았지. 그가 다시 뒤를 돌아보는 순간, 엄청난 파도가 그를 덮쳐 바다로 끌고 가 버린 거야."
"살인이지."
피비가 장단을 맞췄다.
나는 그 시를 내가 지었고, 시의 전문가인 것처럼 마구 떠들어 댔다.
"파도는 그 '부드럽고 하얀 손길로' 나그네를 움켜쥐고 익사시켜 버린 거라고. 파도가 그를 죽였어. 나그네는 죽은 거야."
벤이 끼어들었다.
"꼭 익사가 아닐 수도 있잖아. 보통 사람들처럼 그냥 평범하게 죽었을 수도 있어."

"익사당한 거야."

피비가 말했다.

"죽는 건 평범한 일이 아니야. 보통 일이 아니지. 그건 끔찍한 일이야."

내가 외쳤다.

미건이 물었다.

"천국이 있잖아? 하느님이 계시는데도?"

그러자 메리 루가 생뚱맞은 소리를 했다.

"하느님? 이 시에 하느님이 나와?"

벤이 문제를 마무리했다.

"죽는 건 평범하고도 끔찍한 일인 것 같아."

수업을 마치는 종소리가 들리자마자 나는 교실을 빠져나가려고 했다. 하지만 피비가 나를 붙잡았다.

"같이 가 줘."

피비는 사물함으로 뛰어가 집에서 가져온 증거물들을 가지고 왔다. 우리는 경찰서까지 여섯 구역을 달려갔다. 내가 왜 피비와 함께 경찰서에 갔는지는 나도 모를 일이다. 나그네에 대한 시 때문일 수도 있고, 나 역시 정신병자를 믿기 시작했기 때문일 수도 있다. 아니면 피비가 구체적인 행동을 취하는 것에 대한 존경심의 표시일 수도 있었다. 엄마가 떠날 때 나도 뭔가 조치를 취했더라면 좋았을 텐데. 내가 무엇을 할 수 있었을지는 모르지만 그래도 그 무엇인가를 했더라면 좋았을 텐데.

피비와 나는 경찰서 앞에 서서 심장 박동이 가라앉기를 기다리며 오 분이나 머뭇거렸다. 마침내 우리는 안으로 들어가 접수계 앞에 섰다. 귀가 엄청 크고 빼빼 마른 남자가 접수계 앞에 앉아 검은 공책 위에 뭔가를 적고 있었다. 피비가 말문을 열었다.

"실례합니다."

"잠깐만 기다려라."

남자가 말했다.

"아주 급한 일이에요. 살인 사건에 대해 드릴 말씀이 있어요."

"살인 사건?"

남자가 고개를 들었다.

"네. 어쩌면 납치 사건일 수도 있어요. 하지만 살인으로 이어질 수 있는 납치 사건이요."

"너, 지금 농담하니?"

"아니에요, 농담이 아니에요."

"잠깐 기다려라."

남자는 남색 유니폼을 입은 체격 좋은 여자에게 가더니 뭐라고 귀엣말을 속삭였다. 여자가 우리 쪽을 바라보더니 접수계 쪽으로 와 앞으로 몸을 굽혔다. 여자는 알이 두꺼운 크고 둥그런 안경을 쓰고 있었다.

"내가 뭐 도와줄 일이라도 있니?"

피비가 설명을 마치자 여자가 미소 띤 얼굴로 물었다.

"책에서 읽은 얘기니?"

"아니에요. 그렇지 않아요!"

내가 소리쳤다. 그것은 내가 피비를 변호하기 시작한 전환점이 되었다. 그 여자가 우리를 바보 취급하는 얼굴로 바라보는 것이 싫었다. 피비가 왜 그렇게 불안해하는지 여자에게 이해시키고 싶었다. 여자가 피비의 이야기를 심각하게 받아들여 주기를 바랐다.

"납치건 살인이건 피해자가 누군지 물어봐도 될까?"

여자가 물었다.

"우리 엄마요."

피비가 말했다.

"아, 너희 엄마였구나. 그럼 이리 따라오너라."

여자의 목소리는 화장실이 급한 어린애한테 말하는 것처럼 지나치게 친절하고 부드러웠다.

우리는 여자를 따라 유리 칸막이가 있는 작은 방으로 갔다. 목이 굵고 머리가 크고 어깨가 떡 벌어진 덩치 큰 남자가 책상 앞에 앉아 있었다. 머리는 빨갛고 얼굴은 주근깨투성이였다. 남자는 우리가 들어왔는데도 친절하게 웃지 않았다. 여자가 우리한테 들은 이야기를 들려주자 남자는 한참 동안 우리를 바라보았다.

남자는 자기를 비클 경사라고 소개했다. 피비가 자기 이름을 말한 뒤 모든 것을 다 털어놓았다. 우선 자기 엄마가 사라진 일을 얘기하고 옆집 아주머니가 쪽지를 남긴 일과 그 아주머니에게 남편이 없다는 것, 진달래를 옮겨 심은 것, 그리고 마지막으로 정신병자 일과 집 앞에 놓인 이상한 쪽지들에 대해서도 이야기했다. 그러자 비클 경사가 물었다.

"무슨 쪽지를 말하는 거니?"

피비의 준비는 완벽했다. 피비가 책가방에서 쪽지들을 꺼내 받은 순서대로 책상 위에 늘어놓았다. 비클 경사가 쪽지들을 큰 소리로 읽어 내려갔다.

그의 모카신을 신고 두 개의 달을 걸어 볼 때까지
그 사람에 대해 판단하지 마세요.

누구나 자신만의 일정표가 있다.

인생에서 뭐가 그리 중요한가?

슬픔의 새가 당신의 머리 위를 나는 것은 막을 수 없지만,
당신 머릿속에 둥지를 트는 것은 막을 수 있습니다.

비클 경사는 우리 옆에 앉아 있는 여자를 바라보며 입가를 조금 씰룩거렸다. 그러고는 피비에게 물었다.
"이것들이 왜 네 엄마가 실종된 일과 관련이 있다고 생각하지?"
"저도 몰라요. 그게 바로 경사님이 밝혀 주셨으면 하고 제가 바라는 거예요."
비클 경사가 커데이버 아주머니의 정확한 철자를 물었다.
"시체요. 죽은 사람의 몸 말이에요."
피비가 말했다.

"나도 안다. 그 밖에 또 뭐 보여 주고 싶은 게 있니?"

피비는 책가방에서 정체불명의 머리카락이 담긴 봉투를 꺼내며 말했다.

"이걸 한번 분석해 보세요."

비클 경사는 또다시 여자를 바라보며 입가를 씰룩거렸다. 여자는 안경을 벗어 알을 닦았다.

두 사람 다 우리 얘기를 심각하게 받아들이지 않는 게 분명했다. 내 고집불통 당나귀 기질에 발동이 걸렸다. 나는 피비네 집에 접착테이프로 표시를 해 둔 핏자국이 있다고 말했다.

"하지만 아빠가 테이프를 떼 버리셨어요."

피비가 말했다.

비클 경사가 우리 대화를 중간에 가로막았다.

"너희 둘 다 아주 고맙다. 윈터버텀 양하고…… 넌 이름이 뭐라고 했지?"

"히들이요. 살라망카 히들."

"그래, 윈터버텀 양하고 히들 양. 내가 잠깐 자리를 좀 비웠으면 하는데 괜찮겠지? 여기서 몇 분만 기다리겠니?"

그러고는 여자한테 이렇게 말했다.

"여기 이 두 꼬마 숙녀 분들과 잠시만 같이 있어 줘요."

그래서 우리는 여자와 함께 거기 그렇게 앉아 있었다. 여자가 피비에게 학교와 아빠와 엄마와 언니에 대한 것들을 물어보았다. 여자는 알고 싶은 게 엄청 많았다. 나는 비클 경사가 대체 어디에 갔고 언제 돌아올지 궁금했다. 비클 경사는 한 시간도 넘게 돌아오지 않고 있었다. 비클 경사의 책상에는 사진이 든 액자가 세 개 놓여 있었다. 몸을 굽혀 사진을 보고 싶었지만 여자가 나를 너무 호기심 많은 애로 볼까 봐 그럴 수가 없었다. 피비가 여자에게 안경을 한번 써 봐도 되냐고 물었다. 여자가 피비에게 자기 안경을 건네주었다.

"맙소사, 제가 보는 세상이랑은 아주 딴판이네요."

피비가 말했다.

"그래, 그럴 거다."

여자가 대답했다.

"전 세상을 정상적으로 볼 수 있어서 정말 다행이에요."

피비가 말했다.

마침내 비클 경사가 돌아왔고 그 뒤를 피비의 아빠가 따라 들어왔다. 피비는 크게 안도하는 것 같았다. 하지만 나는 우리가 거기에 있는 동안 피비의 아빠가 경찰서에 온 것이 결코 우연이 아니라는 것을 알았다.

비클 경사가 피비에게 말을 걸었다.

"자, 얘들아, 그만 일어나렴. 아버지가 너랑 히들 양을 집에 데리고 가려고 오셨단다."

"하지만……."

피비가 말했다.

"윈터버텀 씨, 그럼 계속 연락 주시기 바랍니다. 그리고 나중에라도 커데이버 부인에 대해 무슨 하실 말씀이 있으시면……."

"아니요, 아닙니다. 정말 그럴 필요 없습니다. 죄송할 따름입니다."

윈터버텀 씨가 난처한 표정으로 황급히 대답했다.

우리는 윈터버텀 씨를 따라 경찰서를 나왔다. 차를 타고 집에 오는 동안 윈터버텀 씨는 아무 말도 하지 않았다. 나는 윈터버텀 씨가 우리 집에 먼저 들러 나를 내려 줄 거라고 생각했지만 그렇게 하지 않았다. 집에 도착했을 때 윈터버텀 씨가 한 말은 딱 하나였다.

"피비, 난 가서 커데이버 부인과 할 얘기가 있으니 넌 샐과 함께 여기 있어라."

잠시 후 윈터버텀 씨는 커데이버 아주머니도 피비 엄마의 전화에 대해 더 이상 전해 줄 말이 없다는 소식만 안고 집으로 돌아왔다. 피비의 엄마가 한 말이라고는 "난 잘 있다고 조지에게 전해 주세요. 곧 전화하겠다고요. 나도 할 수만 있다면 지금 당장 그이한테 전화하고 싶지만 그럴 수가 없어요."라는 게 전부였다는 것이다.

"그게 다예요?"

피비가 소리쳤다.

"네 엄마가 커데이버 부인에게 너랑 프루던스의 안부도 물었다더라. 커데이버 부인은 너희 둘 다 잘 지내는 것 같다고 말했고."

"전 잘 못 지내요. 커데이버 아주머니가 뭘 알아요? 그 여자가 다 꾸며 내고 있는 거라고요. 아빠가 그 여자에 대해 경찰에 말해야 해요. 그 여자한테 진달래 밑에 뭘 숨겼냐고 물어보시라고요. 그 정신병자가 누군지도 밝혀야 해요. 커데이버 아주머니가 그 남자를 고용했을지도 모른단 말이에요. 아빠가 다……."

"피비, 상상이 지나치구나."

"상상이 아니에요."

"피비……."

"엄마가 날 얼마나 사랑하는데요. 아무 말도 없이 내 곁을 떠날 리가 없다고요!"

순간 피비의 아빠가 울음을 터뜨렸다.

31
침입

"저런, 슬픔의 새들이 대체 몇 마리나 페이비네 가족한테 몰려드는 거냐!"

할아버지가 말했다.

"너 페이비를 아주 좋아하는구나. 그렇지, 살라망카?"

할머니가 물었다.

그랬다. 나는 피비를 정말 좋아했다. 그 애가 늘어놓는 황당무계한 이야기들과 콜레스테롤에 대한 병적인 공포와 신경을 거스르는 잔소리에도 불구하고 피비에게는 사람을 빨아들이는 자석 같은 힘이 있었다. 나는 피비에게 끌렸다. 피비의 이상한 행동 뒤에는 잔뜩 겁에 질린 모습이 감춰져 있는 게 분명했다. 조금 이상한 말이지만, 피비는 또 다른 나였다. 내가 생각만 하는 것을 피비는 행동으로 옮겼다.

피비가 정말로 옆집에 숨어 들어갈 거라고는 생각하지 않았다. 하지만 피비는 잠자리에 들다가 간호복 차림으로 집을 막 나서는 커데이버 아주머니를 보았다. 피비는 자기 아빠가 잠들 때까지 기다렸다가 내게 전화를 했다.

"지금 좀 와 줘. 아주 급한 일이야."

"하지만 피비, 너무 늦었어. 밖은 캄캄하단 말이야."

"급하대도, 샐."

피비는 자기네 옆집 앞에 서 있었다. 집 안은 불이 모두 꺼져 있었다.

"들어가 보자."

피비가 앞장을 섰다.

나는 내키지가 않았다

"피비……."

"쉿! 그냥 잠깐 들여다보려는 거야."

피비는 어느새 베란다 계단을 올라가 현관문 앞에 서 있었다. 피비가 문에 귀를 갖다 대더니 조심스럽게 문을 두 번 두드렸다.

"피비……."

"쉿!"

피비가 손잡이를 돌렸다. 현관문은 잠겨 있지 않았다.

"커데이버 아주머니도 패트리지 할머니도 정신병자 걱정은 할 필요가 없나 봐. 벌써 여기서 무슨 감이 잡히지 않니?"

피비가 속삭였다.

피비가 정말 집 안으로 들어갈 줄은 몰랐다. 하지만 피비는 안으로 들어갔고 나는 피비의 뒤를 따랐다. 우리는 어두운 복도에 서 있었다. 오른쪽 방 창문에서 바깥 가로등 불빛이 희미하게 비쳤다. 우리는 그 방으로 들어갔다.

"샐이니?"

갑작스러운 말소리에 우리는 둘 다 창문으로 뛰어내릴 뻔했다. 나는 고개를 돌려 문 쪽을 바라보았다.

"유령인가 봐."

피비가 말했다.

"이리 오렴."

목소리가 말했다.

눈이 어둠에 적응되자 건너편 의자에 앉아 있는 사람의 형체가 보였다. 지팡이를 보자 비로소 마음이 놓였다.

"패트리지 할머니세요?"

"이리 오너라. 같이 온 사람은 누구니? 피비니?"

"네."

피비의 목소리는 높고 떨렸다.

"난 책을 읽고 있었단다."

패트리지 할머니가 말했다.

"너무 어둡지 않아요?"

내가 물었다. 나는 할머니 쪽으로 다가가다가 탁자에 걸려 넘어질 뻔했다.

패트리지 할머니의 마녀 같은 웃음소리가 방 안에 울려 퍼졌다.

"여긴 항상 어둡단다. 난 빛이 필요 없어. 하지만 원하면 불을 켜려무나."

내가 스탠드를 찾는 동안에 피비는 문 옆에 얼어붙은 듯 서 있었다.

"찾았다! 이제 훨씬 나아요."

내가 말했다.

패트리지 할머니는 크고 푹신한 의자에 앉아 있었다. 자주색 목욕 가운을 입고, 나풀대는 토끼 귀가 달린 분홍색 슬리퍼를 신고 있었다. 손가락은 펼쳐진 책 위에 놓여 있었다.

"그거 점자책이에요? 잠깐 봐도 돼요?"

내가 물었다.

나는 피비에게 가까이 오라고 손짓을 했다. 피비가 나만 혼자 남겨 놓고 도망가 버릴까 봐 조금 겁이 났다.

패트리지 할머니가 내게 책을 넘겨주었다. 나는 눈을 감고 오톨도톨 튀어나온 글자 위로 손가락을 움직였다. 그런 식으로 책을 읽기란 아주 어려울 것 같았다. 점자들의 모양을 '보기' 위해서는 손가락이 눈의 역할을 해야 하기 때문이다.

"우리인 줄 어떻게 아셨어요?"

내가 물었다.

"그냥 안단다. 네 신발은 독특한 소리를 내거든. 네 냄새도 독특하고."

"이 책 제목이 뭐예요? 무슨 내용이에요?"

"『한밤중의 살인』이란다. 추리 소설이지."

피비가 침을 꿀꺽 삼키더니 방 안을 둘러보기 시작했다.

그 집에는 매번 갈 때마다 전에는 못 보던 새로운 물건들이 있었다. 정말 무시무시한 집이었다. 벽 선반은 먼지가 수북하게 쌓인 낡은 책들로 가득했다. 방은 이상한 물건들을 전시해 둔 박물관 같았다. 바닥에는 숲 속의 짐승들이 어지럽게 수놓인 어두운 색의 양탄자가 세 장이나 깔려 있었다. 두 개의 의자 역시 양탄자 못지않게 으스스했고, 소파는 곰 가죽으로 덮여 있었다.

소파 뒤의 벽에는 무섭게 생긴 아프리카 가면이 두 개 걸려 있었는데, 둘 다 비명을 지르는 것처럼 입을 쩍 벌리고 있었다. 박제 다람쥐, 용 모양으로 된 연, 창에 옆구리를 찔린 목각 소 등, 방 전체에는 소름이 오싹 끼치는 물건들이 가득했다.

"세상에, 끔……."

피비가 얼른 말을 고쳤다.

"……신기한 물건들이 참 많네요!"

"마음대로 구경하려무나."

패트리지 할머니가 말했다.

피비는 바닥에 난 자국을 자세히 보려고 무릎을 꿇었다.

"뭐가 있니?"

패트리지 할머니가 물었다.

"아니요. 아무것도 아니에요."

피비가 얼른 일어나며 말했다.

"내가 바닥에 뭘 떨어뜨리기라도 한 거야?"

"아니요. 바닥엔 아무것도 없어요."

피비가 말했다.

소파 뒤에는 엄청 큰 대검이 벽에 기대어 세워져 있었다. 피비가 칼날을 들여다보기 시작했다.

"손 베지 않게 조심해라."

패트리지 할머니가 말했다.

피비가 놀라서 뒤로 흠칫 물러났다. 패트리지 할머니가 피비를 보지도 못하면서 그 애가 무엇을 하는지 다 아는 게 신기하기 짝이 없었다.

"이 방, 정말 굉장스럽지 않니?"

패트리지 할머니가 말했다.

"굉장 '스럽다'고요?"

피비가 되물었다.

"그래! 아주 굉장스럽지. 약간 특이스럽기도 하고."

"특이 '스럽다'고요?"

피비가 또 되물었다.

"피비랑 전 이만 가 봐야겠어요."

우리는 문 쪽으로 뒷걸음쳤다.

"얘들아."

막 복도로 나오려는데 패트리지 할머니가 우리를 불러 세웠다.

"그나저나 무슨 일로 왔던 거니?"

피비와 나는 멀뚱멀뚱 얼굴만 서로 쳐다보았다. 내가 가까스로 입을 열었다.

"그냥 지나가던 길이었는데, 잘 계시는지 보려고 들어온 거예요."

"그거 참 고맙구나."

패트리지 할머니가 무릎을 두드리며 말했다.

"아 참, 피비, 네 오빠를 만났었다."

"전 오빠가 없는데요."

피비가 대답했다.

"아, 그래? 이 정신 나간 늙은이 좀 보게나. 나도 예전 같지 않은가 보다."

패트리지 할머니가 머리를 툭툭 치며 말했다.

우리가 막 집을 나서려는 순간 패트리지 할머니의 목소리가 또 들려왔다.

"여자애들이 너무 늦게까지 돌아다니는구나."

밖으로 나온 피비가 말했다.

"어쨌거나 별다른 의심도 사지 않고 사전 조사를 할 수 있었어. 이제 경찰이 뭘 더 조사해야 하는지 목록을 만들어야겠어. 칼이랑 바닥의 얼룩, 내가 주워 온 머리카락들……."

"피비, 너 네가 전에 한 말 기억하니? 너희 엄마는 아무 말도 없이 떠날 사람이 아니라고 했던 말. 난 너희 엄마가 그럴 수도 있다고 생각해. 사람은 누구나 그럴 수 있어. 엄마도 사람이니까."

"우리 엄마는 아니야. 엄마가 날 얼마나 사랑하는데."

"그래. 하지만 널 사랑하면서도 동시에 이유를 설명하지 못할 수도 있어. 설명하자니 너무 마음이 아파서. 그리고 왠지 영원한 이별이라는 기분이 들어서 말이야."

나는 엄마가 내게 남긴 편지를 떠올렸다.

"난 네가 도대체 무슨 말을 하고 있는지 모르겠어."

"너희 엄마는 안 돌아오실지도 몰라, 피비."

"닥쳐, 샐."

"정말이야. 난 네가 마음의 준비를 해야 할 것 같아서 그러는 거야."

"엄마는 돌아올 거야. 넌 네가 지금 무슨 말을 하는지도 몰라. 넌 아주 나쁜 애야."

피비는 자기 집으로 뛰어 들어갔다.

나는 집으로 와 침대 속으로 기어 들어갔다. 언젠가 밤에 아빠가 했던 말이 생각났다.

"엄마는 이제 돌아오지 않을 거야."

아빠는 그 말을 그렇게 직설적으로 했었다.

"엄마는 반드시 돌아올 거예요."

"아니, 오지 않는단다."

아빠와 나는 끊임없이 실랑이를 벌였다. 나는 꼭 피비 같았다. 사실을 믿고 싶지 않았다.

피비는 전날 자기 방에서 엄마가 만든 생일 카드, 엄마랑 같이 찍은 사진, 라벤더 비누 등 엄마의 추억이 담긴 물건들을 내게 보여 주었다. 옷장에서 블라우스를 꺼내며, 다림대 앞에 서서 블라우스를 매만지던 엄마의 모습이 눈에 선하다고 말했다.

"엄마는 언젠가 이런 말을 했어. '세상에서 다림질을 즐기는 사람은 아마 나밖에 없을 거야.'라고."

피비의 침대 반대편 벽은 보라색으로 칠해져 있었다.

"엄마가 작년 여름에 칠해 준 거야. 나는 바닥에 댄 나무를 칠하고 엄마는 벽을 칠했지."

피비가 지금 무엇을 하고 있는지, 왜 그런 행동을 하는지 나는 정확히 알고 있었다. 나 역시 엄마가 떠났을 때 꼭 그랬기 때문이다. 아빠의 말처럼 엄마의 자취는 집, 들판, 헛간 할 것 없이 바이뱅크스 어디에나 남아 있었다. 어떤 사소한 것이든 엄마 생각이 나지 않는 것은 없었다.

유클리드로 와서 가장 먼저 한 일은 엄마가 준 선물들을 챙기는 거였다. 다섯 살 생일 때 준 빨간 닭 포스터와 작년 생일에 준 헛간 그림은 벽에 붙였고, 엄마의 사진과 카드들은 책상에 세워 두었다. 그리고 책장은 엄마가 사 준 책들과 목각 동물 인형들로 채웠다.

가끔씩 방 안에서 엄마가 사 준 물건들을 돌아보며 그것을 받던 날의 분위기가 정확히 어땠는지 기억하려고 애썼다. 날씨는 어땠고, 우리가 있던 방은 어땠고, 엄마는 무슨 옷을 입고 있었고, 엄마가 무슨 말을 어떻게 했는지를 떠올렸다. 그것은 놀이가 아니었다. 그것은 반드시 하지 않으면 안 되는 아주 중요한 일이었다. 내가 그 일을 그만두면, 그 추억들을 더 이상 떠올리지 않으면, 엄마는 영영 사라져 버릴지도 몰랐다. 아예 존재하지도 않았던 사람이 되어 버릴지도 몰랐다.

나는 내 옷장에 엄마의 물건 세 개를 간직하고 있었다. 엄마가 떠난 뒤 엄마의 옷장에서 가져온 것들이었다. 술이 달린 빨간 숄과 파란 스웨터와 엄마 옷 중에서 내가 가장 좋아하던 노란 꽃무늬 면 원피스였다. 거기서는 엄마 냄새가 났다.

엄마는 떠나기 전에 이런 말을 했었다.

"샐, 뭔가 바라는 일이 있으면 그 일이 일어난 상황을 머릿속에서 자꾸 그려 보렴. 그러면 그 일이 정말 일어날 수도 있거든. 예를 들어서 네가 지금 곧 달리기 경주를 한다고 치자꾸나. 그럼 네가 일등으로 결승점에 들어가는 모습을 자꾸 상상해 보는 거야. 빨리, 빨리, 점점 더 빨리! 그러면 경주에서 정말로 일등을 할 수도 있단다."

엄마의 말을 들으면서, 사람들이 다 자기가 경주에서 일등을 하는 상상을 하면 대체 어떻게 되는 걸까 싶었다.

하지만 엄마가 떠나 버리자 나는 쉬지 않고 엄마 말대로 했다. 엄마가 전화 수화기를 들어 올리고, 번호를 누르고, 통화가 연결되고, 우리 집 전화기가 '따르릉' 하고 울리는 모습을 열심히 상상했다.

하지만 전화는 울리지 않았다.

엄마가 버스를 타고 바이뱅크스로 돌아오는 모습을 상상했다. 엄마가 앞마당으로 들어와 현관문을 여는 모습을 상상했다.

하지만 그런 일 역시 일어나지 않았다.

피비와 함께 커데이버 아주머니네 집에 몰래 들어갔던 그날 저녁, 이런 생각을 하다 말고 갑자기 벤이 생각났다. 메리 루네 집으로 뛰어가서 벤에게 너희 엄마는 어디에 있는 거냐고 다그치며 묻고 싶었다. 하지만 너무 늦은 시간이었다. 핀니 씨네 가족들은 모두 자고 있을 게 분명했다.

대신 침대에 누워 나그네에 대한 시를 생각했다. 조수가 밀려왔다 밀려가는 모습이 눈에 선했다. 그 잔인한, 작고 하얀 손들이 나그네를 낚아채는 것도 보였다. 나그네가 죽는 것이 어떻게 평범한 일일 수 있을까? 그리고 어떻게 평범하면서 동시에 끔찍한 일일 수 있을까?

밤을 꼬박 샜다. 눈을 감으면 조수와 하얀 손들이 보일 것 같았다. 윈터버텀 씨가 울던 모습이 생각났다. 그것은 가장 슬픈 광경이었다. 아빠가 울 때보다 더 슬펐다. 아빠는 마음이 굉장히 아플 때는 울 수도 있는 사람이지만 윈터버텀 씨가, 그 뻣뻣한 윈터버텀 씨가 울 거라고는 절대 상상할 수 없었기 때문이다. 나는 비로소 윈터버텀 씨도 자기 부인을 사랑한다는 사실을 깨달았다.

동이 트자마자 피비에게 전화를 걸었다.

"피비, 너희 엄마를 찾아야 해."

"그게 지금까지 내가 한 말이야."

피비가 말했다.

32
사진

다음 날은 패트리지 할머니의 말마따나 정말 특이 '스러운' 하루였다.

피비가 그날 아침 베란다에서 발견한 또 다른 쪽지를 들고 학교에 왔다. 거기에는 이렇게 씌어 있었다.

우물이 말라 봐야 비로소 물의 소중함을 안다.

피비가 말했다.
"이게 단서인 것 같아. 엄마를 우물에 가뒀나 봐."
나는 사물함 앞에 있는 벤을 보고 곧장 그쪽으로 걸어갔다. 자몽 향기가 은은하게 풍겨 왔다. 벤은 교실로 들어가는 피비를 바라보며 물었다.

"쟤는 저 낡아 빠진 스웨터를 언제까지 저렇게 만날 입고 다닐 거라니?"

"낡긴 뭐가 낡았다고 그래? 저건 피비의 엄마 거란 말이야. 엄마 얘기가 나온 김에 말인데, 나 궁금한 게 하나 있어……."

내가 벤의 엄마에 대해 어떻게 물으면 좋을까 궁리하고 있는 동안 벤이 화제를 돌려 버렸다.

"샐, 네 얼굴에 뭐가 묻었어."

벤은 팔을 뻗어 부드럽고 따뜻한 손가락으로 내 뺨을 문지르며 말했다.

"아침 먹다 그랬나 보구나."

나는 무슨 정신으로 그랬는지 벤에게 입을 맞추려고 몸을 앞으로 숙였다. 하지만 바로 그 순간 벤이 사물함 문을 닫으려고 돌아서는 바람에 입술이 차가운 금속 사물함에 닿고 말았다.

"샐, 너 오늘 좀 이상해."

벤이 교실로 들어가며 말했다.

입맞춤은 내가 생각했던 것보다 훨씬 더 복잡한 것이었다. 입맞춤이 제대로 되려면 상황이 잘 맞아떨어져야 한다. 두 사람이 같은 시간에 같은 장소에 있어야 하고, 입술이 원하는 장소에 제대로 가 닿을 수 있도록 두 사람 다 차분히 있어야 하는 것이다. 솔직히 내 입술이 차가운 금속 사물함에 가 닿아서 다행이라고 생각했다. 진짜 벤의 입술에 가 닿았다면 어땠을지 상상조차 할 수 없었다. 생각만 해도 온몸이 떨렸다.

더 이상 입술에 대한 통제력을 잃지 않고 수업을 받았다. 그날 역시 여느 때처럼 평범한 하루로 끝나는 듯 보였다. 적어도 영어 수업이 시작되기 전까지는 그랬다. 버크웨이 선생님이 우리들 일기장을 들고 경쾌한 걸음걸이로 들어왔다. 나는 일기장을 까맣게 잊어버리고 있었다.

"정말 굉장하더라! 믿을 수 없을 정도였어! 멋져, 너무나 멋진 글들이었어!"

버크웨이 선생님이 교실을 뛰어다니며 감탄을 토해 냈다. 그러면서 우리에게 일기를 읽어 주고 싶어 안달이 났다고 말했다.

메리 루가 소리쳤다.

"일기를 읽어 주신다고요?"

"그래. 하지만 걱정 마렴. 다들 멋진 글을 참 많이도 썼더구나. 그래서 아직 다 읽지는 못했어. 하지만 지금까지 읽은 것만도 어찌나 감동스럽던지 그중 몇 구절만이라도 오늘 당장 읽어 주고 싶은 거야."

아이들이 아우성을 쳤다. 나는 내가 무슨 이야기를 썼는지 기억해 내려고 애썼다. 메리 루가 내 쪽으로 허리를 굽히며 속삭였다.

"난 걱정 없어. 일기장 앞에다 내 건 들여다보지도 마시라고 특별히 부탁을 해 놨거든. 내 일기는 아주 사적인 거야."

버크웨이 선생님이 긴장한 아이들의 얼굴을 둘러보며 미소를 지었다.

"얘들아, 정말 걱정할 필요 없단다. 일기장에 적힌 이름들은 다 바꿔서 읽을 거야. 그리고 너희들 중에 자기 생각이나 경험을 공개하고 싶지 않은 사람들이 있을 것에 대비해서 여기 이 노란 종이로 내가 읽을 일기장 표지를 가릴 거야. 누구 일기장인지 못 보게 말이야."

벤이 화장실에 가도 되냐고 물었다. 크리스티는 아파서 양호실에 가고 싶다고 말했고, 피비는 열이 나는 것 같다며 나더러 자기 이마를 좀 짚어 봐 달라고 부탁했다. 버크웨이 선생님이 또다시 교실을 둘러보았다. 화장실이나 양호실에 가고 싶은 학생이 있을 때 버크웨이 선생님은 대개 그렇게 하라고 허락해 주는 편이었다. 하지만 이번에는 선생님의 입에서 다른 말이 튀어나왔다.

"꾀병 부리지 마라, 애들아!"

선생님은 일기장 하나를 집더니 우리가 누구 일기장인지 알아보지 못하게 얼른 노란 종이로 표지를 가려 버렸다. 아이들 모두 숨을 깊이 들이마셨다. 이제 곧 버크웨이 선생님이 사형당할 사람을 발표하기라도 할 것처럼 다들 긴장한 모습으로 가만히 앉아 있었다. 버크웨이 선생님이 일기장을 읽기 시작했다.

베티는 (이것은 선생님이 바꾼 이름이다. 우리 학교에는 베티라는 애가 아예 없다.) 허구한 날 하느님의 이름을 욕되게 한다. 그 애는 오 초가 멀다고 '하느님 맙소사!'라고 외쳐 댄다. 지옥에 떨어질 게 틀림없다.

메리 루의 얼굴이 새빨개졌다.
"누가 쓴 거야? 크리스티, 너니? 너지, 그렇지?"
크리스티가 눈을 책상으로 깔았다.
"내가 언제 오 초마다 '하느님 맙소사!'라고 했니? 난 그런 적 없어. 지옥에도 안 갈 거라고!"
버크웨이 선생님이 끼어들었다.

"자자, 애들아, 내 말 좀……."

"'전지전능한 신이시여!' 그게 내가 하는 말이야. 난 '전지전능한 신이시여!' 아니면 '대단하구나!'라고 한다고."

버크웨이 선생님은 그 구절이 왜 마음에 들었는지 설명하려고 애를 썼다. 많은 사람들이 남의 행동을 보고 "하느님 맙소사!" 같은 말을 쉽게 하는데 그때 상대방의 자존심을 해칠 수도 있다는 사실을 모르고 있다는 것이다. 메리 루가 다시 내 쪽으로 몸을 굽히며 말했다.

"선생님이 지금 진담으로 저러시는 거니? 난 그런 말은 하지도 않지만 만에 하나 내가 '하느님 맙소사!' 한다고 해도, 저 새대가리 크리스티가 그런 말에 자존심이 상할 거라는 거야? 선생님은 정말, 꼭, 진짜 그렇게 믿고 계신 거야? 오오, 전지전능한 신이시여!"

크리스티는 마치 하느님이 몸소 하늘에서 내려와 자기 책상에 앉아 있기라도 한 것처럼 경건한 표정을 짓고 있었다.

버크웨이 선생님이 재빨리 다른 일기장을 꺼내들더니 펼쳐서 읽기 시작했다.

    린다는 (우리 반에는 린다라는 아이도 없다.) 나랑 가장 친한 친구다. 나는 그 애에게 모든 것을 말하고, 그 애는 내게 모든 것을 말한다. 내가 알고 싶지도 않은 것들까지 말이다. 아침으로 뭘 먹었고, 자기 아빠가 잠옷으로 뭘 입는지, 새 스웨터가 얼마였는지 등등. 간혹 그런 이야기들은 정말 재미가 없다.

버크웨이 선생님은 이 구절이 가장 친한 친구라도 가끔씩 사람을 미치게 하는 경우가 있다는 것을 보여 준다며, 그래서 자기 마음에 들었다고 했다. 베스 앤은 선생님이 일기를 읽는 동안 아예 뒤를 돌아보고 앉아 메리 루를 계속해서 흘겨보았다.

버크웨이 선생님이 같은 일기장에서 다른 쪽을 펼쳤다.

제레미아는 (우리 학교를 통틀어 제레미아라는 아이는 없다.) 아무래도 바보 같다, …… 얼굴은 늘 분홍색이 감돌고 …… 머리는 깨끗하고 윤기가 나지만 …… 그래도 그는 머저리가 틀림없다.

나는 메리 루가 의자에서 굴러떨어지는 줄 알았다. 알렉스의 분홍색 얼굴은 빨갛게 달아올라 있었다. 알렉스가 메리 루를 뚫어져라 쳐다보았다. 메리 루가 방금 자기 가슴에 시뻘겋게 달군 말뚝을 박아 넣기라도 한 것 같은 표정이었다. 메리 루가 변명했다.

"아니야······. 난······ 그게 아니고, 네가 생각하는 그런 게 아니야. 난······."

"머저리가 뭔데?"

미사코가 아이들에게 스무 번도 넘게 물었다.

버크웨이 선생님은 그 구절이 감정의 갈등을 보여 주고 있기 때문에 멋지다고 말했다.

"정말 그런 것 같군."

알렉스가 말했다.

종소리가 울렸다. 자기 일기장이 읽히지 않은 아이들 사이에서 안도의 한숨 소리가 터져 나왔고, 곧 끊이지 않는 수다가 이어졌다.

"야, 메리 루, 알렉스 얼굴 좀 봐. 분홍색이야."

"이봐, 메리 루, 베스 앤네 아빠가 주무실 때 뭘 입으셨다던?"

베스 앤이 메리 루한테 얼굴을 바싹 들이대며 따졌다.

"내가 언제 주절거렸니? 네가 말하는 것도 썩 재미있지는 않아. 그리고 난 모든 것을 다 말하지도 않는다고. 네가 기억할지는 모르겠다만 우리 아빠가 뭘 입고 주무시는지를 말했던 건 우리가 마침 남자 수영복이 여자 것보다 훨씬 편하다는 얘기를 하고 있었기 때문……."

베스 앤은 한도 끝도 없이 주절거렸다.

메리 루는 교실 한쪽 구석에 서 있는 알렉스에게 가려고 했다. 알렉스의 얼굴은 그 어느 때보다도 짙은 분홍색을 띠고 있었다.

"알렉스, 기다려! 내가 그걸 쓴 건 훨씬 전이었어. 우리가……. 알렉스, 제발 기다려 줘!"

메리 루가 소리쳤다.

교실은 혼돈 그 자체였다. 그곳을 빠져나온 게 여간 기쁘지 않았다. 피비와 나는 다시 경찰서로 갔다.

이번에는 오래 걸리지 않았다. 우리는 곧장 비클 경사에게 안내되었고 피비가 그날 새로 받은 쪽지를 책상 위에 펼쳐 보였다. 거기에 곁들여서 커데이버 부인의 집에서 주운 머리카락과 '추가 조사 대상 목록'이라고 적힌 쪽지도 차례차례 올려놓았다.

비클 경사가 이마를 찌푸렸다.

"너희들 아직도 이해를 하지 못한 모양이구나. 이것들 도로 가지고 가려무나. 이럴 시간이 있으면 동네를 한 바퀴 뛰든지,

테니스를 치든지 건강에 좋은 걸 하렴."

피비가 벌컥 화를 냈다.

"경사님은 바보예요!"

피비는 쪽지와 머리카락과 자기가 적은 목록을 집어 들고 비클 경사의 사무실을 뛰쳐나갔다.

비클 경사가 나를 흘끗 보더니 피비의 뒤를 쫓아갔다. 나는 비클 경사가 피비를 달래서 데리고 와 줄 거라고 생각하며 지난번에 보지 못했던 그의 책상에 놓인 사진들을 바라보았다. 하나는 비클 경사와 상냥해 보이는 여자의 사진이었다. 부인인 것 같았다. 다른 사진은 반짝반짝 빛나는 검은 승용차 사진이었고, 나머지 하나는 비클 경사와 부인 그리고 아들인 듯한 젊은이의 사진이었다. 나는 몸을 숙여 그 사진을 자세히 들여다보았다.

그 아들은 내가 아는 사람이었다.

바로 그 정신병자였다.

33
닭고기 입맞춤, 블랙베리 입맞춤

할아버지는 집에 불이라도 난 사람처럼 와이오밍 주를 빠르게 통과했다. 길은 뱀처럼 구불구불하게 나 있었다. 도로변의 나무들이 서로에게 가지를 기대며 '빨리, 빨리, 빨리.'라고 속삭이고 있었다. 강 옆으로 난 길을 지날 때는 '서둘러, 서둘러, 서둘러.'라고 강물이 나를 내몰았다.

옐로스톤에 도착한 것은 오후 늦게였다. 따라서 그날 저녁에는 온천밖에 구경하지 못했다. 우리는 부글부글 끓어오르는 물 위에 가로놓인 널빤지 위로 걸어 다녔다.

"좋구나, 좋아!"

할머니가 외쳤다.

우리는 올드페이스풀 여관의 방갈로에 묵었다. 할머니가

그렇게 흥분한 모습은 처음이었다. 할머니는 날이 밝기를 기다리는 것조차 힘든 것 같았다.

"곧 올드페이스풀을 보는구나."

할머니는 한 말을 하고 또 했다.

"오래 있지는 않을 거죠?"

내가 물었다. 할머니가 그렇게 기뻐하는 것에 아랑곳하지 않고 갈 길을 재촉해 대는 내 자신이 못된 노새처럼 느껴졌다.

"걱정 마라, 살라망카. 그 유명한 올드페이스풀이 물을 뿜어내는 것만 보고 바로 떠날 거야."

할머니가 말했다.

나는 제발 엄마 생일 전에 무사히 루이스턴에 도착해 엄마를 데리고 집으로 돌아갈 수 있게 해 달라고 밤새 창밖의 느릅나무에게 기도했다. 하지만 그것이 잘못된 기도였다는 것은 나중에야 깨달았다.

그날 밤 할머니는 너무 흥분한 나머지 잠을 이루지 못하고, 온갖 이야기들을 두서없이 늘어놓았다. 할머니가 할아버지에게 물었다.

"당신, 우리 침대 매트리스 밑에 있던 달걀 장수의 편지가 생각나요? 당신이 찾아냈잖아요?"

"암, 기억하고말고. 그것 때문에 당신이랑 엄청 싸웠지. 당신은 그게 왜 거기 있는지 모르겠다며, 달걀 장수가 우리 방에 들어와 놓고 간 것 같다고 했지."

"사실은 내가 일부러 거기다 갖다 놓은 거였어요."

할머니가 말했다.

"알고 있었어. 내가 뭐 그렇게 눈치가 없는 사람인 줄 알아?"

"그건 내가 받아 본 유일한 연애편지였어요. 당신은 나한테 연애편지를 보낸 적이 없었잖아요."

"그럼 진작 연애편지를 받고 싶단 말을 하지그랬어?"

그러자 할머니가 나를 바라보며 말했다.

"네 할아버지는 그 연애편지 때문에 달걀 장수를 거의 죽일 뻔했단다."

"말도 안 되는 소리! 그치는 죽이고 자시고 할 위인도 못 됐어."

할아버지가 콧방귀를 끼었다.

"그랬을지도 모르죠. 하지만 글로리아는 달랐을 테죠?"

"그야 물론이지."

할아버지는 가슴에 손을 얹더니 그리워 죽겠다는 시늉을 해 대며 글로리아의 이름을 외쳤다.

"아, 글로리아!"

"아이고, 그만해요."

할머니가 할아버지에게 핀잔을 주더니 내 쪽으로 돌아누우며 물었다.

"샐, 페이비 얘기나 좀 더 해 보렴. 하지만 이야기를 너무 슬프게 몰고 가면 안 된다. 대체 그 정신병자는 어떻게 된 거니?"

할머니가 가슴 위로 두 손을 모으며 어린애처럼 보챘다.

비클 경사의 책상에서 정신병자의 사진을 본 나는 미친 듯이 경찰서를 뛰쳐나왔다. 그리고 주차장에 서 있는 비클 경사 옆을 그대로 지나쳐 버렸다. 피비의 모습은 어디에도 보이지 않았다. 피비의 집까지 쉬지 않고 달렸다. 커데이버 아주머니의 집 앞을 지날 때 베란다에 있던 패트리지 할머니가 나를 불러 잠시 멈춰 서지 않을 수 없었다.

"어디 가세요? 옷을 잘 차려입으셨네요."

"그래. 다 준비스럽단다."

"외출 준비가 다 끝났단 말씀이시죠?"

"그래. 더 이상 준비스러울 순 없지."

패트리지 할머니가 코브라 머리가 달린 지팡이를 흔들며

비틀비틀 베란다 계단을 내려왔다.

"걸어가시는 거예요?"

패트리지 할머니가 손을 뻗어 다리를 만지며 말했다.

"이렇게, 이렇게 다리를 움직이면 그걸 걸어간다고 하는 거 아니니?"

"아니요, 제 말은 그게 아니고요, 지금 가시는 곳까지 걸어서 가실 거냐고요?"

"아, 아니다. 이 다리를 해 가지고 거기까지 가기엔 너무 멀어. 지미가 날 데리러 오기로 했다. 곧 올 거야."

패트리지 할머니는 계속해서 앞마당을 걸어 나갔다. 할머니가 넘어지지 않는 것이 신기했다. 지팡이를 사용하지 않고서도 한 걸음 한 걸음 자신 있게 내디뎠다. 그때 차 한 대가 집 앞에 와서 멈춰 섰다.

"지미가 왔구나."

패트리지 할머니가 운전자를 향해 소리쳤다.

"얘야, 난 다 준비스럽단다. 내가 그럴 거라고 했지? 자, 어서 가자!"

차에서 내린 운전자가 나를 보더니 소리쳤다.

"샐? 네가 옆집에 사는 줄은 몰랐구나."

그 사람은 다름 아닌 버크웨이 선생님이었다.

"전 여기 안 살아요. 여긴 피비가 살아요."

"아, 그래?"

버크웨이 선생님이 차 문을 열더니 패트리지 할머니에게 말했다.

"자, 이쪽으로요, 엄마. 어서 가야죠."

"엄마라고요?"

나는 놀라서 패트리지 할머니를 바라보았다.

"우리 선생님이 할머니 아들이라고요? 할머니가 선생님의 엄마라고요?"

"그래, 얘가 내 아들, 지미란다."

패트리지 할머니가 말했다.

"하지만 선생님 성은 버크웨인데……."

패트리지 할머니가 말했다.

"나도 한때는 성이 버크웨이였단다. 나중에 패트리지로 바뀌었지. 지금도 패트리지고."

"그럼 커데이버 아주머니는요?"

"걘 내 딸 마거릿이지. 개도 마거릿 버크웨이였어. 지금은 커데이버지만."

나는 버크웨이 선생님을 바라보며 물었다.

"그럼 커데이버 아주머니랑 선생님이랑 남매예요?"

"우린 쌍둥이란다."

버크웨이 선생님이 말했다.

"둘이 아주 똑같지."

패트리지 할머니가 말했다.

두 사람이 차를 타고 사라지자 나는 피비네 현관문을 두드렸다. 몇 번을 두드렸지만 아무도 나오지 않았다. 집으로 가 피비에게 전화를 해 댔지만 역시 아무도 전화를 받지 않았다.

다음 날 학교에서 피비를 보자 마음이 놓였다.

"어제 어디 갔었니? 너한테 전화를 얼마나 많이 했는지 몰라. 할 말이 있었……"

"어제 일에 대해선 더 이상 말하고 싶지 않아."

피비가 나를 돌아보며 말했다.

"하지만 피비……."

"더 이상 말하고 싶지 않대도."

피비가 왜 그러는지 도무지 알 수 없었다. 그날은 하루 종일 아주 끔찍했다. 수학과 과학 시험이 있었고, 불어 선생님은 우리가 제출한 숙제가 형편없다며 수업 시간 내내 잔소리를 늘어놓았다. 점심시간이 되었지만 피비는 나를 본 척도 하지 않았다. 그리고 영어 수업 시간이 되었다.

버크웨이 선생님이 교실로 뛰어 들어왔다. 아이들은 버크웨이 선생님이 또다시 일기장을 읽을까 봐 손가락을 깨물고, 다리를 떨고, 몸을 비비 꼬고, 배가 아프다면서 불안해했다. 나는 버크웨이 선생님을 뚫어져라 바라보았다. 선생님과 커데이버 아주머니가 쌍둥이라니? 그게 과연 가능한 일일까? 무엇보다도 가장 실망스러운 것은 선생님이 커데이버 아주머니와 결혼해서 멀리멀리 떠날 가능성이 사라져 버렸다는 거였다.

버크웨이 선생님이 캐비닛을 열더니 일기장들을 꺼냈다. 그리고 그중 하나를 골라 노란 종이로 표지를 가리고 읽기 시작했다.

바로 그 점이 내가 제인을 (물론 제인이라는 아이는 우리 반에 없다.) 좋아하는 이유다. 제인은 똑똑하지만, 잘난 체하지 않는다. 제인은 귀엽고, 좋은 향기가 난다. 제인은 정말 귀엽다. 나는 그 애를 보기만 해도 저절로 웃음이 난다. 제인은 귀엽고, 친절하다. 그리고 …… 제인이 귀엽다는 말을 내가 썼던가?

버크웨이 선생님이 일기를 읽는 동안 나는 팔이 따끔따끔 저려 왔다. 혹시 벤이 나에 대해 쓴 것은 아닐까 하는 생각이 들었다. 하지만 곧 벤이 일기를 쓸 때에는 나를 알지도 못했다는 생각이 들었다. 교실에서 웅성거림이 일면서 아이들이 자세를 바로잡았다. 크리스티의 얼굴에 미소가 번졌다. 미건도 웃음을 띠었고, 베스 앤도 메리 루도 모두 빙그레 웃고 있었다. 아니 우리 반 여자애들은 하나같이 미소 짓고 있었다. 다들 자기를 두고 한 말이라고 생각하는 것 같았다.

조심스럽게 남자애들을 둘러보았다. 알렉스는 무관심한 표정으로 버크웨이 선생님만 바라보았고, 시게루는 맨 뒷줄에서 졸고 있었고, 나머지 애들은 낙서를 하고 있었다. 벤에게 시선을 돌렸더니 벤은 두 손으로 귀를 막고 책상을 내려다보고 있었다. 따끔거리는 느낌이 목까지 올라갔다가 척추를 타고 내려왔다. 정말로 벤의 일기였던 것이다. 하지만 그것은 나에 대한 글이 아니었다.

"아, 사랑이여! 아아, 인생이여!"

버크웨이 선생님은 한숨을 내쉬더니 또 다른 일기장을 꺼내 읽기 시작했다.

제인은 남자애들에 대해 가장 기본적인 것도 모른다. 한번은 그 애가 나한테 입맞춤이 무슨 맛이냐고 물었다. 아직 한 번도 입맞춤을 안 해 봤다는 증거다. 내가 장난으로 닭고기 맛이라고 하자 그 애는 순진하게도 내 말을 그냥 믿어 버렸다. 제인은 정말 바보 같을 때가 있다.

메리 루가 펄쩍 뛰어오르며 베스 앤을 향해 씩씩거렸다.
"야, 너! 양배추 머리, 새대가리!"
베스 앤은 손가락으로 애꿎은 자기 머리카락만 말아 댔다.
메리 루가 자리에서 일어섰다.
"난 네가 한 말 안 믿었어. 나도 그게 무슨 맛인지쯤은 안단 말이야. 그건 닭고기 맛이 아니라고."
버크웨이 선생님이 놀란 표정으로 폭발한 메리 루를 바라보았다.
벤은 만화를 그렸다. 두 사람이 입을 맞추고 있는 모습이었는데, 머리 위에 그려진 말풍선 안에는 닭이 '꼬오 꼬꼬꼬, 꼬꼬댁 꼬꼬.' 하고 울고 있었다.
버크웨이 선생님은 같은 일기장에서 다른 쪽을 펼쳐 계속 읽었다.

모든 것이 다 싫다. 글을 쓰는 것도 싫고, 책을 읽는 것도 싫고, 일기장도 싫다. 그리고 특히 영어 시간이 싫다. 영어 선생들은 수업 시간 내내 바보 같은 상징 이야기만 한다. 눈 쌓인 숲이 나오는 바보 같은 시도 싫고, 아이들이 숲은 죽음을 상징한다느니, 미를 상징한다느니, 성을 상징한다느니 떠들어 대는 것도 싫다. 정말 싫다. 숲은 그냥 숲인 것이다.

그러자 베스 앤이 벌떡 일어나더니 반항적인 태도로 교실을 둘러보며 소리쳤다.

"선생님, 전 이런 게 정말 싫어요. 학교도 싫고, 책도 싫고, 영어도, 상징도 다 싫어요. 그리고 특히 그 바보 같은 일기장이 제일 싫어요."

교실이 갑자기 조용해졌다. 버크웨이 선생님은 베스 앤을 물끄러미 바라보았다. 일 분, 이 분……. 나는 커데이버 아주머니를 생각했다. 잠시나마 버크웨이 선생님의 눈이 아주머니 눈과 똑같아 보였다. 선생님이 베스 앤의 목을 조를까 봐 겁이 났다. 하지만 선생님은 빙그레 미소를 띠었고, 소처럼 커다란 눈은 다시 부드러워졌다. 베스 앤은 선생님한테 최면이라도 당했는지 그냥 조용히 자리에 앉고 말았다. 버크웨이 선생님이 입을 열었다.

"베스 앤, 네 기분 잘 안다. 정말이야. 네 글은 아주 마음에 와 닿는구나. 정말 좋아."

"정말이세요?"

베스 앤이 물었다.

"그래. 정말 솔직한 글이야."

그건 그랬다. 그 누구도 베스 앤보다 더 솔직하게 영어 선생님의 얼굴에 대고 자기는 상징 나부랭이도 싫고, 영어도 싫고, 일기장도 싫다는 말을 할 수는 없었다.

버크웨이 선생님이 말했다.

"나도 꼭 너 같았단다."

"정말이세요?"

"그래. 나도 상징이 대체 뭐 그리 중요하다고 호들갑을 떨어 대는지 이해할 수가 없었어."

선생님은 책상을 뒤지기 시작했다.

"너희들한테 보여 주고 싶은 게 하나 있다."

선생님은 서랍에서 온갖 잡동사니들을 꺼내 여기저기 늘어놓더니 마침내 그림 한 장을 꺼내 들었다.

"아, 여기 있구나!"

선생님은 벤의 얼굴에 그림을 갖다 대며 물었다.

"벤, 이게 뭐 같니?"

"당연히 꽃병이죠."

벤이 대답했다.

버크웨이 선생님이 이번에는 베스 앤에게 그림을 보여 주었다. 베스 앤은 금방이라도 울음을 터뜨릴 것 같은 얼굴을 하고 있었다. 버크웨이 선생님이 물었다.

"베스 앤, 넌 뭐가 보이니?"

베스 앤의 눈에서 작은 눈물 방울이 볼을 타고 흘러내렸다.

"자자, 괜찮아, 베스 앤. 널 혼내려고 그러는 게 아니야. 넌 뭐가 보이지?"

"전 꽃병은 안 보여요. 두 사람이 서로 마주 보고 있는데요."

"그래, 바로 그거야. 잘했다!"

버크웨이 선생님이 외쳤다.

"제가 맞혔어요? 정말 잘한 거예요?"

베스 앤이 되물었다.

벤은 어리둥절했다.

"뭐? 사람이라고?"

나도 벤과 생각이 같았다. 그것은 꽃병 그림이었다. 사람 얼굴은 어디에도 없었다.

버크웨이 선생님이 벤에게 말했다.

"벤, 네 말도 옳단다. 너도 잘했어!"

그러고는 교실을 둘러보며 이렇게 물었다.

"자, 이 그림이 꽃병이라고 생각한 사람?"

반 정도 되는 아이들이 손을 들었다.

"그럼 마주 보고 있는 두 사람이라고 생각한 사람?"

나머지 반 정도 되는 아이들이 손을 들었다.

버크웨이 선생님이 아이들에게 두 가지 그림을 다 볼 수 있는 방법을 설명하기 시작했다. 시선을 가운데 하얀 부분에 맞추면 그것은 분명히 꽃병이었다. 하지만 양쪽에 있는 검은 부분만 보면 그것은 두 사람의 옆얼굴이었다. 하얀 꽃병의 테두리가 마주보고 있는 두 사람의 얼굴 윤곽이었다.(루빈의 꽃병과 얼굴 착시 현상. 346쪽 참조.―옮긴이)

"와!"

"굉장한데!"

"멋지다."

"재밌어."

아이들 사이에서 갖가지 함성이 터져 나왔다. 시계루와 미사코는 "정말 그러네. 정말 그래." 하며 손으로 입을 가리고 킥킥댔다.

버크웨이 선생님이 상징이란 꼭 그 그림 같은 거라고 설명했다.

"화가는 꽃병만 그릴 생각이었는지도 모르지. 그리고 실제 어떤 사람들은 꽃병만 보았고. 그것도 좋아. 하지만 이게 얼굴 그림이라고 보는 사람들도 있어. 그래서 뭐가 어떻다는 거지? 얼굴이 보이는 사람한테는 이건 얼굴 그림인 거야. 그리고 더 좋은 건 두 개를 다 보는 거고."

베스 앤이 물었다.

"같은 값에 그림이 두 개라서요?"

버크웨이 선생님이 말을 이었다.

"두 가지 가능성을 다 발견한다는 것이 멋지지 않니? 눈 덮인 숲이 죽음도 될 수 있고, 미도 될 수 있고, 또 어쩌면 성도 될 수 있다는 게 말이야. 오, 문학이여!"

"선생님이 지금 막 성이라고 하셨니?"

꽃병과 얼굴 그림을 자기 공책에 베끼고 있던 벤이 물었다.

나는 그것으로 그날 버크웨이 선생님의 일기 읽기는 끝이라고 생각했다. 하지만 선생님은 눈을 감더니 일기장 더미 아랫부분에서 한 권을 더 끄집어내며 이렇게 말했다.

"자, 한두 개만 더 읽어 보도록 하자꾸나."

선생님은 얼른 노란 종이로 일기장 표지를 가렸지만 나는 놓치지 않았다. 그것은 내 일기장이었다. 다른 아이들처럼 파란색 일기장 말고 그냥 평범한 공책에 일기를 썼던 것이다. 죽고 싶었다. 버크웨이 선생님이 내 일기를 읽기 시작했다.

> 엄마는 블랙베리 몇 개를 따 입속에 집어넣었다.
> 그러고는 주위를 둘러본 뒤……

더 이상 참을 수가 없었다. 어떻게 해서든 선생님을 멈추게 하고 싶었다. 하지만 선생님은 계속 읽어 내려갔다.

> 잰걸음으로 단풍나무 쪽으로 다가가 두 팔로 나무 기둥을 감싸 안으며 쪽 하고 큰 소리가 날 정도로 뽀뽀를 했다.

아이들이 킥킥거렸다. 아, 선생님이 제발 그만 읽으셨으면. 하지만 선생님은 멈추지 않았다.

> …… 나는 블랙베리 입맞춤이 남긴 작고 검은 흔적을

찾아낼 수 있을 거라고 생각했다.

교실 반대편에서 나를 바라보는 벤의 시선이 느껴졌다. 버크웨이 선생님은 엄마의 블랙베리 입맞춤에 대한 것뿐만 아니라 나도 그 나무에 입을 맞췄다는 것 그리고 그 이후에 나는 모든 나무에 입을 맞췄으며 나무마다 고유한 맛이 있다는 사실을 알았다는 것, 하지만 어떤 나무에 입을 맞추든 블랙베리 맛이 섞여 있다는 것까지 죄다 읽어 버렸다.

이제는 벤과 피비뿐만 아니라 반 아이들의 시선이 전부 내게 쏠려 있었다.

"나무랑 입을 맞춘다고?"

미건이 놀라워했다.

그때 만약 버크웨이 선생님이 얼른 다음 일기장으로 넘어가 버리지 않았다면 나는 아마 그 자리에서 죽어 버렸을지도 모른다. 선생님은 일기장 더미 중간에서 한 권을 빼내 읽기 시작했다.

무서워 죽을 것 같다. 옆집……

버크웨이 선생님이 입을 다물고 일기장만 뚫어져라 쳐다보았다. 무슨 글씨인지 잘 알아볼 수 없거나 거기 적힌 진짜 이름을 대신할 마땅한 가짜 이름이 얼른 생각나지 않는 것 같았다. 선생님이 새로 시작했다.

　무서워 죽을 것 같다. 옆집……

선생님이 또다시 같은 대목에서 멈췄다. 선생님은 몇 번 헛기침을 한 뒤 한 번 더 시도했다.

　무서워 죽을 것 같다. 옆집……

"음……."

　옆집 커릅스 ('송장'이라는 뜻.—옮긴이) 부인 때문이다.
　그 부인의 이상한 행동들을 보면 아무래도 자기 남편을 죽인 뒤……

버크웨이 선생님이 다시 멈추고 말았다. 피비는 침착하게 앉아 있었지만 눈을 빠르게 깜빡거렸다.

"끝까지 읽어 주세요!"

벤이 소리쳤다.

버크웨이 선생님은 일기장 읽어 주는 일 따위를 시작한 것에 대해 뼈저리게 후회하는 표정이었다. 하지만 아이들의 성화가 대단했다.

"우우, 끝까지 읽어 주세요!"

선생님은 마지못해 계속 읽기 시작했다.

   자기 마당에 파묻은 게 틀림없다.

수업을 마치는 종소리가 울렸다. 아이들 사이에서 일대 소란이 일었다.

"와, 굉장한데? 살인이라니. 대체 누가 쓴 거야?"

"진짜일까?"

아이들의 호기심은 멈추지 않을 게 분명했다. 하지만 나는 듣고 싶지 않아서 재빨리 교실을 빠져나와 피비를 쫓아갔다. 버크웨이 선생님이 피비의 이름을 부르고 있었다. 피비는 선생님을 무시해 버렸다. 나는 복도를 마구 뛰어 내려갔다. 뒤에서 미건이 쫓아오더니 물었다.

"너 나무에 대고 입을 맞추니?"

나는 건물 밖으로 뛰어나갔다. 피비는 사라지고 없었다.

'바보 같은 일기장. 바보 천치 같은 일기장.'

나는 일기장을 저주했다.

루빈의 꽃병과 얼굴 착시 현상

34
방문객

할머니와 할아버지는 옐로스톤 국립공원 입구에 자리 잡은 방갈로에 누워 아직도 눈을 멀뚱멀뚱 뜨고 있었다.

"안 졸리세요?"

내가 물었다.

"나도 내가 왜 이러는지 모르겠구나. 잠이 통 안 오는걸. 페이비한테 무슨 일이 일어났는지 더 듣고 싶구나."

할머니가 말했다.

"그놈의 일기장들이 문제를 일으켜도 이만저만 일으킨 게 아니구나. 그 달걀 장수의 편지만큼이나 골치를 썩였겠어."

할아버지가 말했다.

"내가 받아 본 유일한 연애편지였다니까요."

할머니가 한숨을 쉬었다.

"그러지 말고 페이비 얘기나 좀 더 해 보렴. 하지만 너무 마음 아픈 얘긴 하면 안 된다."

"그럼 버크웨이 선생님이 찾아왔던 얘길 해 드릴게요. 하지만 오늘 밤엔 거기까지예요."

버크웨이 선생님이 블랙베리 입맞춤에 대한 내 일기와 커데이버 부인과 시체에 대한 피비의 일기를 읽어 준 날, 나는 저녁을 먹고 피비네 집으로 갔다. 피비와 프루던스, 윈터버텀 씨는 아직 식사 중이었다. 프루던스는 누가 듣건 말건 치어리더 이야기만 늘어놓고 있었다. 심지어 박수를 치며 새 구호까지 외쳐 보였다.

"둘 넷 여섯 여덟, 이번엔 누구?"

"피비, 아무것도 안 먹을 거니?"

윈터버텀 씨가 걱정스러운 목소리로 물었다.

"둘 넷 여섯……."

프루던스가 허공을 향해 팔을 뻗었다.

피비가 내게 말했다.

"우린 올라가자."

피비의 방으로 올라간 나는 조심스레 말문을 열었다.

"너한테 긴히 할 얘기가 있어. 두 가진데 둘 다 아주 중요한 거야."

그때 초인종이 울렸다. 피비가 손가락을 입에 갖다 댔다.

"쉿!"

우리는 귀를 기울였다.

"버크웨이 선생님 목소리야."

"피비, 내가 하고 싶은 말 중에 하나는 버크웨이 선생님에 관련된 거야."

순간 피비의 방문을 두드리는 소리가 들렸다. 윈터버텀 씨였다.

"피비? 나랑 잠깐 내려가야겠다. 샐, 너도 같이 가자꾸나."

나는 버크웨이 선생님이 자기 누나에 대한 피비의 일기 때문에 엄청 화기 났을 거라고 생각했다. 무엇보다도 신가한 문제는 버크웨이 선생님이 커데이버 아주머니의 남동생이라는 사실을 피비가 아직 모르고 있다는 거였다. 우리는 꼭 도살장에 끌려가는 양 같았다.

'잡아가세요. 그리고 얼른 해치워 주세요.'

우리는 윈터버텀 씨를 따라 아래층으로 내려갔다. 버크웨이 선생님은 손에 일기장을 들고 조금 난처한 표정으로 소파에 앉아 있었다.

"그건 제 개인 일기장이에요."

피비가 말했다.

"그래, 나도 안다."

버크웨이 선생님이 고개를 끄덕였다.

"제 개인적인 생각을 적는 거라고요."

"그래, 나도 안다."

버크웨이 선생님이 같은 대답을 반복하고는 이렇게 덧붙였다.

"그걸 다른 아이들 앞에서 큰 소리로 읽은 것에 대해 사과하고 싶구나."

'사과라고?'

나는 안도의 한숨을 쉬었다.

거실 안은 어찌나 조용하던지 바깥에서 낙엽 떨어지는 소리가 들릴 정도였다.

버크웨이 선생님이 헛기침을 하더니 말을 이었다.

"하지만 네게 할 말이 있단다. 커데이버 부인은 우리 누나야."

"누나요?"

피비가 되물었다.

"그리고 매형은 돌아가셨어."

"그럴 줄 알았어요."

"하지만 누나가 죽인 게 아니야. 매형은 음주 운전자가 차를 들이받는 바람에 죽었어. 우리 어머니, 그러니까 패트리지 할머니도 거기 같이 타고 계셨단다. 어머니는 너희도 알다시피 돌아가시지는 않았지만 실명을 하시고 말았지."

"아, 저런……."

내 입에서 한숨 소리가 새어 나왔다.

피비는 바닥만 내려다보고 있었다.

"마거릿 누나는 매형과 어머니가 병원에 실려 왔을 때 마침 응급실 근무 중이었어. 매형은 그날 밤 눈을 감으셨단다."

버크웨이 선생님이 말을 하는 동안 피비의 아빠는 피비의 어깨에 손을 올린 채 곁을 떠나지 않았다. 피비는 그 덕에 간신히 공기 중으로 증발해 버리지 않고 그곳에 버티고 서 있는 것 같았다.

버크웨이 선생님이 말을 이었다.

"나는 매형이 누나 뒷마당에 묻히지 않았다는 걸 말해 주려는 것뿐이야. 그리고 네 어머니에 대한 얘기도 방금 들었단다,

피비. 엄마 일은 정말 안됐구나. 하지만 마거릿 누나는 네 어머니를 납치하거나 살해하지 않았어."

버크웨이 선생님이 떠난 뒤, 나는 피비와 베란다로 가서 앉았다. 피비가 말했다.

"커데이버 아주머니가 엄마를 납치하거나 살해하지 않았다면 대체 엄마는 어디에 있는 걸까? 난 이제 어떻게 하지? 어디를 찾아봐야 하는 거냐고?"

"피비, 네게 해 줄 말이 있어."

"샐, 우리 엄마가 돌아오지 않을 거란 말이나 하려면 아예 시작도 하지 마. 듣고 싶지 않으니까. 그냥 지금 너희 집에 가 버려……."

"아니야, 피비. 그런 말을 하려는 게 아니야. 그 정신병자가 누군지 알았단 말이야. 바로 비클 경사님의 아들이야."

우리는 새로운 계획을 짜기 시작했다.

그날 밤 집으로 돌아온 나는 커데이버 아주머니 생각을 머릿속에서 지울 수가 없었다. 하얀 유니폼 차림으로 응급실에서 일하고 있는 아주머니, 구급차가 파란 불빛을 번쩍이며 병원 앞에 도착하는 광경, 붉은 머리카락을 휘날리며 흔들거리는 응급실 문을 박차고 환자를 맞으러 나가는 모습, 이동 침대에 실려 복도로 들어오는 부상자들 그리고 그들을 내려다보는 아주머니의 얼굴.

수송된 부상자가 다름 아닌 자기 남편과 엄마라는 사실을 알고 미친 듯이 고동치기 시작했을 아주머니의 심장 박동이 느껴졌다. 남편의 얼굴을 어루만지는 아주머니를 생각하니 내 심장마저 쿵쾅거렸다. 나는 아주머니의 모카신을 신고 있는 사람처럼 심장이 뛰고 손에서 땀이 났다.

나는 남편이 죽고 나서 아주머니의 머릿속에도 슬픔의 새들이 둥지를 틀었을지 궁금했다. 그렇다면 아주머니는 그 새들을 어떻게 내몰았을까? 남편은 죽고, 엄마는 앞을 못 보게 되는 것은 인생에서 정말 중대한 사건이 아닐 수 없다. 아주머니가 남편과 엄마를 살리기 위해 제정신이 아닌데 다른 사람들은 그에 아랑곳하지 않고 모두 자기 자신의 일정표에만 매달리는 모습을 상상해 보았다. 아주머니도 후회하는 일이 있을까? 우물이 마르기 전에 물의 소중함을 알고 있었을까?

문득 나는 모카신과 일정표와 슬픔의 새와 우물과 인생에 관한 그 모든 쪽지들이 어느새 내 머릿속에 단단히 박혀서 세상을 바라보는 내 시선에 영향을 미치고 있다는 사실을 깨달았다.

"할머니, 주무세요?"

내가 물었다. 말을 많이 한 탓에 목이 잠겨 있었다.

"아니다, 아가야. 하지만 넌 이제 그만 자야지. 난 여기 이렇게 누워서 생각이나 좀 해야겠다."

할머니는 그렇게 말하더니 이번에는 팔꿈치로 할아버지를 쿡 찔렀다.

"당신, 결혼 침대 얘기하는 걸 잊었어요."

할아버지가 하품을 했다.

"미안, 맹꽁이 할멈."

할아버지는 침대를 톡톡 두드리며 예의 그 말을 중얼거렸다.

"흠, 이건 우리 결혼 침대는 아니지만 뭐 그럭저럭 잘 만은 하겠어."

35
올드페이스풀

다음 날은 할머니와 할아버지의 인생에서 분명 최고이자 최악의 날이었을 것이다. 속삭임은 나를 아침 일찍부터 깨웠다. 그날은 여행 엿새째였고, 엄마의 생일 전날이었다. 우리는 와이오밍 주를 빠져나와 몬태나 주를 통과해야만 했다. 할아버지는 벌써 일어났지만 할머니는 침대에 누워 천장만 바라볼 뿐, 일어날 생각을 하지 않았다.

"좀 주무셨어요?"

내가 물었다.

"아니, 통 잠이 오지 않더구나. 이따가 좀 자지 뭐. 자, 그만 가 볼까?"

할머니는 그제야 침대에서 일어났다.

"자, 어서 올드페이스풀을 보러 가자꾸나. 내 평생 이날을 얼마나 학수고대했는데."

우리는 호텔 중앙 건물로 가서 아침을 먹고 올드페이스풀의 표지판을 따라 옐로스톤 국립공원 안으로 차를 몰았다.

"당신, 여기 간헐천이 몇 갠 줄 알아? 수만 개야, 수만 개. 근데 왜 당신은 굳이 꼭 올드, 그러니까 그 케케묵은 옛날 거를 보러 가겠다는 거야?"

할아버지가 장난을 쳤다.

"난 올드페이스풀을 볼 거예요."

할머니는 꿈쩍도 안 했다.

"우리 고집불통 맹꽁이 할멈이 아주 단단히 작정을 했구먼. 안 그래?"

"그래요. 작정했어요."

할머니가 말했다.

우리는 차를 주차시킨 뒤 나지막한 언덕을 걸어서 올라갔다. 얼핏 보기에는 별것 아닌 듯했기 때문에 나는 할머니가 실망할까 봐 걱정스러웠다. 언덕 한쪽 편에 흙더미가 쌓여 있고 그 주위로 사람들이 들어가지 못하도록 밧줄이 쳐져 있는 게 다였다. 사람들은 밧줄 주위에 모여 있었다. 하지만 아직 이른 시간이어서 우리도 밧줄 맨 앞에 자리를 잡을 수 있었다. 땅은 진창이었고 밧줄에서 6미터쯤 떨어진 한가운데에는 구멍이 한 개 나 있었다.

"아이고, 이런. 좀 더 가까이 가 볼 순 없는 건가?"

할머니가 중얼거렸다.

할아버지와 나는 올드페이스풀에 대한 안내문을 읽으러 걸어갔다. 그때 공원 경비원이 소리를 지르며 우리 옆을 지나쳐 울타리로 쳐 놓은 밧줄 쪽으로 달려가는 것이었다.

"할머니! 할머니!"

할아버지가 뒤를 돌아보더니 신음 소리를 냈다.

"아이고, 젠장."

할머니가 밧줄 밑으로 기어 들어가고 있었다. 경비원이 할머니를 제지했다

"할머니, 다 이유가 있어서 울타리를 쳐 놓은 거예요."

할머니가 옷을 털며 말했다.

"좀 잘 보고 싶어서 그랬지."

"걱정하지 마세요. 여기서도 잘 보일 테니까요. 꼭 밧줄 뒤에서 보셔야 해요."

경비원이 신신당부를 했다.

십오 분 뒤에 올드페이스풀이 솟아오를 거라는 안내 방송이 나왔다. 점점 더 많은 사람들이 밧줄 주위로 모여들었다. 빽빽 울어 대는 갓난아기들부터 휠체어에 앉은 할머니들, 이어폰을 낀 청소년들, 서로 껴안고 있는 연인들까지 구경꾼들은 남녀노소 구분이 없었다. 영어 말고 다른 나라 말을 하는 외국인들도 있었다. 우리 바로 옆에는 이탈리아 단체 관광객들이 있었고, 건너편에는 독일 사람들이 있었다. 인종도 흑인, 백인 할 것 없이 다양했다.

할머니는 손가락을 맞부딪히며 점점 더 흥분했다.

"시간이 됐니?"

"이제 거의 다 됐니?"

할머니가 계속해서 안달했다.

올드페이스풀에서 물이 솟을 시간이 되자 주위가 갑자기 쥐 죽은 듯 조용해졌다. 사람들이 모두 구멍을 바라보며 귀를 기울였다.

"시간이 됐니?"

할머니가 또다시 물었다.

순간 희미한 소리가 들리는가 싶더니 작은 물줄기가 구멍 밖으로 솟았다. 옆에 서 있던 남자가 말했다.

"애개, 저게 다야……?"

구멍에서 또 다른 소리가 들렸다. 자갈밭을 걸을 때처럼 달그락달그락거리는 소리가 이번에는 조금 더 크게 울리더니 물줄기가 잇따라 두 번 솟아올랐다.

"우우……."

옆의 남자가 또다시 야유를 퍼부었다.

이번에는 자동차 라디에이터나 주전자의 물이 끓을 때 나는 소리가 났다. 올드페이스풀이 부글부글 끓으며 김이 올라오더니 한 1미터쯤 되는 물줄기가 솟구쳐 올랐다.

"애개개……. 겨우 저거야……?"

남자가 말했다.

하지만 김이 점점 더 많이 나고 끓는 소리가 요란해지더니 거대한 물줄기가 솟음쳤다. 물줄기는 위로 위로 끝없이 올라가 마치 강물이 하늘로 솟는 것처럼 보였다.

"폭포가 거꾸로 올라가는 것 같구나!"

할머니가 감탄을 토했다.

물줄기가 솟아오르는 내내 부글부글 끓는 소리가 어찌나 요란하던지 귀가 다 멍멍해졌고, 천지가 개벽하듯 우리가 서 있는 땅까지도 울리면서 흔들렸다. 더운 증기가 우리 쪽으로 몰려오자 사람들이 뒤로 물러서기 시작했다.

하지만 할머니는 예외였다. 할머니는 미소를 지은 채 제자리에 서서 얼굴을 꼿꼿이 들고 증기를 쐤다.

"좋구나. 정말 좋아!"

할머니는 허공을 향해, 끓어오르는 소음을 향해 소리를 질렀다. 거의 악을 쓰는 거나 다름없었다.

올드페이스풀은 아랑곳하지 않고 할머니만 바라보고 있던 할아버지가 할머니의 허리에 팔을 감았다.

"당신, 이 케케묵은 간헐천을 정말 좋아하는군그래, 응?"

"그래요! 정말 좋아요."

옆에서 불평만 하던 남자는 입을 쩍 벌린 채 올드페이스풀에서 눈을 떼지 못했다.

"이럴 수가, 정말 굉장하군."

이윽고 올드페이스풀이 수그러들었다. 우리는 물줄기가 작아지며 구멍 안으로 사라지는 것을 끝까지 지켜보았다. 다른 구경꾼들은 이미 다 내려가고 없었다. 마침내 할머니가 한숨을 쉬며 입을 열었다.

"됐다. 이제 우리도 가자꾸나."

우리가 차에 올라타고 막 떠나려는 순간 할머니가 울음을 터뜨렸다.

"아이고 이런, 대체 뭐가 문제야?"

할아버지가 물었다.

할머니가 훌쩍거렸다.

"아무것도 아니에요. 그냥 너무 행복해서 그래요. 올드페이스풀을 봤잖아요."

"이런 맹꽁이 할멈 같으니라고."

할아버지는 차를 출발시켰다.

"자, 이제 몬태나 주를 눈 깜짝할 사이에 먹어 치우자꾸나. 그럼 오늘 밤이면 아이다호 주에 도착할 수 있을 거야. 자, 잘 들 보라고. 내가 이 페달을 꽉 밟을 테니……."

할아버지는 주차장을 빠져나가며 가속 페달을 힘껏 밟았다.

"기다려라, 아이다호. 우리가 간다!"

36
계획

 우리는 하루 종일 몬태나를 관통해 달렸다. 지도상으로는 멀지 않은 것 같았지만 막상 달려 보니 온통 산이라 시간이 많이 걸렸다. 옐로스톤 국립공원에서부터 로키 산맥이 본격적으로 시작되었기 때문에 우리는 하루 종일 산을 올라갔다 내려갔다 하면서 차를 몰아야 했다. 가끔씩 도로가 절벽 옆으로 구불구불 나 있었는데 그때 우리를 까마득한 낭떠러지에서 보호해 주는 것은 허름한 가드레일뿐이었다. 또 커브 길을 돌 때는 커다란 몸체를 기우뚱하며 반대편에서 갑작스레 달려드는 캠핑카와 마주치기 일쑤였다.

 "이 길은 정말 사람 진을 다 빼는군."

 할아버지는 투덜거리면서도 흔들 목마를 처음 탄 어린애처럼 신이 났다. 차가 고개를 올라갈 때는 "이랴, 달려라, 달려!" 하며 사기를 북돋웠고, 차가 내리막길에 접어들면 "워워!" 하고 달랬다.

마음의 갈등을 심하게 겪고 있던 나는 창밖을 흘깃거리며 경치를 즐겼고, 심지어 그곳이 바이뱅크스보다 더 아름답다는 생각까지 했다. 나무, 바위, 산, 강, 꽃, 사슴, 고라니, 토끼. 정말 놀랍고 대단한 곳이었다.

하지만 다른 한편으로는 너무 무서워서 사시나무 떨 듯 몸을 덜덜 떨었다. 우리 차가 가드레일을 받고 절벽 아래로 굴러떨어지는 모습을 상상했다. 커브를 돌 때마다 반대편에서 달려오는 트럭이나 캠핑카에 부딪힐 거라고 생각했다. 육중한 몸체를 휘청대는 버스들이 커브를 돌 때마다 도로 끄트머리의 돌멩이들을 천 길 낭떠러지로 굴러 떨어뜨리면서도 거기에 굴하지 않고 속도를 내며 앞으로 달려가는 모습을 바라보았다.

할머니는 손을 무릎 위에 얹고 조용히 앉아 있었다. 나는 할머니가 밤새 못 이룬 잠을 주무시나 보다 생각했다. 하지만 할머니는 깨어 있었고 페이비의 이야기를 계속해서 듣고 싶어 했다. 그래서 나는 바깥 경치를 내다보며, 수천 번도 넘게 사고가 날 것을 상상하며, 그리고 살랑대는 나무들을 지나칠 때마다 속으로 기도를 하며 피비 이야기를 마저 했다. 오늘 안으로 이야기를 다 해 버리고 싶었다. 이제 끝내고 싶었다.

버크웨이 선생님이 피비의 집에 와 커데이버 아저씨 이야기를 들려준 날, 나와 피비는 우리의 계획을 실천하기로 했다. 바로 비클 경사 아들의 행방을 추적하는 것이었다. 피비는 그렇게 하면 자기 엄마가 어디에 있는지 알 수 있을 거라고 믿었다. 나는 비클 경사의 아들이 정신병자라고 생각하지도 않았고, 그가 우리를 피비의 엄마에게로 안내해 줄 거라고도 믿지 않았다. 그래도 당시 내 머릿속에는 피비의 환상이 들어차 있어서 피비의 계획을 따랐다. 나도 피비처럼 행동을 취할 마음의 준비가 되었던 것이다.

우리 둘 다 학교에 조용히 앉아 있을 수가 없었다. 피비는 몹시 흥분한 상태였다. 피비는 엄마가 살아 있지 않을까 봐 걱정이 이만저만이 아니었다. 나도 서서히 같은 걱정이 들기 시작했다.

아이들은 여전히 일기장에 대해 이러쿵저러쿵 말이 많았다. 특히 살인에 관한 일기를 쓴 사람이 누군지 모두들 궁금해했다. 알렉스는 메리 루가 자기를 '분홍 얼굴 머저리'라고 썼기 때문에 더 이상 상대하려고 하지 않았다. 메리 루는 '닭고기 입맞춤'에 대해 쓴 베스 앤을 피했다. 미건과 크리스티는 베스 앤에게 "너 메리 루한테 입맞춤이 정말 닭고기 맛이라고 했니? 그랬더니 걔가 진짜 그 말을 믿디?" 했고, 나한테는 "너 정말 나무에 뽀뽀하니? 넌 뽀뽀는 남자애랑 하는 거라는 것도 모르니?" 하고 놀렸다.

하지만 나는 그날 애들과는 다른 이유 때문에 입맞춤에 대한 생각을 떨쳐 버릴 수가 없었다. 주변 분위기는 온통 입맞춤 이야기로 달아 있었다.

점심시간에 벤이 얼굴을 내 식판에 박은 것이 시작이었다. 아마 벤이 뜬금없이 내 손에 입을 맞추려고 했던 것 같다. 결국 그 사건은 벤이 자기 뺨에 붙은 빵 부스러기를 떼어 내며 식당 밖으로 뛰어나가는 것으로 끝나고 말았다.

영어 시간에 아이들은 버크웨이 선생님에게 커룹스 부인과 마당에 파묻은 시체 이야기가 나오는 어제의 그 일기장을 계속 읽어 달라고 졸랐다. 하지만 선생님은 아이들 부탁을 들어주지 않았다. 대신 개인적 생각이 담긴 일기장을 공개적으로 읽어서 우리들의 감정을 상하게 한 점에 대해 사과했다. 그러고는 우리들을 모두 도서관으로 보냈다.

벤은 도서관에서 삼십 분 내내 내 뒤만 졸졸 따라다녔다. 내가 소설이 있는 쪽 서가로 가면 벤도 그리로 왔고, 내가 잡지를 보려고 가면 벤도 옆에서 잡지를 넘기고 있었다. 한번은 벤의 얼굴이 내 어깨에 닿았다. 내게 입을 맞추려고 작정한 게 분명했다. 그것을 느낄 수 있었다. 그렇다고 내가 할 수 있는 일은 아무것도 없었다. 벤이 내 쪽으로 입술을 갖다 댈 때마다 내가 이미 다른 쪽으로 몸을 움직인 뒤였다. 나 같은 애한테는 미리 눈치를 줄 필요가 있을 것 같았다.

나는 몇 분 동안 꼼짝 않고 있어 보기도 했다. 그런데 벤은 몇 번씩이나 내 쪽으로 몸을 기울이다가도 마치 누가 보이지 않는 실로 몸을 홱 낚아채는 것처럼 곧 뒤로 물러서고 말았다.

도서관 건너편에서 베스 앤의 비명 소리가 들렸다.

"샐, 여기 거미가 있어. 와서 잡아 줘!"

수업을 마치는 종이 울리자 나와 피비는 쏜살처럼 학교를 빠져나왔다. 우리는 피비네 집에서 전화번호부를 조사했다. 피비가 말했다.

"서둘러야 해. 언니나 아빠가 오기 전에 일을 끝내야 한다고."

전화번호부에는 비클이라는 성을 가진 사람이 여섯 명이었다. 우리는 여섯 명 집에 모두 전화를 걸어 매번 비클 경사를 찾기로 했다. 처음 두 집에서는 전화를 잘못 걸었다는 말을 들었다. 세 번째 집은 통화 중이었고, 네 번째 집은 전화를 안 받았고, 다섯 번째 집은 통명스러운 여자가 "난 경사 따위 모른다!" 하고 소리를 질렀다.

여섯 번째 집에서는 외로운 듯한 어떤 할아버지가 전화를 받았다. 자기는 2차 대전 때 프리맨 경사라는 사람을 알았는데 그건 1944년의 일이고, 지금은 소식을 모른다고 했다. 그리고 마침 경사 얘기가 나와서 잘 생각해 보니 자기 아는 사람 중에 본즈 경사도 있고, 확실하지는 않지만 다우디 아니면 다우퍼라는 경사도 있는 것 같다고 했다. 하지만 비클 경사라는 이름은 들어보지 못한 것 같다며, 자기랑 성이 똑같은 경사를 알고 지내면 정말 좋겠다고 긴긴 독백을 늘어놓았다.

"이제 어떡하지? 언니가 곧 올 텐데. 어느 집이 비클 경사 집인지 아직도 모르잖아."

피비가 울먹였다.

"아까 통화 중이었던 집이랑, 전화를 안 받은 집에 한 번 더 해 보자."

통화 중이었던 집은 여전히 통화 중이었다. 전화를 안 받았던 집 역시 계속해서 신호음만 울렸다. 피비가 수화기를 내려놓으려는 순간 목소리가 들렸다. 피비가 물었다.

"여보세요? 비클 경사님 계신가요?"

상대방이 말하는 동안 침묵이 흘렀다.

"근무 중이시라고요?"

피비는 펄쩍펄쩍 뛰었다.

"네, 고맙습니다."

피비는 애써 태연한 목소리를 유지하려고 애썼다.

"아니요, 제가 나중에 다시 전화 드릴게요. …… 네, 안 전해 주셔도 돼요. 안녕히 계세요."

피비가 수화기를 내려놓고 소리를 질렀다.

"이거야! 됐어, 됐다고!"

피비가 나를 어찌나 꽉 끌어안던지 숨이 막힐 지경이었다.

"어서 가자. 언니가 집에 오기 전에 말이야."

피비는 전화번호부에서 비클 경사의 주소를 옮겨 적은 뒤 나와 도서관에 간다는 쪽지를 언니와 아빠에게 남겼다.

비클 경사는 피비네 집에서 약 5킬로미터쯤 떨어진 곳에 살았다. 우리는 버스를 타고 갔는데 버스에서 내려 나머지

500미터를 걸어가는 동안 서른 번도 넘게 사람들에게 길을 물어야 했다. 어찌나 헤맸던지 결코 집을 못 찾을 거라고 생각했다. 하지만 결국은 찾아내고야 말았다. 비클 경사의 집은 벽돌로 지은 단층집으로 신시가지에 있었다. 우리는 거리를 왔다 갔다 하며 집을 관찰했다. 거실에는 불이 켜져 있었고, 차고는 비어 있었다.

"비클 경사가 퇴근하다가 우리를 보면 어떡하지? 우리를 잡아 가둘지도 모르잖아. 저기 나무 뒤에서 숨어서 기다리자."

피비가 말했다.

우리는 비클 경사 집에서 얼마 떨어진 공터로 가서 잔디밭에 앉았다.

"왜 아무도 안 나오는 걸까?"

피비가 물었다.

마침내 자동차 한 대가 모퉁이를 돌아 비클 경사의 집으로 들어갔다.

"오, 하느님!"

피비가 신음했다.

자동차 문이 열리면서 비클 경사가 내리더니 곧장 집 안으로 사라졌다. 우리는 또다시 삼십 분을 기다렸다.

"젠장, 아무래도 다음 단계로 넘어가야 할 것 같아. 샐, 오늘 저녁에 하는 거야. 알지?"

집으로 돌아오자 아빠는 부엌에 있었다.

"어디 갔었니? 왜 쪽지도 안 남겨 놨어?"

아빠는 나를 데리고 커데이버 아주머니의 집에 저녁을 먹으러 가려고 했다.

"전 못 가요. 숙제가 너무 많거든요. 지금부터 안 하면 오늘 중으로 절대 못 끝낼……."

변명을 늘어놓았다.

아빠는 실망한 표정이었다.

"그럼 나도 집에서 먹으마."

"아니에요. 아빠는 가세요. 정말이에요. 전 남은 스파게티를 데워 먹으면 돼요. 다음번엔 꼭 같이 갈게요. 약속해요."

나는 아빠의 등을 떠밀었다.

저녁 7시. 비클 경사의 집에 전화를 걸었다. 부디 비클 경사가 전화를 받지 않기를 바라면서. 하지만 설사 비클 경사가 전화를 받는다고 해도 목소리를 꾸밀 만반의 준비가 되어 있었다. 따르릉, 따르릉……. 신호음만 계속해서 울렸다. 일단 수화기를 내려놓고, 다시 목소리를 가다듬고 내가 할 말을 연습했다. 그리고 전화를 걸었다. 신호음이 일곱 번쯤 울렸을 때 누군가 전화를 받았고 상대방의 목소리가 들렸다. 비클 경사였다.

"여보세요? 전 수전 롱펠로라고 하는데요, 아드님 친구거든요."

"아, 그러니?"

"저, 잠시 통화 좀 할 수 있을까요?"

나는 비클 경사에게 아들이 제발 하나이기를 빌고 빌었다.

"지금 집에 없단다. 메모를 남겨 줄까?"

"집에 몇 시쯤 오나요?"

잠시 침묵이 흘렀다.

"우리 애랑 어떻게 아는 사이지?"

비클 경사가 물었다.

딩횡ㅅ리웠다.

"어떻게 아느냐 하면요……. 그건 얘기가 좀 길거든요. 제가 아드님을 알게 된 건…… 솔직히 말씀 드리기 좀 창피한데요……."

손에서 어찌나 땀이 나던지 수화기를 붙잡고 있기가 힘들 정도였다.

"실은 도서실에서…… 도서실에서 알게 된 사이에요. 저한테 책을 하나 빌려 주었는데 제가 그만 그 책을 잃어버리고 말았거든요. 그래서…….."

"우리 애한테 직접 말해야 할 것 같구나."

"네. 그래야 할 것 같아요."

"그런데 우리 애가 왜 집 전화번호를 줬는지 이상하구나. 대학 기숙사 번호를 안 주고."

'대학?'

나는 얼른 둘러댔다.

"아, 그게 어떻게 된 거냐 하면요. 기숙사 번호를 받았는데 그것도 잃어버렸어요."

"넌 뭘 좀 많이 잃어버리는 애구나."

"네. 제가 좀 그래요. 약간 칠칠맞…….."

"기숙사 번호를 알고 싶니?"

"네. 아니, 그러지 마시고 아예 주소를 가르쳐 주세요. 그럼 책을 돌려보낼 수 있으니까요."

"책을 잃어버렸다고 하지 않았니?"

"네. 하지만 찾을 수 있을 것 같아서요."

"그래. 잠깐만 기다려라."

잠시 침묵이 흘렀다. 비클 경사가 손으로 수화기를 막고 부인과 이야기하는 소리가 희미하게 들렸다.

"여보, 마이크 주소가 어떻게 되지?"

'마이크? 굉장해! 이름을 알아냈어!'

형사 반장이 된 기분이었다! 세기의 범죄를 풀 수 있는 결정적인 단서를 찾아낸 사람이 바로 나인 것처럼 우쭐한 마음이 들었다. 게다가 비클 경사가 마이크의 주소까지 가르쳐 주니 그야말로 금상첨화였다. 비클 경사에게 아들이 정신병자인 것 같다고 말해 주고 싶은 것을 꾹 참았다. 대신 고맙다고 인사를 한 뒤 부리나케 피비에게 전화를 걸었다.

피비가 환호성을 질렀다.

"잘했어, 셀! 내일 당장 그 정신병자 마이크를 잡으러 가자!"

37
방문

다음 날은 토요일이었다. 피비와 함께 버스 정거장에 가자 벤도 거기 서 있었다.

"젠장."

피비가 중얼거리더니 벤에게 물었다.

"너 챈팅 필스 가는 버스 기다리니?"

"응."

벤이 대답했다.

"대학에 가려고?"

"아니. 거기 병원에 누구 문병 가는 길이야."

벤은 머리카락을 쓸어 넘기면서 거리를 살펴보았다.

"그럼 너도 이번에 오는 버스를 타겠구나."

"그래, 프리 비. 나도 이번에 오는 버스를 탈 거야. 대체 왜 그래? 무슨 불만이라도 있는 거야?"

우리는 버스 맨 뒤의 긴 의자에 나란히 앉았다. 내가 피비와 벤 사이에 자리를 잡았는데, 벤이 자기 팔을 내 팔에 꼭 갖다 댔다.

"너흰 챈팅 펄스에 무슨 일로 가니?"

벤이 물었다.

피비가 오래전부터 아는 친구를 만나러 대학에 가는 길이라고 대답했다. 벤은 여전히 자기 팔을 내 팔에 꼭 붙이고 있었다. 커브를 돌 때마다 벤이 내게 기대거나 내가 벤에게 기댔다. 우리는 서로에게 "미안해."를 연발했다.

버스는 우리를 챈팅 펄스에 내려놓고 털털거리며 떠났다.

"대학은 저쪽이야. 그럼 나중에 또 보자."

벤이 길 아래쪽을 가리키더니 인사를 하고 반대편으로 사라졌다.

"오, 하느님 맙소사! 하필이면 벤이 같은 버스에 탈 게 뭐니? 심장이 얼마나 두근거렸는지 아니?"

피비가 투덜댔다.

심장이 두근거리긴 나도 마찬가지였다. 물론 나는 피비와는 다른 이유에서였다. 벤과 함께 있을 때마다, 온몸이 짜릿하고 머릿속이 윙윙대고 피가 부글부글 끓으며 빠르게 흘렀다.

마이크 비클은 1학년 기숙사에 살았는데 막상 가 보니 창문이 수백 개나 되는 삼 층짜리 벽돌 건물이었다.

"이런. 난 그냥 작은 집일 줄 알았는데."

피비가 울상을 지었다.

학생들이 건물을 들락날락했다. 잔디밭을 가로질러 걸어가는 학생들도 있고 잔디밭이나 벤치에 앉아서 책을 보고 있는 학생들도 있었다. 건물 로비에 있는 안내 데스크 앞에 한 잘생긴 청년이 서 있었다.

"네가 물어봐. 난 못 하겠어."

피비가 옆구리를 찔렀다.

나는 우리가 너무 눈에 띈다고 생각했다. 대학생 어른들만 있는 곳에 열세 살짜리 계집애 두 명이 쭈뼛거리고 있으니 무리도 아니었다.

"뭐 좀 다른 것을 입고 올 걸 그랬나 봐."

피비가 스웨터의 보푸라기를 떼어 내며 말했다.

나는 안내 데스크로 가 사촌 오빠 마이크 비클을 찾는다고 말했다. 오빠가 확실히 이 건물에 사는지 잘 모른다는 말도 덧붙였다. 청년이 하얀 이를 드러내며 환하게 웃었다. 정말 잘생긴 청년이었다. 청년이 기숙생 명단을 확인하더니 말했다.

"제대로 왔어. 209호실이야. 올라가 보렴."

피비가 숨이 넘어갈 듯 당황해했다.

"우, 우린 여잔데 올라가도 된다고요? 방에 들어가도 된단 말이에요?"

"여긴 남녀 공용 기숙사야. 여학생들도 있어. 그러니까 올라가도 되고말고. 저기로 해서……."

청년이 길을 가르쳐 주었다.

우리가 막 흔들 문을 통과했을 때 피비가 말했다.

"나 심장마비를 일으킬 것 같아. 확실해. 아무래도 난 못하겠어. 그냥 가자."

우리는 복도 끝에 있는 비상구로 빠져나갔다. 피비가 말했다.

"우리가 문을 두드렸는데 그 정신병자가 문을 열고 우리를 방으로 확 낚아챈 다음 목을 따면 어떻게 해?"

학생들이 잔디밭 위를 거닐고 있었다. 나는 우선 좀 앉으려고 빈 벤치를 찾아 두리번거렸다. 그때 잔디밭 저쪽 끝 벤치에 앉아 있는 두 사람의 뒷모습이 눈에 띄었다. 젊은 청년과 중년 부인이었다. 두 사람은 손을 꼭 잡고 있었다. 잠시 후 부인이 몸을 틀어 청년의 뺨에 입을 맞췄다.

"피비……."

그것은 피비의 엄마였다. 피비의 엄마는 우리가 찾아온 정신병자에게 입을 맞추고 있었다.

38
입맞춤

피비는 경악했다. 하지만 피비는 나보다 용감했다. 나는 고개를 돌려 버렸지만 피비는 두 사람을 지켜보았다. 나는 달리기 시작했고 피비도 곧 도망칠 거라고 생각했다. 하지만 달리는 내내 한 번도 뒤를 돌아보지 않았다. 버스 정거장이 어디였는지만 기억하려고 애썼을 뿐이다. 하지만 눈앞에 병원 건물이 나타났다. 그제야 내가 정거장을 지나쳐 왔다는 사실을 깨달았고 병원 안으로 무작정 들어갔다. 순간 피비가 내 뒤를 쫓아오지 않았다는 것을 알았다.

그다음에 내가 한 행동은 순전히 충동적인 것이었다. 병원에 들어서는 순간 그래야 한다는 직감이 들었다. 그래서 안내데스크로 가 핀니 부인을 찾았다. 안내원이 환자 명부를 들여다보더니 내게 물었다.

"가족이니?"

"아니요."

"그럼 올라갈 수 없단다. 핀니 부인은 정신과 병동에 있는데, 여기 보니까 '가족 외 면회 금지'라고 씌어 있구나."

"전 그분의 아들을 만나고 싶어서 그러는 거예요. 오늘 자기 엄마 문병을 왔거든요."

"그럼 어쩌면 뜰에 나가 있을지도 모르겠구나. 한번 건물 뒤로 가 보렴."

병원 뒤에는 넓고 경사진 잔디밭이 있었고 그 주위로 꽃이 피어 있었다. 잔디밭 여기저기에 놓인 벤치와 의자는 대부분 환자와 문병객들로 차 있었다. 책을 보고 있는 사람이 한 명도 없다는 것과 가운을 입은 사람들 모습이 눈에 띈다는 것만 제외하면 분위기가 대학 잔디밭과 별반 다를 게 없었다.

벤이 보였다. 잔디에 책상다리를 하고, 분홍색 가운을 입은 여자 앞에 앉아 있었다. 여자는 허리끈을 만지작댔다. 벤이 나를 보더니 일어섰다. 나도 벤에게 다가갔다.

"우리 엄마야."

벤의 엄마는 나를 올려다보지 않았다.

"엄마, 얘는 살라망카예요."

벤의 엄마는 여전히 허리끈만 잡아당겼다. 내가 "안녕하세요?" 하고 인사를 건넸지만 여전히 내 쪽으로 시선을 돌리지 않았다. 대신 벌떡 일어서더니 우리가 아예 거기 없는 것처럼 그냥 잔디밭을 가로질러 걸어가 버렸다. 우리는 그 뒤를 쫓아갔다.

벤의 엄마는 우리 엄마가 병원에서 퇴원해 돌아왔을 때와 비슷했다. 그때 엄마는 집 안에서 뭘 하다가도 중간에 갑자기 문을 박차고 나가 버리곤 했다. 엄마는 언덕을 반쯤 올라가다가 잔디에 주저앉아 풀을 쥐어뜯으며 숨을 골랐다. 그러고는 다시 일어나 또다시 허우적허우적 언덕을 올랐다. 엄마는 가끔 헛간으로 가 양동이에 닭 모이를 채워 나오다가도 닭장에 가기 전에 양동이를 내려놓고 갑자기 다른 방향으로 걸어갔다. 엄마의 몸이 회복되어 멀리까지 걸을 수 있게 되었을 때도 엄마는 어느 쪽으로 가야 할지 마음을 정하지 못한 사람처럼 들판과 초원을 발길 닿는 대로 아무렇게나 돌아다녔다.

우리는 벤의 엄마를 따라 잔디밭을 왔다 갔다 했다. 벤의 엄마는 우리가 졸졸 쫓아다니는데도 우리를 전혀 의식하지 못하는 것 같았다. 이윽고 내가 그만 가 봐야겠다고 말했다.

바로 그 순간에 그 일이 일어났다.

아주 잠시 동안 우리의 일정표가 겹친 것이다. 나는 벤을 바라보았고, 벤은 나를 바라보았다. 우리는 서로에게 얼굴을 갖다 댔다. 그때 버크웨이 선생님이 보여 준 꽃병을 가운데 두고 마주 본 두 사람의 얼굴 그림이 생각난 것을 보면 그것은 아주 느린 동작이었음에 틀림없다. 순간적으로 지금 우리 둘 사이에 그런 꽃병이 들어갈 자리가 있을까 하는 의문이 머리를 스치고 지나갔다.

그리고 그런 꽃병이 있었다면 우리는 그것을 부서뜨리고 말았을 것이다. 우리 두 사람의 머리는 완전히 닿았고, 입술은 가 닿아야 할 장소에 제대로 찾아가 서로의 입술에 포개졌다. 그것은 진짜 입맞춤이었다. 하지만 닭고기 맛은 나지 않았다.

잠시 후 우리들 머리는 서서히 제자리로 돌아갔다. 우리는 멀리 잔디밭을 바라보았다. 나는 아무것도 모르지만 모든 것을 느낄 수 있는 망아지가 된 기분이었다.

벤이 자기 입술을 만지작거리며 물었다.

"블랙베리 맛이었니?"

39
침 뱉기

내가 거기까지 이야기했을 때 할머니가 끼어들었다.

"아이고, 잘됐구나! 그래, 바로 그거야. 내가 며칠 동안 그 입맞춤 얘기가 나오기를 얼마나 기다렸는지 모른단다. 아아, 난 낭만적인 입맞춤이 나오는 얘기가 좋더라."

"니 침, 친생 맹꽁이 할멈이리니까."

할아버지가 놀렸다.

우리는 몬태나 주를 질주하고 있었다. 우리가 정확히 어디쯤 왔는지 지도에서 찾아볼 용기가 없었다. 마음속으로 기도를 하면서 이야기를 계속하다 보면, 그리고 산으로 나 있는 이 도로를 멈추지 않고 달려가다 보면 아직 기회는 있으리라.

할머니가 물었다.

"그나저나 페이비는 어떻게 됐니? 그 엄마는 대체 왜 정신병자 뺨에 입을 맞춘 거고? 내 아무리 입 맞추는 얘기를 좋아해도 그건 싫다. 난 너와 벤의 입맞춤 얘기만 마음에 드는구나."

병원을 빠져나온 나는 피비를 찾으러 다시 대학으로 가야 할지 잠시 고민했다. 우선 버스 정거장까지 걸어간 뒤, 용기를 내어 더 걸어갈지 거기서 결정하기로 했다. 하지만 버스 정거장에 도착해 보니 피비가 벤치에 앉아 있었다.
"피비, 어떻게 됐니?"
내가 물었다.
"어디 갔었니?"
나는 벤과 벤의 엄마를 만났다는 이야기를 하지 않았다. 숨기고 싶지는 않았지만 말을 꺼낼 엄두가 안 났다.
"겁이 났어, 피비. 그곳에 더 이상 있을 수가 없었어."
"여태까지 네가 용감한 앤 줄 알았어. 하지만 상관없어. 다 상관없다고. 모든 게 지긋지긋해."
"어떻게 됐는데?"
"아무 일도 없었어. 둘이 그렇게 벤치에 즐겁게 앉아 있었어. 내가 너처럼 돌멩이를 잘 던지면 두 사람 뒤통수에 한 방씩 먹였을 거야. 너 우리 엄마 머리 봤니? 아주 짧게 자르셨더라. 그리고 엄마가 뭘 하셨는지 아니? 이야기를 하다 말고 몸을 숙이더니 잔디 위에 침을 뱉으셨어, 침을! 구역질 나. 그 정신병자는 그걸 보고 어땠는지 알아? 깔깔깔 웃더라고. 그러더니 자기도 몸을 굽혀서 침을 뱉었어."

"왜 그랬을까?"

"난들 알겠니? 지긋지긋해. 엄마 마음대로 하라고 해. 있고 싶은 데 있으라고. 엄만 내가 필요 없어. 가족 아무도 필요로 하지 않는다고."

피비는 버스 안에서도 계속 그런 식이었다. 기분이 그야말로 바닥이었다. 나는 벤에 대한 이야기를 하지 않았다. 우리가 막 피비의 집에 도착했을 때 피비의 아빠도 차를 몰고 퇴근하는 길이었다. 프루던스가 집 밖으로 떠쳐나오면서 소리를 질렀다.

"전화가 왔어요. 전화요. 전화가 왔다고요!"

"누가 전화를 했다는 거니?"

윈터버텀 씨가 물었다.

"엄마지 누군 누구예요? 방금 전에요. 십 분도 안 됐어요. 집으로 돌아오실 거래요."

프루던스는 제정신이 아니었다.

"자알됐군."

피비가 중얼거렸다.

"뭐라고 했니, 피비?"

윈터버텀 씨가 되물었다.

"아무것도 아니에요."

"내일 오신댔어요. 그런데……."

프루던스가 말꼬리를 흐렸다.

"왜 그러니? 엄마가 또 무슨 말을 했니?"

프루던스가 손가락으로 머리카락을 친친 꼬며 대답했다.

"엄마 목소리가 왠지 불안했어요. 아빠랑 할 얘기가 있다면서……."

"엄마가 전화번호를 남겼니? 그럼 내가 전화를 하마."

"아니요. 전화번호는 남기지 않으셨어요. 그냥 아빠한테 성급히 판단하지 말라는 말만 전하라고 하셨어요."

"대체 그게 무슨 말이니? 뭐에 대해 성급히 판단하지 말라는 거야?"

윈터버텀 씨가 답답해했다.

"무슨 말인지는 저도 모르겠어요. 엄마는 '아빠한테 성급히 판단하지 말아 달라고 전하렴. 내가 집에 가면 얘기를 좀 해야 할 거야.'라고, 정말 한 마디도 안 틀리고 그렇게 말씀하셨어요. 아, 그리고 가장 중요한 게 빠졌어요! 엄마가 누구를 데리고 온다고 하셨어요."

"흥, 점점 더 가관이군."

피비가 말했다.

"피비?"

윈터버텀 씨는 피비를 한번 바라본 뒤 다시 프루던스를 돌아보며 물었다.

"프루던스, 엄마가 누구랑 같이 온다고는 말 안 했니?"

"전 정말 몰라요."

"프루던스, 엄마가 정말 그 말밖에 안 했니? 그 사람에 대한 말은 안 했어? 이름도 몰라?"

윈터버텀 씨는 점점 더 흥분했다.

"정말 모른다니까요. 엄마는 이름 같은 거 말 안 하셨어요. 그냥 어떤 남자랑 같이 가게 될 것 같다고 하셨다고요."

피비가 나를 바라보았다.

"남자? 기가 막혀!"

피비는 문을 쾅 닫으며 집 안으로 들어가 버렸다.

나는 믿을 수가 없었다. 피비는 이제 곧 자기가 본 것을 제 아빠한테 이야기할까? 나도 얼른 집에 가서 아빠에게 모든 것을 말해 버리고 싶었다. 하지만 막상 집에 가 보니 마거릿 아주머니가 아빠와 나란히 베란다에 앉아 있었다. 아주머니는 나를 반겼다.

"샐 왔구나! 내 동생이 네 영어 선생님이라며? 세상에 이런 우연이 다 있니?"

아빠는 벌써 그 이야기를 들었는지 별로 놀라는 표정이 아니었다.

"걘 아주 좋은 선생이란다. 넌 어떠니?"

"네, 좋으세요."

나는 버크웨이 선생님에 대해 이야기하고 싶지 않았다. 그저 아주머니가 한시라도 빨리 사라져 주기를 바랄 뿐이었다. 아주머니가 돌아가자마자 아빠에게 피비의 엄마에 대한 이야기를 와르르 쏟아 냈다. 하지만 아빠는 딱 한마디밖에 하지 않았다.

"그래? 윈터버텀 부인이 집으로 온단 말이지? 거 잘됐구나."

아빠는 창가로 다가가 아주 오랫동안 창밖을 바라보며 서 있었다. 나는 아빠가 엄마 생각을 하고 있다는 것을 알았다.

밤새 피비와 프루던스와 윈터버텀 씨를 생각했다. 피비의 엄마가 다음 날 그 정신병자를 껴안고 집으로 들어서는 순간 세 사람은 세상이 무너지는 것을 느끼리라.

40
귀가

다음 날 아침 피비가 전화를 걸어 자기 집에 와 달라고 부탁했다.

"난 못 참겠어. 증인이 필요해."

"무슨 증인?"

"그냥 증인이 필요하다고."

"너 아빠한테 말했니? 너희 엄마랑 그……."

"미쳤니? 네가 우리 아빠를 좀 봤어야 해. 아빠랑 언니가 밤새 청소를 한다며 얼마나 수선을 피워 댔는지 아니? 오늘 아침도 마찬가지야. 바닥과 욕실을 박박 문질러 닦고, 먼지를 털어 내고, 산더미 같은 빨래를 하고, 그걸 다 다리고, 청소기로 밀고. 그러고 나서 집 안을 둘러보더니 아빠가 뭐라고 하셨는지 아니? '이거 너무 깨끗한가? 엄마가 자기가 없어도 우리가 잘 사는 줄 알면 어떡하지?' 이러시는 거야. 그러더니 심지어 다 치워 놓은 집을 언니랑 좀 어지르시더라고. 아빤 나한테 단단히 화가 나셨어. 난 손가락 하나 까딱 안 했거든."

난 적당한 이유를 둘러대 피비네 집에 못 간다고 말하고 싶었다. 그 어떤 일에도 증인이 되고 싶지는 않았기 때문이다. 하지만 전날 피비만 남겨 두고 도망쳤던 것에 대한 자책감으로 결국 가겠다고 대답하고 말았다. 내가 도착했을 때 피비와 프루던스 그리고 윈터버텀 씨는 서로의 얼굴만 멀뚱멀뚱 바라보며 거실에 나란히 앉아 있었다.

"엄마가 몇 시에 오겠다고 말 안 했니?"

윈터버텀 씨가 프루던스에게 물었다.

"아니요. 그런 말씀 없으셨어요. 그리고 아빠, 제발 부탁인데요, 엄마가 전화에 대고 더 이상 아무 말도 안 한 게 마치 제 탓인 양 굴지 말아 주세요."

윈터버텀 씨는 보기가 애처로울 정도였다. 벌떡 일어나 쿠션을 똑바로 놓고 자리에 앉았다가 또 금세 일어나 쿠션을 조금 어질러 놓았다. 그러기를 수십 번 하던 윈터버텀 씨가 이번에는 마당으로 나가 원을 그리며 걸어 다녔다. 셔츠도 두 번씩이나 갈아입었다.

"제가 여기 있어도 괜찮을지 모르겠어요."

내가 말했다.

"아무렴, 괜찮고말고."

윈터버텀 씨가 대답했다.

피비네 식구들이 이러다가 완전히 미쳐 버리는 게 아닐까 하는 생각이 들었을 때 택시 한 대가 집 앞에 멈춰 섰다.

"난 내다보지 못하겠다."

윈터버텀 씨는 부엌으로 숨어 버렸다.

"나도 보지 못하겠어."

피비가 아빠를 따라 부엌으로 들어갔고 나는 피비를 쫓아갔다.

"아이, 대체 왜들 이러는지 모르겠네. 엄마가 왔는데 보고 싶지 않단 말이야?"

프루던스가 투덜댔다.

우리는 부엌에서 프루던스가 현관문 여는 소리를 들었다. 이윽고 윈터버텀 부인의 목소리가 들렸다.

"아, 프루던스, 보고 싶었다."

윈터버텀 씨는 애꿎은 부엌 조리대만 닦고 있었다. 프루던스의 놀라는 소리에 이어 윈터버텀 부인의 말소리가 계속해서 들렸다.

"이 애는 마이크란다."

피비가 제 아빠에게 경고했다.

"아빠, 경솔한 행동은 하지 마세요."

"마이크라고?"

윈터버텀 씨가 이름을 되새겼다.

윈터버텀 부인이 남편과 피비를 찾았다.

"여보? 피비? 얘, 프루던스, 네 아빠랑 동생은 어디 갔니? 우리가 온단 말 안 전했니?"

윈터버텀 씨는 숨을 한 번 깊이 들이마셨다.

"피비, 너랑 샐이 집에 있어도 좋을지 모르겠구나."

"아빠, 지금 농담하시는 거예요?"

피비가 말했다.

윈터버텀 씨는 다시 숨을 들이마셨다.

"됐다. 나가 보자꾸나."

윈터버텀 씨는 등허리를 꼿꼿이 펴고 거실로 걸어 나갔다. 피비와 내가 그 뒤를 따랐다.

정말이지, 거짓말 하나도 안 보태고 나는 피비가 그대로 양탄자 위에 쓰러져 죽는 게 아닌가 싶었다. 이유는 두 가지였다. 첫째, 윈터버텀 부인은 더 이상 예전의 윈터버텀 부인이 아니었다. 외모가 너무나 달라져 있었다. 머리가 짧아진 것 말고도 손질까지 최신 유행으로 잘 되어 있었다. 입술의 립스틱은 물론이거니와 마스카라와 볼 터치까지 완벽했고, 옷도 예전에 본 그런 옷이 아니라, 하얀 셔츠와 청바지에 검은색 단화 차림이었다. 귀에는 가늘고 둥근 은 귀고리가 달랑거렸다. 정말 멋쟁이였다. 하지만 피비의 엄마라는 느낌은 나지 않았다.

피비가 쓰러져 죽으면 어쩌나 싶었던 두 번째 이유는 피비의 정신병자 '마이클 비클'이 다른 곳도 아닌 피비네 집 거실에 우뚝 서 있었기 때문이다. 그가 올 거라고 생각하는 것과 실제로 거기 서 있는 그를 보는 것은 그야말로 하늘과 땅 차이였다.

나는 무슨 생각을 어떻게 해야 좋을지 몰랐다.

'마이크가 윈터버텀 부인을 납치했다가 몸값을 받으러 도로 집으로 데리고 온 걸까? 아니면 나머지 식구들까지 모두 다 한꺼번에 처치해 버리려고?'

하지만 나는 전날 두 사람이 함께 있던 광경을 머릿속에서 지울 수가 없었다. 게다가 인질로 잡혀 있었다고 보기에는 현재의 윈터버텀 부인의 모습이 너무나 멋졌다. 약간 겁먹은 느낌이 나기는 했지만 그것은 마이크가 아닌 자기 남편에 대한 두려움 같았다.

"아빠, 저 사람이 제가 말한 정신병자예요."

피비가 속삭였다.

"오, 피비."

피비의 엄마가 손으로 피비의 볼을 쓰다듬었다.

엄마가 그렇게 다정한 행동을 보이자 피비는 심장이 천 갈래 만 갈래로 갈가리 찢어지는 것 같은 표정을 지었다. 하지만 엄마가 자기를 안아 주는데도 피비는 엄마를 끌어안지 않았다.

윈터버텀 씨가 말했다.

"여보, 이게 대체 무슨 일인지 설명을 좀 해 봐요."

윈터버텀 씨는 단호하게 말하려고 했지만 목소리는 떨리고 있었다.

프루던스는 마이크에게 넋이 빠져 있었다. 마이크의 잘생긴 외모에 호감이 가는 듯 그와 이야기를 나누고 싶은 기색이 역력했다. 프루던스가 목에 늘어진 머리카락을 뒤로 넘겼다. 윈터버텀 부인이 남편에게 다가가 안으려고 했다. 그러자 윈터버텀 씨가 한 발짝 뒤로 물러서며 말했다.

"당신의 설명을 들을 권리쯤은 우리한테도 있다고 생각해."

윈터버텀 씨가 마이크를 쳐다보았다.

마이크를 보고 있기는 나도 마찬가지였다. 나는 마음이 혼란스러웠다. 피비의 엄마가 마이크와 사랑에 빠진 걸까? 그러기에는 마이크가 너무 어린데? 마이크는 기껏해야 프루던스보다 몇 살 더 많아 보였다.

윈터버텀 부인이 소파에 앉더니 울음을 터뜨렸다. 끔찍한, 정말 끔찍한 순간이었다. 흐느낌 때문에 처음에는 윈터버텀 부인이 무슨 말을 하는 건지 알아듣기가 힘들었다. 체면 유지에 대한 이야기를 하면서 남편더러 자기를 용서 못할 거라고 말했다. 하지만 자기는 체면을 유지하려고 애썼다는 말도 했다. 지난 수년 동안 완벽해지려고 무척 애를 썼지만 결국 완벽하지 못했다는 것을 자기도 인정한다고 했다. 그리고 이제껏 남편에게 말하지 못한 것이 하나 있는데 그 이야기를 듣고 나면 아마도 자기를 절대 용서하지 못할 거라고 했다.

윈터버텀 씨는 손을 덜덜 떨 뿐, 아무 말도 하지 않았다. 윈터버텀 부인이 마이크에게 소파로 와서 자기 옆에 앉으라는 손짓을 했다. 윈터버텀 씨는 헛기침을 몇 번 했지만 여전히 입을 꾹 다물고 있었다.

"이 애는 제 아들이에요."

윈터버텀 부인이 말했다.

윈터버텀 씨와 프루던스, 피비 그리고 심지어 나까지 동시에 외쳤다.

"아들이라고요?"

부인이 남편을 올려다보았다.

"여보, 당신은 날 부도덕한 여자라고, 당신 체면을 깎아 먹는 여자라고 생각할 테죠. 하지만 당신을 만나기 전의 일이었어요. 전 이 아이를 입양아로 보낼 수밖에 없었고요. 그리고 그 생각을 하면 정말이지 견딜 수가……."

"체면이라고? 체면? 체면이 다 뭐란 말이야! 체면 따위, 다 나가 죽으라고 해!"

평소 상스러운 말이라고는 전혀 입에 담지 않던 윈터버텀 씨의 입에서 욕이 튀어나왔다.

윈터버텀 부인이 자리에서 일어서며 말을 이었다.

"마이크가 절 찾아냈더군요. 처음엔 무슨 일이 벌어질까 싶어서 얼마나 무서웠는지 몰라요. 난 너무나 틀에 박힌 삶을 살고 있었고……."

피비가 아빠의 손을 잡았다.

"……그래서 떠나야 했던 거예요. 정리를 좀 하려고요. 아직 마이크의 양부모는 못 만나 봤어요. 하지만 마이크와 전 많은 이야기를 나눴죠. 제 생각에……."

마이크는 고개를 숙인 채 소파에 앉아서 자기 발만 내려다보고 있었다.

"떠나겠다는 거요?"

윈터버텀 씨가 물었다.

"떠나겠느냐고?"

윈터버텀 부인은 따귀라도 한 대 맞은 표정이었다.

"내 말은 다시 나가 버릴 생각이냐는 거요."

윈터버텀 씨가 말했다.

"당신이 원한다면요. 당신이 체면을 잃고는 도저히……."

"체면은 무슨 얼어 죽을 체면이냐고 하지 않았어! 체면이 다 뭐야? 지금 내가 걱정하는 것은 체면이 아니야. 당신이 내게 이런 이야기를 할 수 없었다는 사실, 아니 하려고 들지도 않았다는 사실이 더 문제라고!"

윈터버텀 씨가 소리쳤다.

마이크가 일어서며 말했다.

"이럴 줄 알았어요."

"마이크, 난 네게는 아무런 감정도 없다. 난 널 모를 뿐이야."

윈터버텀 씨가 말했다. 그리고 부인을 돌아보며 같은 말을 했다.

"그리고 당신도 잘 모르는 것 같소."

나는 내가 사람들 눈에 안 보였으면 좋겠다고 생각하며 고개를 돌려 버렸다. 창밖에서 낙엽들이 떨어지고 있었다. 마음이 시렸다. 피비와 피비의 부모님과 프루던스와 마이크가 모두 가여웠다. 떨어지는 낙엽이 측은했고 무엇인가를 상실한 채 살아가는 내 자신 때문에 슬펐다.

그때 패트리지 할머니가 피비네 집 앞마당으로 들어오는 게 눈에 띄었다.

윈터버텀 씨가 입을 열었다.

"이러지 말고 다들 좀 앉자. 앉아서 이야기를 좀 해 보자꾸나. 정리가 될지도 모르니까."

그러고 나서 윈터버텀 씨는 좀처럼 하기 힘든 행동을 보여 주었다. 마이크한테 가더니 악수를 청하며 이렇게 말한 것이다.

"난 우리 집에 아들이 하나 더 있으면 하고 항상 바랐단다."

윈터버텀 부인이 한시름 던 듯한 표정을 지었다. 프루던스는 마이크를 보며 미소를 지었다. 하지만 피비는 아무런 반응도 보이지 않고 한쪽 구석에 가만히 서 있었다.

"전 이만 가 볼게요."

내가 말했다.

다들 내가 지붕에서 갑자기 떨어진 사람이라도 되는 것처럼 놀란 눈으로 나를 바라보았다. 윈터버텀 씨가 말했다.

"아, 샐. 정말 미안하구나."

그러고는 마이크에게 나를 소개시켰다.

"마이크, 샐은 거의 우리 식구나 마찬가지란다."

윈터버텀 부인이 피비에게 다가가 말을 시켰다.

"피비, 너 나한테 화가 단단히 났구나. 그렇지?"

"그래요. 보시면 모르겠어요?"

피비는 내 소매를 잡고 문 쪽으로 끌어당겼다. 그러더니 획 뒤를 돌아보며 소리를 질렀다.

"우리 가족이 몇 명인지 결정되면 그때 가서 알려 주세요."

피비는 나를 끌고 베란다로 나왔다. 패트리지 할머니가 피비네 집 계단 위에 하얀 봉투를 내려놓는 바로 그 순간이었다.

41
선물

내가 피비의 이야기를 거기까지 했을 때 때맞춰 할아버지가 소리를 질렀다.

"아이다호다!"

우리가 로키 산맥 위에서 몬태나 주와 아이다호 주의 경계를 넘은 것이다. 그때 처음으로 우리가 다음 날까지, 그러니까 엄마의 생일인 8월 20일까지 루이스턴 시에 도착할 수 있다는 확신이 생겼다.

할아버지가 약 한 시간 거리인 쾨르 달렌까지 가서 방을 구하면 어떻겠냐고 제안했다. 루이스턴 시는 거기서 남쪽으로 약 160킬로미터 정도 떨어져 있었기 때문에 반나절이면 쉽게 도착할 수 있었다.

"내 생각 어때, 맹꽁이 할멈?"

할아버지가 물었다.

할머니는 머리를 의자 뒤로 기대고 손을 무릎에 올려놓은 채 꼼짝도 하지 않았다.

"맹꽁이 할멈?"

"그래요, 좋아요."

할머니가 말을 하자 가슴에서 쌕쌕거리는 소리가 났다.

"당신 괜찮아?"

할아버지가 물었다.

"좀 피곤하네요."

"곧 침대에 눕게 해 주리다."

나를 슬쩍 돌아보는 할아버지 얼굴에 근심이 어려 있었다.

"할머니, 여기 근처에서 묵을까요? 전 그래도 괜찮아요."

"아니다. 난 쾨르 달렌에 가서 쉬련다. 네 엄마가 거기서 엽서를 보냈는데 새파란 호수가 아주 인상적이었어."

할머니가 탁한 기침을 오랫동안 해 댔다.

"아름답고 푸른 호수라. 좋아, 거기로 가자고."

할아버지가 말했다.

"페이비의 엄마가 집으로 돌아왔다니 참 잘됐구나. 네 엄마도 돌아왔더라면 좋았을 것을."

할머니가 화제를 바꾸었다.

할아버지는 거의 오 분 동안이나 고개를 끄덕거렸다. 그러고는 내게 휴지를 건네며 다음 이야기를 부탁했다.

"패트리지 부인 얘기를 좀 해 보렴. 페이비네 집 베란다에다 편지 봉투를 올려놓다니, 대체 그게 어떻게 된 일이냐?"

나와 피비도 그것이 궁금했다. 우리가 막 현관문을 열고 나오는 소리에 패트리지 할머니가 우리 쪽으로 고개를 들었다.

"어쩐 일이세요, 패트리지 할머니?"

내가 물었다.

"흠……."

패트리지 할머니가 손으로 입을 가렸다.

피비가 재빨리 봉투를 줍더니 뜯어서 그 안에 든 쪽지를 큰 소리로 읽었다.

> 그의 모카신을 신고 두 개의 달 위를 걸어 볼 때까지
> 그 사람에 대해 판단하지 마세요.

"잘 있어라."

패트리지 할머니는 어느새 돌아서 나가고 있었다.

"패트리지 할머니, 이건 벌써 보내셨던 거잖아요."

피비가 패트리지 할머니의 등에 대고 소리쳤다.

"뭐라고?"

패트리지 할머니가 되물었다.

"할머니죠, 그렇죠? 할머니가 우리 집에 몰래 오셔서 이런 쪽지들을 남겨 놓으신 거죠?"

피비가 물었다.

"마음에 들었니?"

이상야릇한 표정을 하고 우리 쪽으로 고개를 돌린 채 피비네 앞마당 한가운데 서 있는 패트리지 할머니는 장난기 넘치는 어린애 같아 보였다.

"마거릿이 날마다 그런 말들을 신문에서 읽어 준단다. 마음에 드는 말은 그 애한테 좀 적어 달라고 하지. 모카신 쪽지는 벌써 두 번째라니 미안하구나. 나도 정신이 예전 같지 않아서 말이야."

"하지만 이것들을 왜 하필이면 우리 집에 갖다 놓으시는 거죠?"

"네가 깜짝 선물을 받을 때처럼 좋아할 줄 알았다. 과자 속에 행운의 문구가 들어 있는 포춘 쿠키처럼 말이야. 물론 난 쿠키 속에 쪽지를 집어넣지는 않았다만. 어쨌거나 내 쪽지가 마음에 들었니?"

피비는 나를 오랫동안 쳐다보았다. 그러고는 계단을 내려가더니 다시 질문을 던졌다.

"패트리지 할머니, 우리 오빠를 언제 만나셨어요?"

"넌 오빠가 없다고 하지 않았니?"

패트리지 할머니가 말했다.

"저도 알아요. 하지만 할머니가 우리 오빠를 만났다고 하셨잖아요. 그게 언제였냐고요?"

패트리지 할머니가 머리를 가볍게 두드렸다.

"가만있자, 그게 언제더라? 얼마 전이었는데, 한 주 전이던가, 두 주 전이던가? 네 오빠가 실수로 우리 집으로 들어왔더라. 그래도 내가 자기 얼굴을 만질 수 있게 해 줬지. 그래서 네 오빠라고 생각했던 거야. 얼굴 생김새가 너랑 어찌나 비슷하던지. 정말 특이스러운 일이지?"

피비가 자기 집을 뒤돌아보며 말했다.

"요즘 이상한 일들을 하도 많이 겪어서 이제 웬만한 건 별로 특이스럽지도 않아요."

패트리지 할머니가 더듬거리며 자기 집으로 돌아갔다.

피비는 주변을 돌아보며 제자리에 서 있었다.

"샐, 정말 특이스러운 세상이야."

그러고는 잔디밭을 지나 거리로 나가더니 갑자기 길에 침을 뱉었다. 피비가 소리쳤다.

"샐, 너도 와서 해 봐!"

나도 길에다 침을 뱉었다.

"어때?"

피비가 물었다.

우리는 또다시 길에 침을 뱉었다.

굉장히 지저분한 짓이었지만, 솔직히 우리는 침을 뱉을 때마다 희열감을 느꼈다. 왜 그런지 이유는 설명 못하겠지만 그것은 그 상황에 가장 걸맞은 행동이었다. 그러고 나서 피비는 다시 집으로 들어갔다. 나는 그것 역시 피비를 위해 가장 옳은 행동이라는 것을 알았다.

침 뱉기 덕에 용기를 얻은 나는 마거릿 커데이버 부인을 만나러 갔다. 우리는 오랫동안 대화를 나눴고, 그제야 아빠가 커데이버 부인을 어떻게 만나게 되었는지 알게 되었다. 나로서는 아주 고통스러운 대화였고, 심지어 커데이버 아주머니 앞에서 눈물까지 보였다. 하지만 이야기가 끝나자 나는 아빠가 왜 아주머니랑 함께 있는 것을 좋아하는지 이해할 수 있었다.

집에 와 보니 베란다 계단에 벤이 앉아 있었다. 얼마나 반가웠는지 모른다.

"너한테 주려고 뭘 가져왔어. 뒷마당에 있어."

벤이 나를 데리고 뒷마당으로 갔다.

손바닥만 한 잔디밭 위에 닭 한 마리가 우쭐대고 있었다. 내 인생에서 닭을 보고 그렇게 기뻤던 적은 없었다.

벤이 말했다.

"이름은 내가 지었어. 하지만 마음에 안 들면 다른 이름을 지어 줘도 돼."

내가 닭 이름이 뭐냐고 묻는 순간, 벤과 나는 동시에 몸을 앞으로 숙였다. 그리고 또 한 번 입맞춤을 나눴다. 더할 나위 없이 완벽한 아주 멋진 입맞춤이었다.

벤이 말했다.

"닭 이름은 블랙베리야."

"아아, 그게 페이비 이야기의 끝이니?"

할머니가 물었다.

"네."

나는 그렇게 대답했지만 사실이 아니었다. 피비가 오빠에게 어떻게 적응했는지, '달라진' 엄마에게는 또 어떻게 맞춰 나갔는지 등등 마음만 먹으면 이야기를 계속할 수도 있었다. 하지만 피비는 아직도 적응 중이었고, 그것은 우리가 산을 넘고 있는 이 순간에도 계속되는 일이었다.

"정말 멋진 얘기였다, 샐. 너무 슬프게 끝나지 않아서 얼마나 다행인지 모르겠구나. 이 이야기를 언젠가 네가 책으로 쓰면 좋을 것 같구나."

할머니는 눈을 감았다. 쾨르 달렌으로 가는 한 시간 내내 할머니의 가쁜 숨소리가 들렸다. 너무나 얌전히, 너무나 고요하게 누워 있는 할머니의 모습에 불안해졌다.

"할아버지, 할머니 얼굴이 잿빛이에요. 안 그래요?"

내가 속삭였다.

"그래, 그렇구나. 아가야, 정말 그렇구나."

할아버지는 쾨르 달렌으로 향해 가속 페달을 있는 힘껏 밟아 댔다.

42
전망대

쾨르 달렌에서 우리는 곧장 병원으로 갔다. 호수가 나오자 할아버지는 할머니를 깨워 보려고 했다.

"맹꽁이 할멈?"

할머니는 옆으로 고꾸라져 버렸다.

"할멈? 맹꽁이 할멈?"

의사들은 할머니가 뇌졸중을 일으켰다고 했다. 할아버지는 할머니가 검사를 받는 동안 옆에 있겠다고 부득부득 우겼다. 젊은 인턴이 할아버지를 설득했다.

"할머니는 지금 의식이 없으세요. 할아버지가 옆에 계신지 아닌지도 모르신다고요."

"여보게, 난 오십일 년 동안을 이 사람 옆에 붙어살았어. 이

사람이 달걀 장수를 따라 갔던 사흘만 빼고 말이야. 내 그냥 이렇게 손만 붙잡고 있겠네. 응? 날 떼어 놓으려면 내 손목부터 잘라야 할걸세."

의사들은 할아버지가 할머니 옆에 있도록 두었다. 내가 병원 로비에 혼자 있는 동안 어떤 남자가 늙은 비글을 데리고 들어왔다. 병원 안내 데스크에서 일하는 사람이 개는 병원 안에 데리고 들어올 수 없다고 말했다.

"개를 혼자 놔두란 말입니까?"

남자가 물었다.

내가 끼어들었다.

"제가 개를 봐 드릴게요. 저도 꼭 이렇게 생긴 개가 있었어요."

나는 늙은 비글을 데리고 밖으로 나가 잔디밭에 앉았다. 개가 자기 머리를 내 무릎 위에 올려놓더니 기분 좋을 때 흔히 그러는 것처럼 목구멍에서 특이한 소리를 냈다. 할아버지는 그것을 개가 가르랑댄다고 했다.

나는 할머니의 뇌졸중이 뱀에게 물린 것과 관련이 있지 않을까 하는 생각이 들었다. 그리고 고속도로를 벗어나 강가에 멈춘 사람이 할아버지였기 때문에 혹시 할아버지가 자책감을 느끼는 것은 아닐까 싶었다. 강에 가지 않았다면 할머니는 뱀에게 물리지 않았을 테니까. 어느덧 내 생각은 죽은 채 태어난 아기에게 옮겨 가 있었다. 내가 그날 나무에 오르지 않았더라면 엄마가 나를 업어서 집으로 데리고 올 필요가 없었을 테고 그랬다면 아기는 살았을지도 모르고, 그러면 엄마는 집을 나가지 않았을 테고 모든 것은 예전과 다름이 없을 거라는 생각이 들었다.

하지만 동시에 사람은 피비나 피비의 엄마가 처음에 그랬던 것처럼 집 안에만 갇혀 살 수는 없다는 생각이 들었다. 사람은 나가서 활동도 하고 세상도 봐야 하는 것이다. 그러자 할머니와 할아버지가 나더러 이런 것을 깨달으라고 이번 여행에 나를 데리고 온 것이 아닌가 싶었다.

무릎 위에 누워 있는 개는 꼭 우리 무디 블루 같았다. 나는 개의 머리를 쓰다듬어 주며 할머니를 위해 기도했다. 이번에는 무디 블루가 처음으로 새끼를 낳았을 때가 생각났다.

무디 블루는 처음 일주일 동안은 자기 새끼들 근처에 아무도 얼씬거리지 못하게 하면서 새끼들을 깨끗이 핥아 주고 코로 비벼 댔다. 눈도 못 뜬 강아지들은 신음 소리를 내며 엄마한테 서로 가려고 발버둥을 쳤다. 더듬거리는 새끼가 있으면 무디 블루는 자기 배 쪽으로 슬쩍 밀어 젖을 빨렸다.

무디 블루는 시간이 지나면서 우리가 강아지들을 만져도 가만히 있었지만 여전히 주의를 늦추지 않았다. 누가 강아지를 데리고 나가려고 하면 사납게 으르렁거리기 일쑤였다. 몇 주가 지나자 강아지들은 자꾸 엄마 품에서 벗어났고, 무디 블루는 도망간 강아지들을 다시 제자리로 물고 오는 데 온종일을 허비했다. 하지만 강아지들이 태어난 지 여섯 주 정도 지나자 무디 블루는 새끼들한테 더 이상 신경을 쓰지 않았다. 강아지들을 툭 치기도 하고 아예 밀쳐 버리기까지 했다. 나는 엄마한테 무디 블루가 점점 못돼져 간다며 말했다.

"엄마, 무디 블루가 자기 새끼들을 싫어하나 봐요."

그러자 엄마가 대답했다.

"그건 못돼서 그런 게 아니라 아주 정상적인 거야. 젖을 떼면서 독립심을 길러 주는 거야."

"꼭 그렇게 해야 해요? 새끼들이랑 그냥 같이 있으면 안 돼요?"

"그건 자기한테도 새끼들한테도 좋지 않아. 새끼들도 독립적이 돼야지. 무디 블루한테 무슨 변이라도 생기면 어떡하니? 그럼 새끼들은 엄마 없이 어떻게 살아야 하는지 모르잖아."

병원 밖에서 할머니를 위해 기도를 드리고 있는 동안, 나는 문득 엄마의 여행이 무디 블루의 젖떼기 행동과 비슷한 것이 아니었나 하는 생각이 들었다. 그것은 어느 정도는 엄마 자신을, 그리고 어느 정도는 나를 위한 행동이었을 것이다.

개 주인이 돌아오자 나는 다시 병원 안으로 들어갔다. 자정이 넘어서자 간호사가 나오더니 할머니를 보러 들어가도 좋다고 말했다. 할머니는 창백한 안색으로 조용히 누워 있었다. 입 밖으로 침이 흘러나온 게 보였다. 할아버지는 몸을 앞으로 숙인 채 할머니의 귀에 대고 뭔가를 끊임없이 중얼거리고 있었다. 간호원이 말했다.

"못 들으실 거예요, 할아버지."

"무슨 소리야? 내 말은 들을 수 있다고. 이 사람은 언제 어디서나 내 말을 들을 수 있단 말이야."

할아버지가 말했다.

할머니의 눈은 감겨 있었다. 가슴에 붙인 패치에서 나온 전깃줄은 모니터에 연결되어 있었고, 손등에 꽂힌 튜브는 테이프로 고정되어 있었다. 나는 할머니를 붙들고 흔들어 깨우고 싶었다. 그때 할아버지가 말했다.

"우린 얼마 동안 여기 있어야 할 것 같구나, 아가야."

그러더니 주머니에서 자동차 열쇠를 꺼내며 말을 이었다.

"옜다. 차가 필요할지도 모르니까."

그리고 이번에는 꼬깃꼬깃한 지폐 뭉치를 건넸다.

"이것도 가지렴. 혹시 모르니까."

"전 할머니 곁을 떠나고 싶지 않아요."

"무슨 소리. 할머니는 네가 이 퀴퀴한 병원 안에 앉아 있는 걸 바라지 않을 거야. 할머니한테 할 말이 있으면 귀에 대고 속삭이렴. 그러고 나서 넌 네가 해야 할 일을 하러 가는 거야. 네 할머니랑 나는 딴 데 안 가고 여기 있을 거야. 바로 여기. 조심해야 한다, 아가야."

할아버지가 내게 윙크를 했다.

나는 몸을 숙여 할머니에게 귀엣말을 했다. 그리고 병실을 나왔다. 차에 올라타 지도를 꼼꼼히 살폈다. 그리고 몸을 등받이에 기대고 앉아 눈을 감았다. 할아버지는 내가 무엇을 할지 알고 있었다.

손에 쥔 자동차 열쇠가 차갑게 느껴졌다. 다시 지도를 들여다보았다. 쾨르 달렌에서 루이스턴까지 가는 길은 커브가 많았다. 차의 시동을 걸고, 후진을 해서 차를 뺀 뒤 다시 차를 멈추고 시동을 껐다. 주머니에 든 돈을 세 보았다. 그리고 다시

지도를 들여다보았다.

인생에서는 중요한 일도 있는 법이다.

주차장에서 차를 뺄 때는 무서워 죽을 것 같았지만 막상 고속도로로 나오니 겁이 덜 났다. 천천히 차를 몰았다. 어떻게 해야 하는지 잘 알고 있었다. 지나치는 모든 나무에 대고 기도를 했다. 길에는 나무들이 엄청 많았다.

길은 좁고, 커브는 많고, 차는 드물었다. 쾨르 달렌에서 루이스턴 언덕 꼭대기까지 가는 데 네 시간이 걸렸다. 루이스턴 언덕은 말이 언덕이지 내게는 산으로 여겨졌다. 언덕 꼭대기에 있는 전망대에 차를 세웠다. 저 아래 골짜기에 자리 잡은 루이스턴 시가 눈에 들어왔다. 시를 관통해서 흐르는 스네이크 강도 보였다. 나와 루이스턴 시 사이에는 급커브길이 산 아래까지 굽이굽이 이어져 있었다.

내가 아는 버스가 산등성이 어딘가에 아직 놓여 있는 게 보일까 싶어 가드레일 너머를 이리저리 바라보았다. 하지만 버스는 보이지 않았다.

"난 할 수 있어. 할 수 있고말고."

나는 같은 말을 몇 번이고 되새겼다.

다시 천천히 차를 몰았다. 첫 번째 커브에 다다르자 심장이

미친 듯이 뛰었다. 손바닥에서 어찌나 땀이 흐르던지 핸들을 제대로 꽉 잡고 있기가 힘들 지경이었다. 브레이크에 발을 올려놓고 조심해서 달렸지만 커브가 급하고 경사가 심해 차는 내가 원하는 것보다 훨씬 더 빠르게 미끄러져 내려갔다. 그 첫 번째 커브를 간신히 다 돌았나 싶었는데 갑자기 깎아지른 듯한 낭떠러지가 눈앞에 나타나면서 차는 어느새 그 낭떠러지와 경계한 바깥 차선을 달리고 있었다. 급경사가 계속되는 가운데 도로와 낭떠러지를 구분해 주는 것이라고는 도로 경계 표시 말뚝 사이에 설치해 놓은 가느다란 가드레일뿐이었다.

언덕을 내려오는 내내 도로는 그런 식이었다. 500미터 정도는 안쪽 차선으로 달렸기 때문에 마음이 놓였지만 곧 그 무시무시한 커브가 나왔고 그 다음 500미터는 다시 컴컴한 낭떠러지가 끝없이 아래로 떨어져 내리는 바깥쪽 도로로 달려야 했다. 구불구불 구불구불 끊임없이 차를 몰았다. 500미터는 안전하게, 커브를 돌고 500미터는 낭떠러지 옆으로…….

산을 반쯤 내려가니 폭 좁은 추가 차선처럼 보이는 또 다른 전망대가 나왔다. 그것은 아름다운 경치를 보라고 마련해 두었다기보다는 커브길 운전에 지친 운전자들더러 잠시 쉬면서 정신을 차리라고 만들어 놓은 장소 같았다. 거기다 차를 세워

둔 채 나머지 길을 그냥 걸어 내려간 운전자들이 몇 명이나 될까 생각해 보았다. 내가 거기 서서 아래를 내려다보고 있을 때 또 다른 운전자가 전망대에 차를 세웠다. 남자는 차에서 내리더니 내 옆으로 다가와 담배를 입에 물었다.

"다른 사람들은 어디 있니?"

남자가 물었다.

"다른 사람들이라니요?"

"너랑 같이 온 사람들 말이다. 운전하는 사람이나 뭐 그런."

"아, 저기……."

내가 머뭇거렸다.

"쉬하러 갔나 보구나, 그렇지?"

남자가 말을 이었다.

"밤에는 정말 운전하기 힘든 길이지. 난 매일 밤 이 길을 운전한단다. 회사는 풀만에 있는데 집은 저기거든……."

남자가 불빛이 반짝이는 루이스턴 시와 컴컴한 강을 가리켰다.

"전에 와 봤니?"

"아니요."

"저거 보이니?"

남자가 산 아래 어디쯤을 가리켰다.

어둠 속에서 남자가 가리키는 곳을 보려고 애썼다. 꺾인 나뭇가지와 덤불 사이로 오솔길 비슷한 게 하나 보였다. 그리고 그 길 끝에 달빛에 반짝이는 거대한 금속성 물체가 누워 있었다. 내가 아까부터 찾던 바로 그거였다.

"한 일 년 몇 개월 전이던가, 버스 한 대가 굴러떨어졌단다. 바로 요 전 커브를 돌아 나오다가 중심을 잃는 바람에 전망대까지 미끄러져서 그대로 가드레일을 들이받고 저 나무들 위로 굴러떨어진 거지. 아주 끔찍한 사고였단다. 그날 밤 집에 오는데 구조대원들이 그때까지도 길을 뚫느라 덤불을 베고 있더라. 살아남은 사람이 딱 한 사람이라지 아마? 알고 있었니?"

물론 잘 알고 있었다.

43
버스와 버드나무

   남자가 떠나자 나는 버스로 가려고 가드레일 밑으로 기어 들어가 언덕을 내려갔다. 동쪽 하늘은 어느새 뿌옇게 밝아 오고 있었다. 새벽이 다가오는 것이 기뻤다. 일 년 반 전 깎여 나갔던 잡목들이 다시 자라고 있었다. 이슬에 젖어 축축한 가지들은 아무렇게나 멋대로 뻗어서 내 다리를 때리고 할퀴었다. 게다가 울퉁불퉁한 땅이 가지에 가려 보이지 않는 바람에 몇 번이나 발을 헛디디고, 넘어지고, 미끄러졌다.

   버스는 늙어서 병든 말처럼 옆으로 벌러덩 누워 있었다. 부서진 전조등이 슬픈 시선으로 주변의 나무들을 바라보고 있었다. 커다란 고무 타이어는 다 터져서 바퀴살에 보기 흉하게 걸려 있었다. 열린 창문을 통해 안으로 들어갈 수 있기를 바라면서 버스 옆면으로 기어 올라갔다. 하지만 막상 올라가 보니 차체에는 커다란 구멍이 두 군데나 뚫려 고등어 통조림 뚜껑을 따놓은 것처럼 끝이 삐죽삐죽한 강판이 위로 젖혀 올라와 있었다. 운전석 뒤의 부서진 유리창으로 찌그러진 좌석들과 튀어나온 스펀지 덩어리들이 마구 뒤엉켜 있는 것이 보였고, 모든 것 위에는 곰팡이가 푸르스름하게 뒤덮여 있었다.

창문으로 들어가 통로를 걸어 다녀 볼 생각이었지만 버스 안에는 몸을 움직일 만한 공간이 전혀 없었다. 정말 작은 거라도 좋으니 낯익은 것을 찾아낼 마음에 버스 안을 구석구석 뒤져 볼 계획이었건만……. 다시 기어 내려와 버스 주위를 한 바퀴 빙 돌았다. 버스 밑으로 남자 부츠 한 짝이 삐죽 튀어나와 있었다. 안에 사람 다리가 없는 것이 한눈에 보이도록 부츠 옆이 찢어져 있는 게 얼마나 다행인지 몰랐다.

어느덧 옅은 장밋빛으로 밝아진 하늘 덕에 전망대로 되돌아가는 길은 찾기가 수월했다. 하지만 경사가 가팔라 산을 오르는 것은 그리 쉽지 않았다. 산을 다 올라왔을 때는 머리부터 발끝까지 흙과 생채기투성이였다. 가드레일 밑을 막 기어 나오는데 할아버지의 빨간 시보레 뒤에 또 다른 자동차 한 대가 서 있는 것이 눈에 띄었다.

보안관이었다. 보안관은 무전기에 대고 뭐라고 말을 하고 있다가 나를 보더니 자신의 부관에게 차에서 내려 나에게 가 보라고 손짓을 했다. 부관이 말했다.

"너 때문에 우리도 지금 막 여길 내려가려던 참이었단다. 네가 버스 위에 서서 어정거리고 있는 걸 봤거든. 하여튼 요즘 애들이란. 대체 이 시간에 저긴 왜 내려갔니?"

내가 미처 대답을 하기도 전에 보안관이 차에서 내려 다가왔다. 보안관은 잿빛 모자를 고쳐 쓰고 허리에 찬 권총집의 매무새를 다듬었다.

"다른 사람들은 어디 있니?"

보안관이 물었다.

"다른 사람들은 없어요."

내가 대답했다.

"누가 널 여기까지 데려다 주었지?"

"저 혼자 왔어요."

"이건 누구 차니?"

"할아버지요."

"할아버지는 어디 계시니?"

보안관은 할아버지가 수풀 뒤에 숨어 있기라도 한 것처럼 좌우를 살폈다.

"쾨르 달렌에 계세요."

"뭐, 뭐라고?"

나는 할머니 이야기부터 시작해 할아버지가 할머니 곁에 머물러야만 했다는 것 그리고 쾨르 달렌에서부터 아주 조심스럽게 차를 몰고 온 이야기까지 보안관에게 사실대로 털어놓았다.

"그러니까 네 말은……."

보안관이 입을 열더니 내가 한 이야기를 그대로 반복한 뒤 이렇게 끝을 맺었다.

"……그래서 지금 너 혼자 쾨르 달렌에서 여기까지 이 고개를 넘어왔다 이 말이니?"

"네, 아주아주 조심하면서요. 할아버지한테 운전을 배울 때 아주 조심스럽게 운전하는 법도 배웠어요."

보안관이 부관을 바라보며 말했다.

"이거 참. 너무 황당해서 난 감히 이 꼬마 아가씨한테 몇 살이냐고 물어볼 엄두도 안 나는군. 자네가 좀 물어보지그래?"

부관이 물었다.

"몇 살이니?"

나는 내 나이를 말했다.

보안관이 심각한 표정으로 나를 바라보았다.

"대체 뭐가 그렇게 중요해서 제대로 된 운전 면허증을 가진 어른이 널 루이스턴 시까지 데려다 줄 때까지 기다리지 못한 거니?"

그래서 나머지 이야기를 마저 다 했다. 내 이야기를 들은 보안관은 차로 돌아가 누군가와 무전기로 교신하더니 나더러는 자기 차에 타라고 하고, 부관에게는 할아버지의 차를 몰고 따라오라고 일렀다. 나는 보안관이 나를 감옥에 가둘 거라고 생각했다. 감옥에 갇히는 것은 두렵지 않았지만 목적지에 거의 다 와서 할 일을 하지 못하게 되었다는 것과 한시라도 빨리 할머니에게 돌아가야 한다는 생각에 마음이 무거웠다.

하지만 보안관은 나를 감옥에 가두지 않았다. 보안관은 다리를 건너 루이스턴 시로 들어가더니 시내를 통과해 다시 건너편 산으로 차를 몰았다. 그러고는 롱우드로 가 공동묘지 관리인의 집 앞에 차를 세웠다. 보안관이 집 안으로 들어갔다. 우리 차 뒤에는 할아버지의 차를 몰고 온 부관이 있었다. 관리인이 나오더니 손으로 오른쪽을 가리켰다. 보안관은 다시 차에 올라타고 관리인이 가리킨 쪽으로 방향을 꺾었다.

아주 아름다운 곳이었다. 뒤쪽으로는 스네이크 강이 굽이 돌았고, 잔디밭 여기저기에는 크고 잎이 무성한 나무들이 서 있었다. 보안관이 차를 주차하더니 나를 데리고 강 쪽으로 걸어갔다. 그곳에, 강과 골짜기가 내려다보이는 야트막한 언덕에 엄마의 무덤이 있었다.

묘비에는 엄마의 이름과 생일, 사망 날짜 그리고 설탕단풍나무가 새겨져 있었다. 나는 묘비와 거기에 새겨진 챈하셴 '슈거' 픽포드 히들이라는 엄마의 이름과 설탕단풍나무를 보고서야 엄마가 다시는 돌아오지 않을 거라는 사실을 나 스스로, 그리고 나 자신을 위해, 마침내 깨달았다. 엄마의 무덤 옆에 잠시 앉아 있게 해달라고 부탁했다. 그곳을 내 기억 속에 담아두고 싶었다. 풀과 나무와 향기와 소리, 그 모든 것을.

강물 소리만 들리는 조용한 아침에 문득 새의 노랫소리가 들려왔다. 정말 사랑스러운 노랫소리였다. 주위를 두리번거리다가 강 쪽으로 가지를 늘어뜨린 버드나무를 올려다보았다. 새의 노랫소리는 버드나무 꼭대기에서 들려오고 있었다. 나무를 자세히 살피고 싶지는 않았다. 노래를 부르는 것이 바로 그 나무라고 믿고 싶었다.

버드나무 쪽으로 가서 나무에게 입을 맞췄다.

"생일 축하해요, 엄마."

보안관의 차 안에서 나는 이렇게 말했다.

"엄마는 떠나지 않았어요. 나무에서 노래를 하고 있어요."

"그래, 네가 그렇다면 그런 거지."

"이제 절 감옥에 넣으셔도 돼요."

44
우리 맹꽁이 할멈

 보안관은 나를 감옥에 가두는 대신 할아버지의 차를 몰고 뒤따라오는 부관과 함께 쾨르 달렌까지 데려다 주었다. 보안관은 면허증 없이 운전하는 것이 얼마나 위험한지 오랫동안 심각한 어조로 설명한 뒤 내게 열여섯 전까지는 절대로 운전하지 않겠노라는 약속을 받아 냈다.

 "할아버지 농장 안에서도 안 돼요?"

 보안관은 도로를 똑바로 쳐다보며 말했다.

 "자기 농장에서야 뭘 하든 상관없겠지. 운전할 만큼 땅이 넓고, 사람들이나 동물들이 다칠 위험이 없다면 말이야. 그렇다고 너더러 그렇게 하라는 말은 절대 아니다. 내가 허락한 걸로 생각하면 안 돼."

나는 보안관에게 버스 사고에 대해 이야기해 달라고 부탁했다.

"그날 밤 거기 계셨어요? 버스에서 사람들이 실려 나오는 것을 보셨어요?"

"얘야, 어떤 건 모르는 편이 더 좋은 거란다. 그런 건 잊어버려야지, 자꾸 생각하면 안 돼."

"우리 엄마를 보셨어요?"

"살라망카, 난 그날 사람들을 아주 많이 봤단다. 네 엄마는 그중에 있었을 수도 있고 없었을 수도 있어. 하지만 설사 네 엄마를 봤다고 해도 난 누가 네 엄마인지 모른단다. 네 아빠가 우리 사무실에 오셨던 건 기억나는구나. 그래, 기억나고말고. 하지만 네 아빠가, 네 아빠가……. 난 차마 네 아빠와 동행하지 못하겠더라."

"커데이버 아주머니는 보셨어요?"

"네가 커데이버 부인을 어떻게 아니? 나야 물론 봤지. 커데이버 부인을 못 본 사람은 아마 없을 거다. 버스가 굴러떨어진 지 아홉 시간쯤 지났을 때였어. 구조원들이 들것에 온통 시신들만 나르느라 절망에 빠져 있었단다. 바로 그때 버스 창문 밖으로 손이 하나 나왔어. 사람들이 환호성을 질렀지. 손이 움직이고 있었거든."

보안관이 말을 하다 말고 나를 흘깃 바라보았다.

"그게 네 엄마의 손이었다면 좋았을 텐데 안됐구나."

"커데이버 아주머니가 엄마 옆자리에 앉아 계셨대요."

"아!"

"엄마랑 아주머니는 서로 모르는 사이로 버스 여행을 시작했지만 엿새 뒤 버스를 내릴 무렵에는 친구가 되었대요. 엄마는 커데이버 아주머니한테 나와 아빠와 바이뱅크스 농장에 대해 모든 것을 다 이야기하셨대요. 들판과 블랙베리와 무디 블루, 닭, 노래하는 나무에 대해서도요. 엄마가 커데이버 아주머니한테 그런 얘기를 다 털어놓으신 걸 보면 엄마는 우리를 굉장히 그리워하셨나 봐요. 그렇죠?"

"암, 그렇고말고. 그런데 그런 건 다 어떻게 알았니?"

그래서 나는 피비의 엄마가 돌아오던 날 커데이버 아주머니한테서 들은 이야기를 보안관에게 했다. 아주머니는 그날 내게 아빠가 엄마 장례식을 마치고 루이스턴 병원으로 자기를 찾아왔던 이야기를 들려주었다. 아빠는 버스 사고에서 유일하게 살아남은 사람을 만나 볼 생각이었는데, 마침 아주머니가 엄마 옆자리에 앉았었다는 말을 듣고 엄마에 대한 이야기를 나누기 시작했던 것이다. 두 사람은 장장 여섯 시간 동안이나 대화를 주고받았다.

아주머니는 그때부터 아빠와 편지를 교환하기 시작했는데, 당시 아빠의 상태는 잠시 동안 바이뱅크스를 떠나지 않으면 안 될 정도로 심각했다고 말했다. 내가 아주머니에게 아빠가 왜 그런 이야기를 나한테 하지 않았던 거냐고 묻자 아주머니는 이렇게 대답했다.

"물론 하려고 하셨지. 하지만 네가 듣고 싶어 하지 않았어. 아빠는 네가 나를 싫어하는 이유가 엄마는 죽었는데 나만 혼자 살아남아서인 줄 아셨단다."

"우리 아빠를 사랑하세요? 결혼하실 건가요?"

"맙소사! 샐, 그런 생각을 하기엔 너무 이르구나. 아빠가 나한테 의지하고 계신 긴 내가 네 엄마와 같이 여행을 했고, 마지막 순간까지 네 엄마의 손을 붙잡고 있었기 때문이야. 네 아빠는 아직 다른 사람을 사랑하거나 그럴 여유가 없어. 아빠한테는 네 엄마가 유일한 사랑이야."

그랬다. 엄마는 아빠의 유일한 사랑이었다.

나는 아주머니에게 엄마의 마지막 순간까지 함께 있었다는 것을 비롯해 다른 모든 이야기를 들었음에도 불구하고 엄마가 죽었다는 사실을 믿지 못했다. 분명히 무슨 실수가 있을 거라고 생각했다. 루이스턴에 가면서도 정확히 무엇을 찾아내기 위해서인지 알지 못했다. 들판을 거닐고 있는 엄마를 보고 소리쳐 부르면 엄마가 뒤를 돌아보며 "오, 살라망카, 내 왼팔이 왔구나. 날 집으로 데려가 다오." 하기를 기대했던 것일지도 모른다.

쾨르 달렌으로 가는 마지막 80킬로미터 동안 그만 잠이 들어 버렸다. 눈을 떠 보니 어느새 병원 앞이었고, 보안관은 막 병원 건물에서 나오고 있었다. 보안관이 내게 봉투를 건네더니 다시 운전석에 올라탔다.

봉투 안에는 할아버지가 묵고 있는 모텔 이름이 적힌 쪽지가 들어 있었다. 그 밑에는 "오늘 새벽 3시에 우리 맹꽁이 할멈이 저세상으로 갔단다."라는 말이 적혀 있었다.

할아버지는 모텔 방 침대에 걸터앉아 전화를 하고 있었다. 내가 보안관과 함께 들어서자 할아버지는 수화기를 내려놓고 나를 껴안았다. 보안관이 애도의 뜻을 표한 뒤, 아직 미성년인 손녀에게 밤에 산길을 운전하게 한 것에 대해 훈시할 만한 시간이나 장소가 아닌 것 같다고 말했다. 보안관은 할아버지에게 차 열쇠를 돌려주고 도울 일이 있는지 물어보았다.

할아버지는 모든 준비가 거의 다 끝났다고 대답했다. 할머니의 시신은 비행기에 실려 바이뱅크스로 돌려보내질 계획이고, 그곳 비행장에는 아빠가 나오기로 되어 있다고 말했다. 할아버지와 나는 쾨르 달렌에서 볼일을 마치고 내일 아침에 떠나기로 했다.

보안관과 부관이 돌아간 뒤 나는 할머니와 할아버지의 여행 가방이 열려 있는 것을 보았다. 안에는 할아버지의 옷가지들이 할머니의 물건들과 뒤죽박죽 섞여 있었다. 할머니가 쓰던 아기 분을 집어 냄새를 맡았다. 책상 위에는 구겨진 편지가 한 통 놓여 있었다. 그것을 물끄러미 바라보자 할아버지가 말했다.

"어젯밤에 네 할머니한테 편지를 한 통 썼단다. 연애편지 말이야."

할아버지는 침대에 누워 천장을 올려다보았다.

"아가야, 우리 맹꽁이 할멈이 그립구나."

할아버지는 한 팔을 들어 눈을 가렸다. 그리고 다른 손으로는 옆의 빈자리를 두드리며 이렇게 말했다.

"이건 우리, 이건 우리 곁……."

"할아버지, 울지 마세요."

나는 침대에 앉아 할아버지의 손을 꼭 잡았다.
"이건 할아버지, 할머니의 결혼 침대가 아니에요."
약 오 분 뒤, 할아버지가 목청을 가다듬고 말을 이었다.
"하지만 잘 만은 하겠어."

45
바이뱅크스

우리는 바이뱅크스로 돌아왔다. 아빠와 나는 다시 우리 농장에서 살고 있고, 할아버지도 우리와 함께 산다. 할머니는 할아버지와 결혼식을 올린 미루나무 숲에 묻혔다. 우리는 날마다 할머니를 그리워하고 있다.

요즘 나는 벽난로 뒤에 또 다른 뭔가가 숨겨져 있는 것은 아닐까 생각한다. 회벽 뒤에 벽난로가 숨겨져 있었고, 피비의 이야기 안에 엄마의 이야기가 감춰져 있었던 것처럼 피비와 우리 엄마의 이야기 속에서 세 번째 이야기를 발견할 수 있을지도 모르기 때문이다. 그렇다면 그것은 할머니와 할아버지에 관한 이야기리라.

할머니의 장례식이 끝난 다음 날, '페이비'랑 꼭 닮았다던,

그리고 할아버지를 흠모했다던 할머니의 친구 글로리아가 할아버지를 찾아왔다. 두 사람은 우리 집 베란다에 앉아서 이야기를 나눴는데, 할아버지는 무려 네 시간 동안이나 혼자서 할머니 이야기만 해 댔다. 글로리아가 부엌으로 들어오더니 머리가 아파 죽을 지경이라며 아스피린이 있냐고 물었다. 그 후로 우리는 다시는 글로리아를 보지 못했다.

뱀이 할머니의 다리를 물었을 때 우리를 도와준 톰 플릿에게 편지를 썼다. 할머니가 바이뱅크스로 돌아오긴 했지만 유감스럽게도 관에 실려 오실 수밖에 없었다고 전했다. 그리고 할머니가 누워 계신 미루나무 숲과 근처에 흐르는 강에 대해 말해 주었다. 톰은 답장을 보내 할머니 일에 대해서는 자기도 마음이 아프다며 언젠가 미루나무 숲을 방문하러 오겠다고 썼다. 그리고 이런 말도 덧붙였다.

"네가 말한 강둑은 사유지니?"

할아버지는 소형 트럭으로 내게 운전 연습을 더 시켰다. 우리는 할아버지의 옛 농장에서 연습을 했는데 새 주인이 흙길은 난장판을 만들어도 좋다고 허락해 준 덕이었다. 운전 연습을 할 때는 할아버지의 새 비글 강아지가 늘 따라다녔다. 강아지 이름은 '좋구나 좋아'였다. 할아버지는 내가 운전을 하는 동안 옆에 앉아 강아지를 쓰다듬으며 파이프 담배를 피웠고, 나와 함께 모카신 놀이도 했다. 그것은 우리가 아이다호에서 돌아오는 길에 개발한 놀이로, 우리가 마치 남의 모카신을 신은 것처럼 행동하는 놀이였다.

"내가 피비의 모카신을 신고 있다면, 갑자기 하늘에서 뚝 떨어진 오빠한테 아주 샘을 낼 것 같구나."

"지금 제가 할머니의 모카신을 신고 있다면, 저기 시원한 강물에 발을 담그고 싶을 거예요."

"내가 지금 벤의 모카신을 신고 있다면, 살라망카 히들이 보고 싶을 것 같구나."

계속 이런 식이었다. 우리는 우리가 아는 모든 사람의 신발을 신어 보았고 몇 가지 재미있는 사실을 발견했다.

어느 날 문득 루이스턴 시로 갔던 여행이 나를 위한 할머니와 할아버지의 값진 선물이었다는 사실을 깨달았다. 두 분은 내게 엄마의 모카신을 신어 볼 수 있는 기회를 마련해 준 것이다. 나는 엄마가 본 것을 보았고 엄마가 인생의 마지막 여행에서 느낀 것을 느꼈다.

어느 날 오후 할아버지와 나는 태양에서 불을 훔쳐 인간에게 준 프로메테우스와 세상의 온갖 악이 들어 있던 금지된 상자를 연 판도라에 대한 이야기를 나눴다. 할아버지는 사람들이 불은 어디서 왔고, 세상에 악은 왜 존재하는지 설명하고자 했기 때문에 그런 신화가 생겨났다고 말했다. 나는 그 말을 듣고 피비와 정신병자를 생각하며 이렇게 말했다.

"제가 지금 피비의 모카신을 신고 있다면, 저 역시 엄마의 실종을 설명하기 위해 정신병자와 도끼를 휘두르는 커데이버 아주머니의 이야기를 믿고 싶을 것 같아요."

피비와 피비의 가족은 내게 도움이 되었던 것 같다. 그들 덕에 나와 엄마에 대해 돌아보고 이해할 수 있게 되었다. 피비의 이야기는 허공에서 고기를 낚으려고 했던 내 이야기와 비슷한 데가 있었다. 나 역시 얼마 동안은 엄마가 죽었다는 사실을 믿지 않고 엄마가 돌아오리라 믿었으니까.

하지만 그렇다고 해서 내가 허공에서 낚시질하는 것을 완전히 그만둔 것은 아니다.

어쨌거나 세상에는 전쟁이나 살인, 뇌종양처럼 도저히 그 이유를 설명할 수 없는 끔찍한 일들이 있는 게 사실이다. 그리고 그 문제들은 마땅히 해결할 수 있는 방법도 없는 것 같다. 그래서 우리는 막상 그런 문제가 나 자신에게 닥쳤을 때 차근히 대처하기보다는 겁을 먹고 고민만 하며 문제를 점점 더 확

대시키기 일쑤다. 문제가 곪을 대로 곪다가 제풀에 터져 버릴 때까지. 그러고 나서 그 안을 들여다보면 문제는 우리가 처음에 생각했던 것만큼 끔찍하지 않고, 우리가 감당할 수 있는 경우가 대부분이다. 세상에 도끼 살인범이나 유괴범이 정말로 있는 것은 사실이지만 대부분의 사람들은 우리같이 두려워할 때도 있고, 용감할 때도 있고, 못되게 굴 때도 있고, 친절할 때도 있는 평범한 사람들이라는 것을 발견하는 것은 얼마나 다행인지 모른다.

진정한 용기란 온갖 불행이 들어 있는 판도라의 상자를 똑바로 들여다본 이후에도 '아주 말쑥하게 접힌 세계'가 들어 있는 또 다른 상자로 눈길을 돌릴 수 있는 힘이라고 믿게 되었다. 나무에 입을 맞춘 엄마나, "좋구나, 좋아!"를 연발하는 할미니니, 할아버지의 결혼 친대간이 일상의 행복이 깃든 그런 상자 말이다.

엄마의 엽서들과 머리카락은 여전히 내 방 마루 널 밑에 들어 있다. 집에 돌아왔을 때 엽서들을 다시 한 번 읽었다. 할머니와 할아버지는 나를 데리고 엄마가 갔던 모든 장소에 들렀다. 블랙힐스, 러슈모어 산, 배들랜즈 그리고 쾨르 달렌. 쾨르 달렌에서 온 엽서는 아직도 내 마음을 아프게 했다. 그것은 엄마가 죽었다는 소식이 전해진 뒤 이틀 뒤에 도착한 엽서였다.

할아버지와 운전 연습을 하면서 나는 엄마한테 들은 이야기들을 해 드렸다. 할아버지가 가장 좋아한 이야기는 나바호 인디언인 에스트사나트레히라는 여자의 이야기였다. 에스트사나트레히는 죽지 않는 여자로 아기, 엄마, 할머니 그리고 다시 아기가 되는 삶을 수천 번씩 반복하는 사람이었다. 할아버지처럼 나도 그 이야기가 좋았다.

나는 여전히 설탕단풍나무에 올라가 앉아서 그 옆 노래하는 나무의 노랫소리를 듣는다. 설탕단풍나무는 내가 사색하는 장소다. 어제도 거기 앉아 있다가 내가 세 가지 것을 질투하고 있다는 사실을 깨달았다.

첫 번째는 아주 유치한 건데, 나는 벤이 제 일기에서 귀엽다고 한 그 여자애를 질투하고 있다. 그 애가 내가 아니기 때문이다.

두 번째는 엄마가 나 말고도 아이를 더 많이 원했다는 거다. 나 하나로는 충분하지 않았던 걸까? 하지만 엄마의 모카신을 신어 보니 이렇게 말할 수 있었다.

"내가 엄마라면 난 아이를 더 많이 원할 거야. 그건 내가 살라망카를 사랑하지 않기 때문이 아니라 그 애를 너무나 사랑하기 때문이지. 그런 사랑을 더 많이 하고 싶어서."

물론 내 허황된 생각일 수도 있지만 나는 그렇게 믿고 싶다.

마지막 질투는 유치한 것도 아니고 쉽게 털어 버릴 수 있는 것도 아니다. 나는 피비의 엄마는 돌아왔는데, 우리 엄마는 돌아오지 않았다는 사실에 아직도 질투심을 느낀다.

엄마가 보고 싶다.

벤과 피비는 내게 끊임없이 편지를 보낸다. 벤은 아직 10월 중순밖에 안 됐는데 벌써 밸런타인데이 카드를 보냈다.

장미는 붉고
흙은 갈색이라네.
부디 나의 연인이 되어 주오.
그렇지 않으면 나는 절망에 빠지리니.

그 밑에는 추신이 적혀 있었다.

난 전에 한 번도 시를 써 본 적이 없어.

나도 벤에게 밸런타인데이 카드를 답장으로 보냈다.

사막은 말랐고

비는 촉촉하네.

나를 향한 그대의 사랑은

결코 헛되지 않으리.

그리고 나도 그 밑에 추신을 덧붙였다.

나도 전에 한 번도 시를 써 본 적이 없어.

벤, 피비, 마거릿 아주머니 그리고 패트리지 할머니가 다음 달에 놀러 오기로 했다. 버크웨이 선생님도 같이 올지 모른다. 하지만 피비는 그렇게 오랜 시간 동안 선생님과 한차를 타는 것은 상상만 해도 끔찍하다며 같이 안 오면 좋겠단다. 아빠와 나는 손님들을 맞이하기 위해 집 전체를 쓸고 닦았다. 하루 빨리 피비와 벤에게 물웅덩이와 들판, 헛간과 나무 그리고 소와 닭들을 보여 주고 싶다. 벤이 내게 선물한 닭 블랙베리는 우리 닭장의 여왕이다. 벤에게 블랙베리도 보여 줘야지. 그리고 벤과 나눌 블랙베리 입맞춤도 기대가 된다.

어쨌거나 지금 이 순간에는 할아버지한테는 비글이 있고,

나한테는 닭과 노래하는 나무가 있다. 인생이란 이런 거다.

좋구나, 좋아.

샐의 여행 경로

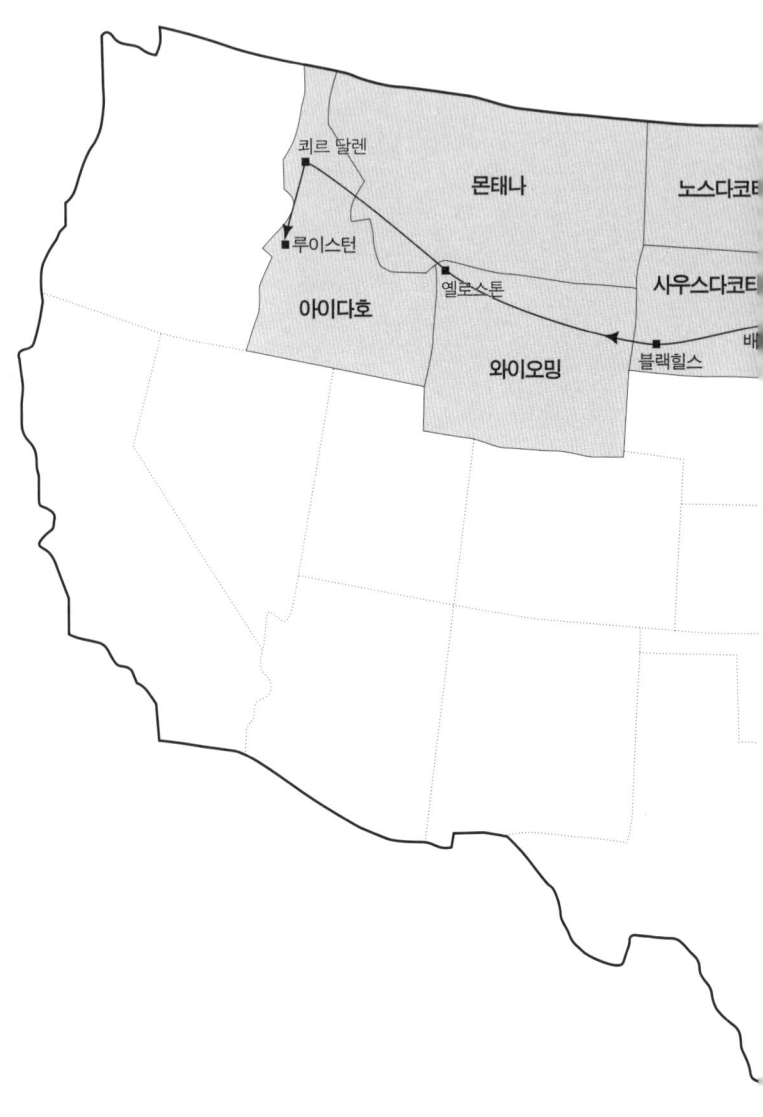

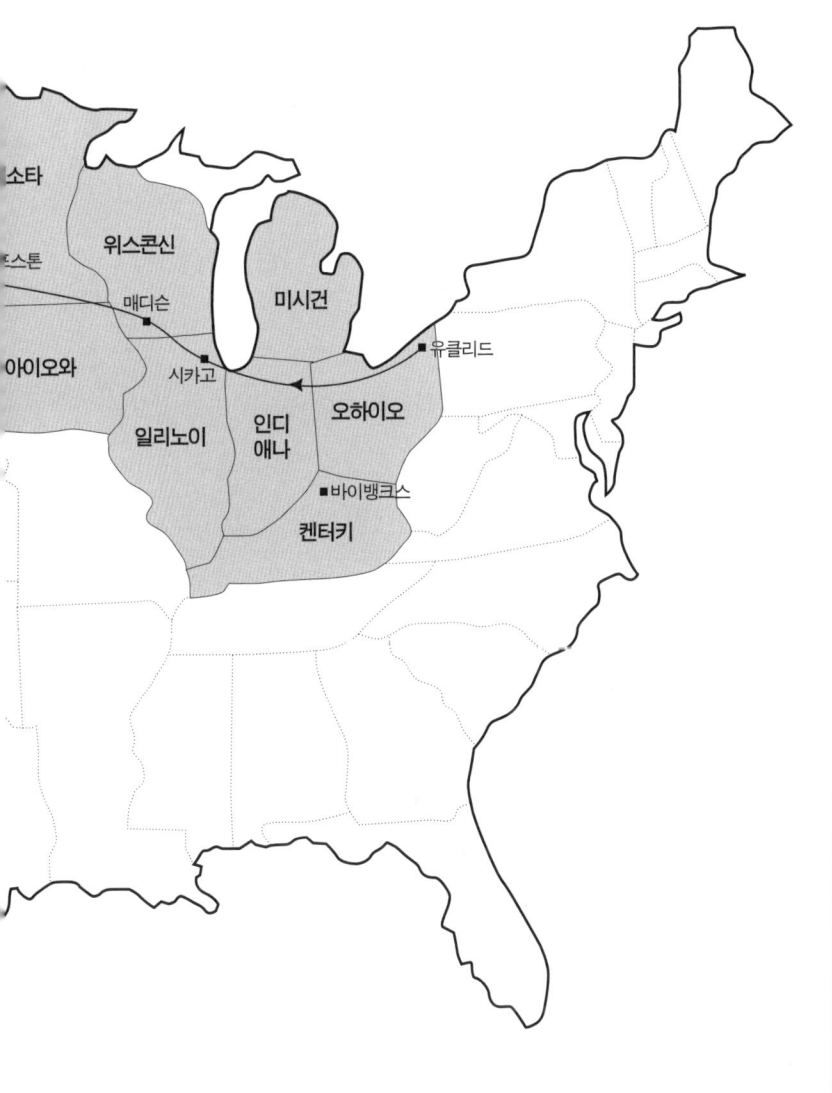

미국 지도

옮긴이의 말

 이 책의 번역을 끝냈을 때 저는 한 편의 로드무비를 감상한 기분이었습니다. 오하이오 주에서 시작해 아이다호 주의 루이스턴 시까지 장장 3,000여 킬로미터를 달려간 살라망카의 여행. 우리의 삶도 각자에게 주어진 길을 달려가는 하나의 여행이 아닐까요?

 제게는 몸이 많이 아픈 언니를 둔 친구가 한 명 있습니다. 친구의 언니는 몇 달 전에도 의식을 잃은 채 중환자실에 입원해 있었습니다. 언니가 의식을 잃기 하루 전날, 친구는 통 먹지 못하는 언니에게 집에서 열심히 끓여 간 사골 국을 조금 먹이려 했지만 언니는 단 한 입도 뜨려 하지 않았답니다. 친구는 너무나 속이 상해 그렇게 고집부리면 자기는 집에 가 버리 겠다며 병실을 나와 엘리베이터를 향해 걸어갔답니다. 앞만 보면서 말이죠. 하지만 숨을 색색거리며 뒤에서 쫓아오는 언니의 기척이 느껴지기는 했다더군요. 그래도 모른 척하고 엘리베이터를 탔다가 거기까지 쫓아와 숨 가빠하는 언니의 얼굴을 보고서야 다시 내려 언니를 부축해 병실로 돌아왔답니다. 그런데 바로 다음 날, 언니가 갑자기 의식을 잃었던 거지요. 의사들이 달려오고, 언니에게 각종 기계가 꽂히는 동안 친구는 울면서 담당 의사를 붙잡고 물었답니다.

"언니가 어제 저 때문에 엘리베이터까지 힘들게 걸었더랬어요. 그것 때문이죠? 그래서 언니가 의식을 잃은 거예요, 그렇죠?"

의사는 아니라고 했지만 친구는 언니가 어느 정도 고비를 넘기고 병원에서 퇴원한 지금까지도 그 이야기를 하며 자기 탓이었다는 생각에 눈물을 짓습니다.

저는 제 친구의 이야기를 들으며 살라망카를 떠올렸습니다. 자신을 엄마의 분신으로 여겨 감정마저 엄마의 희로애락을 제 희로애락이라고 믿던 살라망카. 엄마의 사산(死産)과 느닿없는 여행, 그로 인한 영원한 이별이 모두 "제 탓"이라는 응어리가 가슴에 맺혀 엄마의 죽음마저 현실로 받아들이지 못하던 살라망카는 엄마를 데리고 오겠다는 헛된 꿈을 안고 여행길에 올랐습니다. 하지만 할머니, 할아버지에게 자신과 비슷한 처지에 놓인 친구 피비의 이야기를 풀어내는 동안, 사건의 핵심에서가 아닌 어느 정도 거리를 두고 피비와 피비 엄마의 가출 문제를 객관적으로 바라보는 동안, 살라망카는 인생에서 반드시 알아야 할 중요한 사실을 스스로 깨닫습니다. 엄마가 떠난 것은 자신과 아무 상관도 없다는 것, 아무리 자식이라도 엄마의 인생을 소유할 수 없으며 엄마의 문제는 자신과는 별개였다는 사실이지요.

우리는 저마다 각자의 짐을 지고 제 삶의 길을 경주할 수 있을 뿐입니다. 누구 대신 아파 줄 수도, 누구 대신 가슴앓이를 해 줄 수도, 누구 대신 기쁘고 행복해 줄 수도 없는 거지요. 마찬가지로 내 삶의 무게 역시 남에게 전가시킬 수 없는 것이고요. 우리가 타인과의 관계에서 나눠 주고, 나눠 받을 수 있는 것이 있다면 그것은 오직 사랑뿐일 겁니다.

성장은 정신적 탯줄을 끊고 홀로 서는 과정입니다. 탯줄을 끊고, 부모의 품에서 빠져나와 홀로 선다는 말. 어쩌면 조금 식상하고, 어쩌면 조금 매정하게 들릴지 모르겠습니다. 하지만 이러한 깨달음이야말로 삼천, 삼만, 아니 삼억 킬로미터보다 더 길게, 길게 펼쳐질 인생을 눈앞에 두고 있는 청소년들로 하여금 자아를 온전히 인식케 하고, 건강한 정체성을 확립시켜 앞으로 펼쳐질 내 삶, 내 감정, 내 행복을 스스로 책임지게 하며, 더 나아가 사랑을 바탕으로 타인의 삶과 감정과 행복 역시 존중케 하는 밑거름이 될 것입니다.

마지막으로 제가 무척 사랑하는 제 친구의 행복과 그 언니의 쾌유를 진심으로, 진심으로 빕니다.

김영진

블루픽션 33

두 개의 달 위를 걷다

1판 1쇄 펴냄 2009년 5월 15일
1판 14쇄 펴냄 2023년 8월 15일
지은이/ 샤론 크리치
옮긴이/ 김영진
펴낸이/ 박상희
편집주간/ 박지은
편집/ 박원영
디자인/ 김나정
펴낸곳/ (주)비룡소
출판등록/ 1994. 3. 17. (제16-849호)
주소/ 06027 서울시 강남구 도산대로1길 62 강남출판문화센터 4층
전화/ 02)515-2000
팩스/ 02)515-2007
홈페이지/ www.bir.co.kr
제품명 어린이용 반양장 도서 제조자명 (주)비룡소 제조국명 대한민국 사용연령 3세 이상

ISBN 978-89-491-2086-7 44840
ISBN 978-89-491-2053-9 (세트)

| 블루픽션 시리즈

1. 스켈리그 데이비드 알몬드 글/ 김연수 옮김
안데르센 상, 엘리너 파전 문학상, 카네기 상, 휘트브레드 상, 마이클 L.프린츠 상,
어린이도서연구회 권장 도서, 책교실 권장 도서, 중앙독서교육 추천 도서

2. 운하의 소녀 티에리 르냉 글/ 조현실 옮김
소르시에르 상, 어린이도서연구회 권장 도서

4. 0에서 10까지 사랑의 편지 수지 모건스턴 글/ 이정임 옮김
밀드레드 L. 배첼더 상, 어린이도서연구회 권장 도서

5. 희망의 섬 78번지 우리 오를레브 글/ 유혜경 옮김
안데르센 상 수상 작가, 밀드레드 L. 배첼더 상, 머더카이 상, 아침햇살 선정 좋은 어린이 책,
중앙독서교육 추천 도서, 책교실 권장 도서, 책따세 추천 도서

6. 뢱스 극장의 연인 자닌 테송 글/ 조현실 옮김
프랑스 '올해의 청소년 책', 소르시에르 상, 어린이도서연구회 권장 도서, 열린 어린이가 뽑은 좋은 책

7. 시인 X 엘리자베스 아체베도 글/ 황유원 옮김
카네기상, 내셔널 북 어워드, 마이클 L. 프린츠 상, 보스턴 글로브 혼 북 상, 골든 카이트 어워드,
아침독서 추천 도서

9. 이매지너리 프렌드 매튜 딕스 글/ 정회성 옮김

10. 초콜릿 전쟁 로버트 코마이어 글/ 안인희 옮김
미국 도서관 협회 선정 도서, 뉴욕타임스 선정 도서, 어린이도서연구회 권장 도서

11. 전갈의 아이 낸시 파머 글/ 백영미 옮김
뉴베리 상, 국제 도서 협회 선정 도서, 마이클 L. 프린츠 상, 책교실 권장 도서, 어린이도서연구회 권장 도서

13. 나의 산에서 진 C. 조지 글/ 김원구 옮김
뉴베리 상, 미국 도서관 협회 선정 도서, 어린이도서연구회 권장 도서,
열린 어린이가 뽑은 좋은 책, 책교실 권장 도서

15. 우리 형은 제시카 존 보인 글/ 정회성 옮김
줏대있는 어린이 추천 도서

17. 푸른 황무지 데이비드 알몬드 글/ 김연수 옮김
안데르센 상, 엘리너 파전 문학상, 스마티즈 상, 마이클 L.프린츠 상, 어린이도서연구회 권장 도서

18. 킬리만자로에서, 안녕 이옥수 글
학교도서관저널 추천 도서

20. 기억 전달자 로이스 로리 글/ 장은수 옮김
뉴베리 상, 보스턴 글로브 혼 북 명예상, 어린이도서연구회 권장 도서,
열린 어린이가 뽑은 좋은 책, 교보문고 추천 도서

22. 내 인생의 스프링캠프 정유정 글
세계청소년문학상, 문화관광부 교양 도서, 어린이도서연구회 권장 도서,
교보문고 추천 도서, 학도넷 추천 도서

23. 줄무늬 파자마를 입은 소년 존 보인 글/ 정회성 옮김
아일랜드 '오늘의 책', 행복한 아침독서 추천 도서, 교보문고 추천 도서

25. 파랑 채집가 로이스 로리 글/ 김옥수 옮김
어린이도서연구회 권장 도서

26. 하이킹 걸즈 김혜정 글
블루픽션상, 한국문화예술위원회 우수문학도서, 책따세 추천 도서, 학도넷 추천 도서

27. 지구 아이 최현주 글
제11회 블루픽션상 수상작

28. 나는 브라질로 간다 한정기 글
황금도깨비상 수상 작가, 소년조선일보 추천 도서, 중앙일보 추천 도서

29. 키싱 마이 라이프 이옥수 글
한국문화예술위원회 우수문학도서, 어린이도서연구회 권장 도서, 교보문고 추천 도서,
전국독서새물결모임 추천 도서, 학교도서관저널 추천 도서

30. 꼴찌들이 떴다! 양호문 글
블루픽션상, 행복한 아침독서 추천 도서, 교보문고 추천 도서, 책따세 추천 도서,
경기도학교도서관사서협의회 추천 도서, 중앙일보 북클럽 추천 도서

31. 우연한 빵집 김혜연 글
문학나눔 선정 도서, 학교도서관저널 추천 도서, 책따세 추천 도서, 아침독서 추천 도서,
어린이도서연구회 추천 도서

32. 생쥐와 인간 존 스타인벡 글/ 정영목 옮김
미국 도서관 협회 선정 도서, 국립어린이청소년도서관 추천 도서

33. 두 개의 달 위를 걷다 샤론 크리치 글/ 김영진 옮김
뉴베리 상, 미국 어린이 도서상, 스마티즈 북 상, 영국독서협회 상 수상작,
경기도학교도서관사서협의회 추천 도서, 학도넷 추천 도서

34. 침묵의 카드 게임 E. L. 코닉스버그 글/ 햇살과나무꾼 옮김
스쿨 라이브러리 저널 선정 최고의 책, 에드거 앨런 포 상 노미네이트,
경기도학교도서관사서협의회 추천 도서, 아침독서 추천 도서

35. 빅마우스 앤드 어글리걸 조이스 캐럴 오츠 글/ 조영학 옮김
스쿨 라이브러리 저널 선정 최고의 책, 미국 도서관 협회 선정 최고의 청소년 책,
뉴욕 공립 도서관 추천 도서, 학교도서관저널 추천 도서

36. 서쪽 마녀가 죽었다 나시키 가오 글/ 김미란 옮김
소학관 문학상, 일본 아동문학가협회 신인상, 한국간행물윤리위원회 청소년 권장 도서,
어린이도서연구회 권장 도서, 아침독서 추천 도서, 책따세 추천 도서

37. 닌자걸스 김혜정 글
전국학교도서관담당교사모임 추천 도서, 아침독서 추천 도서

38. 첫사랑의 이름 아모스 오즈 글/ 정회성 옮김
안데르센 상, 제브 상

39. 하니와 코코 최상희 글
블루픽션상, 사계절문학상 수상 작가, 학교도서관저널 추천 도서

40. 파랑 치타가 달려간다 박선희 글
제3회 블루픽션상 수상작, 학교도서관저널 추천 도서, 아침독서 추천 도서,
어린이도서연구회 권장 도서, 책따세 추천 도서, 문화체육관광부 우수교양도서

41. 나는, K다 이옥수 글
학교도서관저널 추천 도서

42. 어쩌자고 우린 열일곱 이옥수 글
한국도서관협회 우수문학도서, 학교도서관저널 추천 도서

43. 앉아 있는 악마 김민경 글

44. 최후의 Z 로버트 C. 오브라이언 글/ 이진 옮김
뉴베리 상 수상 작가

46. 줄리엣 클럽 박선희 글
제3회 블루픽션상 수상 작가, 대한출판문화협회 선정 올해의 청소년 도서,
한국도서관협회 선정 우수문학도서

47. 번데기 프로젝트 이제미 글
제4회 블루픽션상 수상작

48. 뚱보가 세상을 지배한다 K.L. 고잉 글/ 정회성 옮김
마이클 L. 프린츠 아너 상

49. 파랑 피 메리 E. 피어슨 글/ 황소연 옮김
미국학교도서관저널, 미국도서관협회 선정 청소년 분야 '최고의 책',
학교도서관저널 추천 도서, 책따세 추천 도서

50. 판타스틱 걸 김혜정 글
제1회 블루픽션상 수상 작가, 대한출판문화협회 선정 올해의 청소년 도서,
고래가 숨쉬는 도서관 선정 도서, 한국도서관협회 선정 우수문학도서,
경기도학교도서관사서협의회 추천 도서

51. 어쨌거나 스무 살은 되고 싶지 않아 조우리 글
제12회 블루픽션상 수상작

52. 우리들의 짭조름한 여름날 오채 글
마해송 문학상 수상 작가, 한국도서관협회 선정 우수문학도서,
국립어린이청소년도서관 추천 도서, 경기도학교도서관사서협의회 추천 도서,
2017 순천시 One City One Book 선정 도서

53. 웰컴, 마이 퓨처 양호문 글
제2회 블루픽션상 수상 작가, 대한출판문화협회 선정 올해의 청소년 도서,
경기도학교도서관사서협의회 추천 도서

54. 초록 눈 프리키는 알고 있다 조이스 캐럴 오츠 글/ 부희령 옮김
미국 내셔널북어워드, 오헨리 상 수상 작가, 경기도학교도서관사서협의회 추천 도서,
국립어린이청소년도서관 추천 도서

56. 메신저 로이스 로리 글/ 조영학 옮김
뉴베리 상, 보스턴 글로브 혼 북 명예상 수상 작가, 경기도학교도서관사서협의회 추천 도서

59. 고백은 없다 로버트 코마이어 글/ 조영학 옮김
전미 도서관 협회 선정 청소년을 위한 최고의 책,
퍼블리셔스 위클리 선정 최고의 책, 북리스트 편집자의 선택

61. 개 같은 날은 없다 이옥수 글
2013 서울 관악의 책 , 목포시립도서관 추천 도서 , 울산남부도서관 올해의 책,
책따세 추천 도서, 한국간행물윤리위원회 청소년 권장 도서, 한국도서관협회 우수문학도서,
국립어린이청소년도서관 추천 도서

63. 명탐정의 아들 최상희 글
제5회 블루픽션상 수상 작가, 문화체육관광부 우수교양도서

64. 갈까마귀의 여름 데이비드 알몬드 글/ 정회성 옮김
안데르센 상, 엘리너 파전 문학상, 카네기 상, 휘트브레드 상 수상 작가

65. 파랑의 기억 메리 E. 피어슨 글/ 황소연 옮김

67. 하필이면 왕눈이 아저씨 앤 파인 글/ 햇살과나무꾼 옮김
카네기 메달, 가디언 어린이 픽션 상

68. 반드시 다시 돌아온다 박하령 글
제10회 블루픽션상 수상작, 학교도서관저널 추천 도서, 세종도서 문학나눔 선정 도서

69. 원더랜드 대모험 이진 글
제6회 블루픽션상 수상작, 국립어린이청소년도서관 추천 도서, 아침독서 추천 도서

70. 나는 일어나, 날개를 펴고, 날아올랐다 조이스 캐럴 오츠 글/ 황소연 옮김
미국 내셔널북어워드, 오헨리 상 수상 작가

71. 칸트의 집 최상희 글
제5회 블루픽션상 수상 작가, 아침독서 추천 도서, 세종도서 문학나눔 선정 도서

72. 태양의 아들 로이스 로리 글/ 조영학 옮김
뉴베리 상, 보스턴 글로브 혼 북 명예상 수상 작가

73. 마법의 꽃 정연철 글
푸른문학상 수상 작가, 세종도서 문학나눔 선정 도서, 학교도서관저널 추천 도서

74. 파라나 이옥수 글
학교도서관저널 추천 도서, 사계절문학상 수상 작가, 책따세 추천 도서, 국립어린이청소년도서관
추천 도서, 세종도서 문학나눔 선정 도서, 아침독서 추천 도서

75. 그 여름, 트라이앵글 오채 글
마해송 문학상 수상 작가, 국립어린이청소년도서관 추천 도서, 아침독서 추천 도서

76. 밀레니얼 칠드런 장은선 글
제8회 블루픽션상 수상작, 학교도서관저널 추천 도서, 아침독서 추천 도서

77. 아르주만드 뷰티 살롱 이진 글
블루픽션상 수상작가, 한국출판문화진흥원 우수 콘텐츠 제작 지원 당선작

78. 굿바이 조선 김소연 글

80. 당첨되셨습니다 - SF 앤솔러지 길상효 오정연 전혜진 정재은 홍준영 곽유진 홍지운 이지은 이루카 이하루 글

81. 순례 주택 유은실 글

2021 중구민 한 책 선정, 2022 광주시 동구 올해의 책, 2022 미추홀구의 책,
2022 양주시 올해의 책, 2022 원 북 원 부산 올해의 책, 2022 원 북 원 포항 올해의 책,
2022 원주시 한 도시 한 책 읽기 선정 도서, 2022 익산시 올해의 책,
2022 전남도립도서관 올해의 책, 2022 전주시 올해의 책, 2022 평택시 올해의 책,
국립어린이청소년도서관 추천 도서, 문학나눔 우수문학 도서,
서울시 교육청 어린이도서관 추천 도서, 아침독서 추천 도서, 2022 대구 올해의 책,
2023 청주, 구미, 금산군 올해의 책

82. 녀석의 깃털 윤해연 글

학교도서관저널 추천 도서, 문학나눔 우수문학 도서

83. 모두의 연수 김려령 글

⊙ 계속 출간됩니다.